新时代
与现实主义

付秀莹 主编

作家出版社

目 录

文学还能否"高于生活"

阎晶明

今年是改革开放40周年，中国新时期文学也走过了同样的历史，而且它的起点甚至更早。新时期文学以最新的证据证明，在社会时代转型期，文学总是可以领风气之先。改革开放40年，中国经济政治科技文化全方位发展，巨大的变革，迅猛的发展，开放的姿态，从最初的努力融入，到后来的全力追赶，到现在的全面超越，我们都是参与者，也是见证者，更是书写者。但我们现在越来越感到，文学与现实之间，内容更加丰富，情形也更加复杂，人们又重新开始思考现实主义以及与之相关的问题。

一、社会主要矛盾和文学创作的反映

党的十九大报告，对我国社会主要矛盾做了新的表述："我国社会主要矛盾已经转化为人民日益增长的美好生活需要和不平衡不充分的发展之间的矛盾。"这是判断我国社会发展阶段的重要依据，是中国社会主义进入新时代的重要特征。

1956年，党的八大明确提出："我们国内的主要矛盾，已经是人民对建立先进的工业国的要求同落后的农业国的现实之间的矛盾，已经是人民对经济文化迅速发展的需要同当前经济文化不能满足人民需要的状况之间的矛盾。"

1981年，党的十一届六中全会通过的《关于建国以来党的若干历史问题的决议》，对社会主要矛盾做了又一次概括："社会主义改造基本完成以后，我国所要解决的主要矛盾，是人民日益增长的物质文化需要同落后的社会生产之间的矛盾。"

如果我们说，我国社会主要矛盾的变化是我们看待当代中国发展进程的一个重要依据，如果我们同时又认为优秀文艺创作是作家艺术家对自己时代的真实反映，是时代生活的一面镜子，那么，借用这样的概括去回看当代文学的发展，也可得出一些认识上的结论。

我个人以为，建国初期的社会主要矛盾概括中反映的中国现实，在同时代的文学作品中得到了印证。如上世纪50年代，新中国成立，百废待兴。人们很快产生了迅速改变现实的要求，即把一个落后的农业国迅速改变为先进的工业国。"楼上楼下，电灯电话"成了人们的理想。而这些，在当时的文学作品中也都得到了充分的表现和反映。如马烽的《我们村里的年轻人》（1953年）、赵树理的《三里湾》（1955年），直到1959年，柳青的《创业史》问世，达到了集大成地步。同时期其他代表作家的作品，都是表现当代中国农民特别是优秀农村青年，如何带领大家建设新农村，标志就是传统农村能够出现工业化的因素，等等。

可以说，柳青、赵树理等作家创作的形象生动地诠释了新中国建立之初我国社会主要矛盾，反映人民群众对国家现状的认识和未来前景的展望。这是现实主义创作方法的集中体现。但我们同时还应看到，柳青、赵树理小说之所以成为经典，这些作品的生命力之所以在今天还依然葆有，还在于，他们创作的作品并非只是简单地图解政策，而是真实反映社会矛盾，反映人们观念上存在的偏差以及因此引起的斗争，反映了个人的爱情婚姻在新的社会环境中发生的悲喜剧。这就是现实主义精神的体现。

改革开放新时期，社会主要矛盾发生了变化，开放成了一个时代的新主题。简单的"工业化"已经不是目标，"物质+文化"的需要是方向和潮流。于是，描写这种社会发展趋势，表现人们因此在观念上、情感上发生的变化成了新的文学潮流。应该说，新时期文学从开始到后来很长时间，都是朝着这个目标努力的。不是说作家按照《决议》创作，而是说文学创作表现出来的主题和形象，与社会主要矛盾发生的变化，在基本面上、在根本处发生了呼应。

今天回过来看，新时期文学为我们留下了很多弥足珍贵的作品，也留下了很多值得继续讨论的文学话题。在异常活跃、日新月异的文学思潮中,"现实主义"这个概念引来不少讨论。种种思潮中,也有作家把目光盯在了国家发展与人民命运的"重大主题"上,路遥就是其中一位。

关于路遥创作的成就,他的作品价值,我个人以为将来还会讨论下去。他在西北小城,思考着远不属于他的认知范围的问题。而他思考的问题,又与个人及其周围世界密切关联。1980年,在给自己的老师曹谷溪的信中,路遥为自己弟弟参加招工担忧而写道:"国家现在对农村的政策有严重的两重性,在经济上扶助,在文化上抑制(广义的文化——即精神文明)。最起码可以说顾不得关切农村户口对于目前更高文明的追求。这造成了千百万年轻人的苦恼,从长远的观点看,这构成了国家潜在的危险。这些苦恼的人,同时也是愤愤不平的人。将大量有文化的人限制在土地上,这是不平衡中的最大不平衡。"(厚夫《路遥传》P133)此后不久,路遥就在《收获》杂志上发表了中篇小说《人生》。我以为路遥信中的自述,就是小说最好的评论。当然更可以说,路遥的小说就是他对现实人生的思考结果,就是他对个人与国家、个人命运与时代发展之间关系的文学表达。他写了一个与自己、与自己的弟弟命运相似的人,同时也写出了当时的"千百万"中国农村青年的命运。《平凡的世界》是一部更大的创作,他写得很真切,就是努力走出去与现实却走不出去、走不出去也要抗争的主题。这个问题在今天的现实中应该说早就"过时"了,高考、打工、参军,农村青年想走出去已不是本质问题,农村空心化倒是问题。但《平凡的世界》里的文学形象,却不会因时事改变而淡化。

路遥的创作,特别是《人生》和《平凡的世界》,在一定程度上回应了当时即改革开放初期社会主要矛盾的变化,即"人民对物质文化的需要与落后的社会生产之间的矛盾"。路遥把"文化"广义地定义为"精神文明",是一种准确的把握。无论是高加林还是孙少平兄弟,不正是"物质"之上还要"文化",文化则意味着走向更大世界的现实诉求么?柳青、赵树理小说里的青年把理想放在了沿着合作化道路前行,乐于在土地上奋斗,到了改革开放新时期,农村青年已不能满足于此。孙少平是留在土地上的青年，但他的内心还有更高的理想和追求。

今天，我们面对新的社会主要矛盾，它们其实就发生在我们周围，产生在我们自己的现实生活中。面对一个更加复杂的中国，我们的文学做了什么？这是一个一个的真问题，同时也是创作者面临的文学问题。我们今天强调现实主义，面临的复杂性和可能性，面对的考验（创作时）和检验（问世后），比以往要大得多，复杂得多，难以"服众"得多。任何一个时代的文学，其代表性作家作品的地位和价值，可能都需要一定的历史间隔期来验证，就像柳青、路遥的作品在今天焕发生机，赵树理的创作成为文学史家愿意反复讨论的问题一样，后来的影响仿佛比当时还大，或者说专业的人们开始为他们正名。我们对今天作家作品的判断一样有一个同时代眼光受限制的问题吧。但我们至少可以说，中国文学在繁荣发展的大格局中，亟待出现大作品，出现可以全景式展现一个时代的生活画卷，反映一个时代的发展趋势，书写一个时代人们的情感、观念变迁的大作品。我们也同样需要从文学作品中读出足以感动"千百万"人的文学形象。至少，在文学形象的塑造上，在足以代表一个时代的人物画廊上，今天的文学还是很不够的，不解渴的。

我不会去制造一种结论，认为今天的文学比不上从前。历史的条件、文学的环境、生态，甚至连发表出版的渠道都根本改变。不过，如果说前两个历史时期的社会主要矛盾，我们都可以找到足以体现它们的作家作品，甚至可以举出其中的代表性文学形象，那么今天，至少在我们要寻找时还存在一定困难，还不能举出大家共同认知的文学形象。在对社会主要矛盾的认识上，在对时代精神的把握上，在对现实题材的理解和鲜活人物形象的塑造上，总体上似乎并没有体现出时代优势。

二、没有文化上的优势就无法实现"高于生活"的目标

我们今天所处的时代，气象万千，包罗万象。创作的题材无比丰

富，无论是一条大江还是一条小溪甚至一滴水，都可以是作家表现的对象，无论是哪一种题材，都能找到一定范围的读者。关键的问题是，作家还能不能在文化上代表一个时代的高度，在思想上能不能体现出特殊的深度，在观察上能不能表现出职业的敏锐，在艺术上能否展现出专业的魅力。创作所表达出的观念、思想，抒发出的情感，对于"千百万"读者，这些已经在专业上自有一套，审美上严重分化的"千百万"，如何产生集中或者说更广泛的吸引力？当我们用"分众化"来概括今天的审美潮流的时候，似乎也为我们的作品影响力受限找到了一点可慰藉甚至心安理得的理由。

我以为，今天，我们仍然需要强调生活对作家创作的重要性，同时还要强调作家对生活的认识能力、把握能力、概括能力、表现能力。

随着经济社会的巨大变革，改革开放的不断深入，国民素质的整体提高，社会公众国际往来的见多识广，人们对文化生活的多方面要求，人们审美观念、审美要求的分化，同时，也伴随着科学技术的迅猛发展，人口流动的日益频繁，网络通信的日新月异，专业分工的不断细化，任何社会生产和生活领域的专业化程度极速提高，作家了解、认识生活，把握生活，表现生活遇到了前所未有的挑战，提出了太多的难题。没有文化的充分准备，想要表现出某一领域的生活，都会变成一个难题。今年是纪念徐迟报告文学《哥德巴赫猜想》发表40周年，我们纪念这部作品，更应该从中寻找启示。新时期之初，知识就是力量是全社会认知的口号。当一个作家去写一个数学家的时候，集中去写他在学术上苦苦追求，把生命奉献给自己的事业，契合了一种时代的呼声。历史发展到今天，如果我再去写一个科学家，想要在自己的作品中写比新闻报道更丰富，更具吸引力、感染力的内容，单纯的道义歌赞已不能满足读者的要求。如果一个作家可以理解到专业领域的深层次内涵，可以把科学精神贯注其中，甚至可以用专业的口吻去讨论专业的问题，又能使深奥的专业知识因此大众化、社会化、文学化，那可能才可以写出具有当代气魄的作品来。

我们对一个时代社会生活的认识，同样需要通过学习、理解、掌握政治的、经济的、文化的种种理论。我们提倡向柳青、赵树理、路遥学习，学习他们深入生活的坚持和诚意，其实，他们都是自己时代时事政治的学习者，最后也成了生动的解释者，而且还具有超越时事的能力，从中更体现一个作家的自觉担当。根据厚夫的《路遥传》里的记述，路遥为创作长篇小说的阅读准备几乎是"学术"式的。为了掌握长篇小说的创作规律和艺术特点，他集中阅读了上百部中外长篇小说，分析它们的主题，研究它们的结构，其中《红楼梦》读了三遍，《创业史》读了七遍。通过集中阅读，他明白了长篇小说是结构的艺术，真切体会到创作长篇小说"要求作家既敢恣意汪洋又能绵针密线，以使作品最终借助一砖一瓦而造成磅礴之势"。为了让笔下描写的生活能够入情入理，他同时阅读了大量社科著作，甚至包括工农商科、林牧财税等领域书籍。为了让自己塑造的小人物能够真正融入大时代，体现时代精神，他找来近十年内从中央到省到地区一级的报纸合订本，逐年逐月逐日逐页地翻阅。最终，这种"非文学"的阅读让他达到了"任何时候，我都能很快查找到某日某月世界、中国、一个省、一个地区发生了什么"。正是这种从中外小说到百科读物再到各类时事报纸的阅读，为他做一个时代"记录官"的创作理想打下了文学的、文化的、知识的坚实基础。

现实题材不是题材越大越好，关键是小中能不能见大，大中能不能保持鲜活。源于生活本身就很难做到，高于生活更难做好。如何实现，如何突破，这是我们共同的责任，需要我们在理论上深入思考，更需要在实践中不断地去做出精彩回答。

原载《中国政协》2018年第8期

（作者系中国作协党组成员、副主席、书记处书记）

现实主义的渊源与启示

南　帆

"现实主义"这个概念带来了不尽的理论波澜，围绕现实主义形成的理论文献汗牛充栋。多少有些奇怪的是，反反复复的争论并未使这个概念的涵义更为清晰——如果不是更加分歧的话。关注现实主义的各种观点必须区分为两个类型：一、理论的解读与阐发；二、作家心目中的现实主义。前者涉及理论史，后者涉及文学史。

理论家对现实主义阐述时常落入一个陷阱：他们往往觉得存在一个孤立的、先验的、固定的现实主义定义。事实上，人们必须在古典主义、浪漫主义、现实主义以及现代主义与后现代主义的序列之中解读这些概念。它们互为"他者"。狂飙突进的浪漫主义力图冲击拘谨、保守的古典主义，现实主义力图约束浪漫主义的奔放、夸张以及对于传奇的过度追求。只有纳入这种理论谱系，现实主义的"再现现实""冷静""客观"才能显出特殊的意义。其次，现实主义与浪漫主义或者现代主义的区别并非如同鱼类与鸟类或者猫科动物的区别，而是如同水稻、麦子与玉米的差异。转换一个角度，水稻、麦子与玉米之间存在诸多共同因素，例如均生长于土壤，离不开阳光与水分，等等。试图将现实主义叙述为独一无二的美学范式，这种结论时常被另一些"主义"拥有的作品挫败。第三，大多数作家并非某种"主义"的忠实信徒，不少作家甚至对理论家赠予的"主义"头衔敬谢不敏。同时，许多杰作往往是多种"主义"的混合物。很难根据某种定义按图索骥，找到纯"浪漫主义"或者纯"现实主义"的标本作品。第四，古典主义、浪漫主义、现实主义以及现代主义与后现代主义形成的秩序是欧洲版的文学史故事。中国文学史无法清晰地证明，这些"主义"的相互替代构成了一种普遍的规律。事实上，"五四"时期，浪漫主义、现实主义与现代主义几乎同时抵达中国，它们之间的矛盾并不尖锐——这些"主义"的共同对手是中国古典文学。

综合上述理论背景，R·韦勒克对于现实主义的表述大致公允："它排斥虚无飘渺的幻想，排斥神话故事，排斥寓意与象征，排斥高度的风格化，排除纯粹的抽象与雕饰，它意味着我们不需要虚构，不需要神话故事，不需要梦幻世界。它还包含对不可能的事物，对纯粹偶然与非凡事件的排斥，因为在当时，现实尽管仍具有地方和一切个人的差别，却明显地被看作一个十九世纪科学的秩序井然的世界，一个由因果关系统治的世界，一个没有奇迹、没有先验东西的世界。"相对于浪漫主义，现实主义显得理性、清醒、尊重常识；相对于现代主义，现实主义显得乐观、开朗，而不是陷入乃至沉溺于阴郁、荒诞和非理性。如果说，马克思主义的社会历史批评学派对于现实主义抱有特殊期待，那么，我必须提到"历史"这个概念。对于韦勒克所说的"由因果关系统治的世界"，马克思主义的社会历史批评学派重视的是历史演变的前因后果，并且从中窥见演变的规律。很大程度上，所谓的典型人物即是从性格与命运之中发现历史的信息。

解读18世纪或者19世纪文学的时候，"现实主义"曾经对众多批评家的论述产生了重大的影响。司汤达、巴尔扎克、托尔斯泰这些作家的名字都曾经与这个概念发生各种联系。对于批评家来说，现实主义不仅是某种美学范式的描述，同时还意味了肯定的价值判断。20世纪至21世纪，现实主义始终没有沉没；相对于形形色色新型的文学派别，现实主义不可替代的启示意义是什么？

现实主义的首要涵义是关注现实。对于当今的许多作家说来，关注现实业已成为不可推卸的职责。从"新写实主义""底层文学"到农民工进城、企业员工的焦虑，作家直面现实的苦难，毫不犹豫地将众多灰头土脸的小人物推到了文学的聚光灯之下。然而，正如许多作家意识到的那样，现实主义并不主张简单地复制各种苦难的细节或者场景，而是必须体现出深刻的历史眼光。从逼仄的蜗居、微薄的收入、就业的艰难到年迈双亲的拖累，现实主义必须使这些内容摆脱"自在"的孤立状态，展开各种细节或者场景的内在意义。这种内在意义即是从零碎的生活片断向某种历史性的格式塔结构聚合。在这个意义上，现实主义不仅包含了作家的精心构思，同时还包含了文学形式的选择与创新。传统的现实主义往往觉得，只要内容充实，文学形式如同一件无足轻重的外衣。然而，现今的现实主义不得不接受另一种新的理论认知：内容的意义显现很大程度上依赖于文学形式。文学形式并非无足轻重的外衣，可以漫不经心或者任意调换；文学形式毋宁说是作品的骨骼和皮肤，一具躯体的骨骼与皮肤独一无二。

　　现实主义曾经遭受的谴责是——文学的想象力哪去了？文学只能在琐碎的生活表象上爬行吗？对于武侠小说、玄幻小说或者穿越小说这些非现实主义文学，肯定评价的关键词即是"想象"。现实主义从未否定文学想象，但是，现实主义的想象必须接受因果关系的检验。当这种因果关系限定于社会历史范畴的时候，故事情节必须由可信的细节与可解的社会关系作为后援。一个人在墓穴之中生活十年，练就绝世武功；另一个人穿越到唐朝，当上了千娇百媚的公主，众多白马王子殷勤地簇拥在周围——现实主义通常不接受这种想象。即使墓穴之中衣食无虞，那个主人公为什么没有因为孤独而发疯？允许穿越作为一个免检产品，后续的问题仍然存在：为什么恰好当上了公主，而不是一个含辛茹苦的农妇，也不是兵荒马乱之中的孤儿？现实主义认为，这种想象的主要成分是欲望，而不是依据历史逻辑。一个成熟的作家没有理由纵容欲望：几乎所有的事实都证明，相对于强大的历史逻辑，廉价的欲望不堪一击。

　　（作者系福建省社会科学院院长、研究员）

通向现实主义的路到底有多远？

吴义勤

中国是一个现实主义的国度，可以说现实主义是现代以来的中国文学中当仁不让的主角。现实主义在20世纪中国文学中的显赫地位没有别的任何一种文学思潮能与之相提并论。某种意义上，20世纪的中国文学史也正是被视为文学主潮的现实主义不断发展壮大并最终一度一统文坛的历史。从"五四"文学研究会的现实主义创作到40年代的国统区小说，到"十七年"社会主义现实主义浪潮，再到新时期之初现实主义"鲜花的重放"和80年代末"新写实"小说的勃兴，现实主义可以说为中国文学创造了一个又一个的奇迹。照理来说，百年来我们一直在提倡现实主义，一直在呼吁现实主义，现实主义似乎已经成了衡量文学成就的最高标准并已内化成了中国人面对文学时本能性的审美趣味、审美习惯，我们整天与现实主义文学相遇，整天被现实主义文学所包围，中国文学最不缺乏的就应该是现实主义。可令人困惑的是，为什么时至今日，我们还在喋喋不休地谈论现实主义，还在不停地呼唤现实主义呢？我们的现实主义究竟出了什么问题吗？

回答这个问题，我们需要从正反两个方面去思考。从正的方面来说，这恰恰证明了现实主义的巨大生命力和无可替代的生机与活力。无论我们的文学走了多远，无论我们进入了怎样的新时代，现实主义仍然是无法替代的，仍然是最受欢迎的，仍然是我们最为需要的。这当然首先缘于其巨大的认识价值。现实主义文学是帮助我们认识自己所处现实与所处时代的特殊视角和重要工具，是它让我们获得了对于现实生在其中又出乎其外的能力，是它提供了超越"不识庐山真面目，只缘身在此山中"之迷茫的可能。其次，现实主义是最能唤起我们审美共鸣与价值认同的文学形态。现实主义在中国的兴盛既是中国特定的时代需要决定的，同时又是中国主流文学观念和审美心理主动选择的结果。古代的所谓"文章合为时而著""盖文章，经国之大业，不朽之盛事"等无不诠释了中国文学"文以载道""经世致用"的传统。而特别是当近现代中国社会面临剧烈变化之际，文学更成了政治家们用以推动社会变革的现实工具。由此，现实主义也就演变成了"为现实"主义，而且是一种可以提倡并大面积推广的"主义"。再次，现实主义有着自我观照、自我发现的镜像功能，是能够与每个人的生活发生直接联系的文学，是每个读者都能从中发现正在进行的生活影像的文学，也是几乎所有的人都有话可说的文学。从反的方面来说，我觉得我们今天对现实主义的不满足，对现实主义的呼唤，也与中国现实主义文学所走过的弯路、所受到的伤害有关。这是因为，其一，中国的现实主义文学几乎天生就具有功利主义的基因，重社会学、历史学、政治学价值，而轻视文学性本身的价值。考察20世纪的中国现实主义作品，我们不难发现，文学对于现实社会的功利主义已演绎成了作家们的一种普遍倾向。这类作品在批判现实时可能具有震撼人心的"血和泪"的力量，但在歌颂现实时就难免存在无法克服的"虚假"。"五四"人生派写实文学、国统区暴露文学、"文革"后伤痕反思文学的成功是正面的例子，而"大跃进"文学、"文革"的"三突出"文学则是反面的例子。其二，在中国的现实主义文学观里，现实的价值常常超过了文学本身的价值，这造成了现实主义文学评判标准的失衡，现实的意义、题材的意义、生活的意义、主题的意义往往取代了文学本身的意义，似乎只要题材、主题正确，其他都不重要了，所谓历史的现代性压垮审美的现代性几成常态。其三，中国现实主义文学话语与意识形态话语、政治话语的合流成为常态，现实主义在中国实际上就是一种典型的意识形态或意识形态附属物，它很大程度上已在意识形态的制约下偏离了理论和文学意义上的那种"现实主义"，极端的时候就会形成文学的政治化、概念化、模式化、机械化，导致现实主义的扭曲与异化，现实主义的形象因此大打折扣。今天，为什么很多人谈到现实主义就会有一种本能的怀疑和警惕呢？

就与此很有关系。比如，对于主旋律文学的争议，对于很多与现实同步的主题文学创作的怀疑，也都与此相关。

在这样的背景下，我们今天要讨论的现实主义文学创作问题，其实非常复杂也非常困难。无论我们怎样提倡，通向现实主义的路究竟有多远，其实谁也不能给一个清晰的答案。这里，我想从三个维度谈一点自己的看法。

一、关于"现实"。现实主义文学离不开现实。但何谓现实，如何现实，却有大奥妙，没有谁能给标准答案。严格来说，作家面对的所有的东西都是现实，都有现实性。也可以说，所有的作家都是现实主义作家。无论你写的是历史，还是穿越、玄幻，它反映的要解决的一定是作家"现实"的精神问题。大时代是现实，世界是现实，宇宙是现实，我们每个人的个体生活也是现实。今天我们进入了新时代，这个时代的现实无疑是无比广阔、无比丰富、无比鲜活、无比复杂的。对文学来说，现实是有多重性、复杂性和无限性的。主观/客观、我的/别人的、远的/近的、有限的/无限的、外在的/内心的、静态的/变化的、表象的/本质的、真实的/虚拟的、宏大的/渺小的、可知的/不可知的，等等，现实的面相就是这样丰富多彩、变幻莫测。对文学来说，我们要强调的是，其一，在文学的维度里这所有的现实形态都是平等的。其二，这所有现实形态对于文学的意义完全取决于作家对其认识和阅读的深度。对于我们今天的作家来说，最重要的是怎样认识和阅读现实。读懂，才不失语，才不缺席，才会在场。作家应该以怎样的方式去阅读现实呢？1.深入生活、扎根人民。这不是口号，而是一种真实的实践的呼唤。只有拥抱生活，经验生活中的一切，做生活的在场者，才有对现实和生活的切肤之感。2.观察与思考。活着是第一位的，与生活打成一片是必要的，但这又是远远不够的。作家还必须有从生活中跳离出来把生活对象化的能力。对生活提问的能力、抽象的能力、批判反思的能力、发现生活的整体性和逻辑性的能力都是不可或缺的。3.想象。作家对生活应有敬畏之心，但绝不能被生活覆盖、淹没，不能匍匐于生活之中，应该有对生活的诗意的想象能力，应该有把现实形象化、典型化的能力。

二、关于"现实题材"。阅读现实为作家"写什么"提供了可能，但"现实"如何进入文学，如何经过情感、心理、思想、精神的浸润变成"现实经验"，成为文学的"现实题材"，则需要作家主体的更大的文学自觉。生活就是生活，生活不等于文学，也不是文学。现实就是现实，现实不等于文学，也不是文学。把现实提炼成现实题材，需要作家：1.对生活和现实进行重新发现与理解。既要理解自己的生活，又要理解别人的生活，像赵树理、柳青、郭澄清、高晓声等作家一样真正进入生活。2.要有真正的现实感，在情感上、感觉上、思想上进入现实、进入生活，要清空自己的偏见和先入之见，从旁观者变成在场者，既要把别人的生活当作自己的生活，又要把自己的生活变成别人的生活。3.赋予生活、现实以文学性。这也包含两个层次，一是人的典型化、形象化，二是生活的典型化、美学化。

三、关于"现实主义"。真正的现实主义文学，不仅是一种题材、一种文学形态，还是一种方法、一种态度、一种精神。现实主义必须完成现实的审美化与文学化，必须解决"怎么写"的问题，需要作家有相应的人文情怀、文学修养、叙事能力、语言能力。在这里，有几个问题需要强调：1.不能把现实主义绝对化、神圣化。因为，现实主义与意识形态有着密切的联系，意识形态借助现实主义文学演绎自身的强大力量，现实主义也在意识形态逻辑和意识形态话语方式的导演下，创造了一个又一个文学神话，这使得现实主义常易被极端化。正如罗伯-格里耶所说："现实主义是一种意识形态，每个信奉者都利用这种意识形态来对付邻人，它还是一种品质，一种每个人都认为只有自己才拥有的品质。历史上的情况历来如此，每一个新的文学流派都是打着现实主义的旗号来攻击它以前的流派；现实主义是浪漫派反对古典派的口号，继而又成为自然主义者反对浪漫派的号角，甚至超现实主义者也自称他们只关心现实世界。在作家阵营里，现实主义就像笛卡尔的'理性'一样天生优越。"其实，现实主义也应该是多样化的、丰富多元的，甚至是无边的，没有终极形态的、始终不变的现实主义。我们曾经赋予了现实主义太多的功能，给予了过度的期待，现实主义也需要自由，要给现实主义松绑。2.不要把现实主义与先锋小说的传统完全对立起来，先锋小说从文学观点到文学形式的实验都留下了值得珍视的传统，这些东西不会过时，值得珍惜。现实主义文学更重视现实精神与现代意识。1950年代秦兆阳先生就指出"现实主义是指人们在文学艺术实践中对于客观和对于艺术本身的根本态度和方法，不是指人的世界观，而是指人们在艺术创作的整个过程中，以无限广阔的客观现实为对象、为依据、为源泉，并以影响现实为目的"的创作。从这出发，我们可以要求现实主义文学具有"对人生现实深切关注和对现实人生理性审视"的现实精神和以爱的激情、批判精神及理想精神为内涵的现代意识。但这种精神和意识的实现又更需要艺术和美学的支撑。某种意义上，现实主义与先锋小说是共生互补的，分别代表的是现实主义的不同面相。现实主义也需要如先锋小说一样不断"探索"新的"发展"形式和可能性，需要美学和技术层面的突破与创新，需要自我怀疑与自我否定。在今天，现实主义如果不能吸取先进的文学技术武装自身，单靠"现实精神"和"现代意识"是很难在文学性上有所作为的。而如果失去了文学性，再多的"现实""现实精神"和"现代意识"都是没有意义的。3. 要汲取以往现实主义的经验教训。对于现实主义来说，反映现实、把握现实、再现现实、批判现实、拥抱现实，确实都是它内含的规定性。但实际上，在政治化的社会里，任何"现实"，自然都不可避免地烙上了意识形态的烙印。图解现实、概念化、机械化、简单化的写作不是现实主义；投机性的迎合政治的功利写作也不是现实主义；高大全、空心化、模式化、生活等级化的写作更不是现实主义。可以说，不管题材多么现实，主题多么现实，意义多么现实，如果偏离了文学性，那所有的写作都不是现实主义。4. 要正确处理真实与想象、歌颂与批判等矛盾关系，辩证看待现实主义的悖论性。歌颂与暴露不能简单化、伦理化，批判现实是现实主义，歌颂现实也是现实主义。现实主义自身就充满了悖论，如客观与主观的悖论、实在与精神的悖论、真实与虚构的悖论等等。法国的加洛蒂提出"无边的现实主义"实在也并不是一种偷工减料之举，而是因为现实主义确实具有某种不可言说性。加缪就说过，尽管现实主义艺术是合乎愿望的，但它是否可能，却值得怀疑。只有上帝能够创造整个世界并且解释它，如果哪个艺术家能够这样做，那他就是上帝。他还反过来推理："唯一的现实主义艺术家将是上帝，如果他存在的话。"现实主义的这种难能的境地几乎可以说是它天生的一个缺陷。更为重要的是，现实主义以客观、真实地把握"现实"为其旨归，这本身就是一个虚妄的目标。"现实"本身正日益变化着，人的物质生活、精神生活和政治生活都发生了天翻地覆的变化。我们对于自己及周围事物的认识也相应地经历着不同凡响的动荡，维系我们与世界之间的主观关系自然彻底改变了。即使小说仅仅是再现现实，至少它的现实主义基础也会与这些客观变化同步发展，否则就令人费解了。还是罗伯-格里耶说得好："当一种写作现实失去了它最初的活力、气魄和冲击力，而成为一种平庸的方法和经院主义——它的后继者为习惯和惰性所左右，根本不考虑遵循这一主义的必要性时，对现实的回归意味着否定僵死的形式和探索继往开来的新形式，而对现实的挖掘只有在扬弃旧有形式后才能继续深入下去。"因此，现实主义绝不是一种简单的文学形式，也不是一种容易得没有难度的文学形式。生活有时比文学更真实，新闻式写作、非虚构都是对现实主义的考验。同时，反映现实的快与慢、深与浅也同样会影响现实主义文学的品质。5.人和人性无论如何都是现实主义文学最根本的力量之所在。人的塑造、人性的真实、人物形象谱系的建立，对于现实主义文学是必修课和基本功。作家的批判精神、问题意识、人文情怀永远是第一位的，只有拥有了这些才能真正为人民抒怀、为人民抒情，才能真正彰显现实主义文学的魅力。

（作者系中国作家协会党组成员、书记处书记）

我们经历了什么样的"现实主义"

丁　帆

　　在中国，自"五四"以降，对现实主义的阐释是五花八门、各种各样的，多为改造过的，也有一些是"伪现实主义"。怎样梳理和鉴别，却是一个永远的话题。

　　在百年文学史中，我们对"现实主义"的理解和汲取往往是随着政治与社会的需求而变化的，可以细分成若干个不同历史阶段进行梳理。大的节点应该有三四个。

　　1915年《新青年》创刊后不久，陈独秀就提出了"写实文学"和"社会文学"的主张，引导文学"今后当趋向写实主义"。源于此，中国文学主潮就开始了"为人生而文学"的道路，遂产生了20世纪20年代中国文学的"黄金年代"。如果说鲁迅的小说创作是践行19世纪批判现实主义而开创了中国现代小说的现实主义文学的先河，深刻的批判性和悲剧性弥漫在他的小说和散文创作中，这就是所谓的"鲁迅风"——批判现实主义的精髓所在，那么集聚在他旗帜下的众多作家和理论家，都是围绕着"批判"社会和现实的路数前行的，他们效仿的作家作品基本上都是勃兰兑斯在《十九世纪文学主流》中分析到的名人名著。这里就不能不提及"文学研究会"的中坚人物茅盾了，因为他在"五四"前后写了许多理论文章来支撑中国的现实主义文学，呼唤着"国内文坛的大转变时期"的来临，诟病了"唯美主义"和"颓废浪漫倾向的文学"，倡导"附着于现实人生的、以促进眼前的人生为目的"的"现代的活文学"。他还付诸创作实践，在1927年大革命失败之时，激愤而悲观地写下了长篇小说"蚀"三部曲和短篇小说集《野蔷薇》，这些即时性作品既是思想的"混合物"，同时又是"悲观倾向的现代的活文学"。

　　总而言之，"五四"新文学第一个十年，中国文学无论是在理论上还是创作上，都是基本遵循着欧美19世纪批判现实主义创作法则的。而真正的"大转变"则是30年代初"左联"的成立，引进了苏联的"社会主义现实主义创作方法"。也是由于茅盾先生自1928年7月为政治避难东渡日本后，接受了日本无产阶级理论家从苏俄"二次倒手"而来的无产阶级文艺理论，于30年代初归国后，在共产党领袖人物瞿秋白参与构思下，写下了著名的长篇小说《子夜》，从此，中国的现实主义才真正来了一个大转弯。当然，我们对《子夜》也不能一概地否定，我个人认为这部作品仍然有着19世纪批判现实主义的创作元素，许多现实生活的场景都是"现代的活文学"，其批判现实的锋芒依然犀利。但是那种要求作家必须从革命发展的需求来描写现实的创作法则，便大大地减弱了作品反映生活的准确性和客观性，所谓"艺术描写的真实性和历史的具体性必用社会主义精神从思想上改造和教育劳动人民的任务结合起来"的规约，就把自己锁死在狭隘的现实主义囚笼之中了。这在《子夜》的创作过程中表现得就十分明显：原本茅盾是想写中国民族资产阶级在买办资产阶级的压迫下溃灭的主题，试图塑造一个失败了的民族资本家吴荪甫的悲剧英雄人物形象，但为了实行上述创作方法的原则，他就只能遵从一切剥削阶级都有贪婪本质的命题，把吴荪甫的另一面性格特征夸张放大后进行表现，这在某种程度上反而削弱了主题的时代性和深刻性。尽管《子夜》是先于苏联1934年钦定的"社会主义现实主义"条例出版，但是，共产国际的声音早就传达于中国"左联"了，让这部巨著变成了另一副模样。

　　这个问题不仅仅纠结了几代作家和理论家的创作思维和理论思维，让现实主义在革命和现实的两难选择中滑进了对文学客观描写和主观阐释的混乱逻辑之中，历经80年都爬不出这个泥潭。这就使我想起了亲历过这样痛苦抉择的胡风文艺思想。多少年来，我一直纠结在他的"主观战斗精神"和"创作方法大于世界观"的现实主义理论中不能自拔。其实，这种逻辑上的矛盾现象，正是包括胡风在内的每一个作家都无法解决的创作价值理念与客观现实之间所形成的对抗因子。一方面要执行革命家的"主观战斗精神",另一方面又要尊崇现实主义的创作规律,按照事件和人物本来应该行走的路径前进。我想,任何一个高明的作家也不可能在这种自相矛盾的逻辑中抵达创作的彼岸。这在"胡风集团"中坚人物路翎的长篇小说《财主底儿女们》的创作中表现得尤为突出,作者也无法跳出其领军人物自设的魔圈。

在共和国文学的长河当中,我们可以看到许许多多为现实主义献身的现实主义作家和理论家,我们也可以在现实主义几经沉浮的历史命运中,寻觅出它受难的缘由。但是,现实主义尽管走过那么多弯道,我们却不能因为它踏入过历史的误区,就像对待一个弃儿一样拒绝它的存在。曾几何时,秦兆阳的《现实主义——广阔的道路》、周勃的《论现实主义及其在社会主义时代的发展》和钱谷融的《论文学是人学》,把现实主义抬上了历史的高位,但是20世纪60年代对他们的批判,遂使现实主义步入了雷区。连邵荃麟和赵树理的"现实主义深化论"和"中间人物论"都成了被批判的靶子。带有理想主义的"两结合"创作方法替代现实主义的真正原因就在于现实主义往往是带有批判的元素,是带刺的玫瑰,它往往不尊崇为政治服务的规训。

随着思想解放运动的兴起,"伤痕文学"异军突起,标志着19世纪批判现实主义在20世纪80年代的一次回潮。人们怀念80年代并不是说那时的作品怎么好,而是认为那个时代批判现实主义创作方法被激活,是给中国的写实主义风格作品开辟了一个从思想到艺术层面的新路径。是给启蒙主义思潮打开了一个缺口,让思想的潮流和艺术方法都有了一个新的宣泄载体。

而随着对于旧现实主义创作方法的弊端的不满,20世纪80年代相继出现过诸如"现代现实主义"和借鉴拉美"爆炸后文学"的"魔幻现实主义""心理现实主义"和"结构现实主义"创作思潮。到后来由于对现代主义与后现代主义"先锋小说"创作思潮的抗拒心理,导致了"新现实主义"和"新写实"的崛起,这些正是对社会主义现实主义的一次次修正与篡改,是重新对那种毛茸茸的"活的文学"的肯定和倡扬。作为"新写实"的策划者和亲历者之一,我们在二十年前就试图从人性和人性异化的角度来解释"新现实主义"与"旧现实主义",尤其是与"颂歌"型的"社会主义现实主义"区别开来。回顾其发展变化的全过程,这个判断大致是不错的。我们不能说这样的概括就十分准确,但是,直到今天似乎它的生命力还在。我们不能说"新写实"是一个完美的现实主义的延续,但是,作为对一种创作方法的反拨,它在文学史上是有意义的。

再后来,"现实主义三驾马车"的兴起,和新世纪的"底层文学"的勃兴,让现实主义似乎又回到了"五四"的起跑点。然而,在现实主义的道路上,我们的文学似乎还是缺少了一个重要的元素,这恐怕就是"批判"(哲学意义上的)的内涵和价值立场。

历史的经验告诉我们:创作方法只有回到初始设定的框架之中,才能凸显出其作品的生命力,尤其是长篇小说。

(作者系南京大学中国新文学研究中心主任、文学院教授)

现实题材与现实主义

白　烨

　　现实主义并非一个简单的概念。关于现实主义问题，在20世纪80年代初中期，就曾开展过为期数年的热烈争论与讨论，各种意见相持不下，各有各的说法。而我们所说的现实主义，是联系着中国的社会文化现实，对应着中国新文学以来的创作实践，跟欧美的批判现实主义、俄苏的批判现实主义，实际上是剥离开来的，是内涵与外延都不尽相同的两个概念。简要地说，关于现实主义，有偏严与偏宽的两种思路的理解。偏严的，在内涵与方法上都持守现实主义的原本要旨，即"真实地再现典型环境中的典型人物"的真实性、客观性与典型性；偏宽的，则主要强调富含人文主义内核的社会性、真实性与向上性统一的基本精神。

　　"现实题材"是现在人们谈论较多的一个热门话题，而且与现实主义密切相关，我想从这个话题说起，谈三点相关的看法。

　　第一，现实题材与现实主义的内在联系。现实题材说的是一种题材类型，现实主义指的是一种写作方法，但因为面对和处理的同样是现实，这便使它们之间有了无法割舍的种种联系。

　　关于现实主义，恩格斯有一段被称为经典表述的话，恩格斯说："现实主义的意思是，除细节的真实外，还要真实地再现典型环境中的典型人物。"这段话里包含了两个意思，一个意思是，现实主义要求细节的真实，还有一个意思就是现实主义要求创造出典型环境中的典型人物。文学是人学，小说主要是写人的，好的小说一定是要塑造比较独特的鲜活的人物形象。塑造典型环境中的典型人物要求就更高了，就是要写出这个人物与所处环境的关系。比如我们要写改革开放40年的新的人物的话，一定是这40年里头凸显出来的，带有改革开放这40年特有时代气质的人物。而我们现在写人物有时候不太注意人物跟时代的关系，以及在他身上所体现出来的时代特有的东西，这个年代跟别的年代不同的东西，所以对这个典型环境中的典型人物要求很高。现实题材讲究反映生活的真实，现实主义为此提供了最为有力的保证。因此，现实主义应该是现实题材写作的题中应有之义，也就是说，好的现实题材的写作应该运用现实主义的手法，或者最好运用现实主义的方法。

典型环境中的典型人物，例如鲁迅笔下的阿Q，典型地反映了中国近代半殖民地半封建社会中一个青年农民的性格特征，他身上凝聚了那个时代所特有的很多东西，民族的很多东西。当然我们不一定都能写出阿Q这样的典型形象，但也应该力求塑造出我们自己笔下的典型人物形象。

第二，现实主义的原则性与开放性。现实主义的要义，是按照生活的本来面目去反映生活，这是现实主义的基本原则。而按照生活的本来面目去反映生活，有着多种多样的方式与方法。这就使现实主义本身，在原则性的基础上，又具有着相当的开放性。从现在看恐怕没有一个标准的现实主义。比如说19世纪的欧美、俄罗斯作家作品，被认为是批判现实主义。后来苏联又出现了一些新的作家和作品，比如像爱伦堡的一些作品，帕斯捷尔纳克的一些作品，他们表现出了另外一种风格，有的人称之为"严谨现实主义"。后来又出现了拉丁美洲的马尔克斯、博尔赫斯这样的一些作家，他们的作品又被人认为是"魔幻现实主义""结构现实主义"，这些都表明现实主义本身，具有相当的开放性，可以带进各种艺术元素来反映现实。

从我们中国来看，从新文学时期的鲁迅、茅盾、巴金、老舍等人开始，我们的新文学传统基本上是现实主义的。到了当下，现实主义几乎是我们当代文学的一个主流。我们在讲"十七年"文学时，关于这一时期的长篇小说，有一个"三红一创"的概括。"三红一创"就指的是《红岩》《红日》《红旗谱》《创业史》，还有个概括叫"保青山林"，指的是《保卫延安》《青春之歌》《山乡巨变》《林海雪原》。每一组简要概括里既有革命题材，又有乡土题材。这些作品我们回过头去看都是典型的现实主义表现手法。所以现实主义是发展的，没有固定模式，我们完全可以根据自己的造诣，自己的需要，去进行创新和发展。

第三，关键是要有现实主义精神。现实主义精神是我们在作品中体现出的对人的一种高度关注，对人的生存状态、精神状态，以及命运的关注。因为关注人的现状、人的发展，所以会对环绕着人的环境的一些问题进行揭露或者批判，所以现实主义精神里一定包含着批判性、抗辩性。因此，现实主义精神其实是一个更重要的东西。我们在写作中能不能真正做到富含现实主义是一回事，但从某种意义上讲，要有一个理念，就是要把人民真的放在心中。人民是历史的主角，是历史的创造者，我们在创作中要以人民作为主角，这是一个总的精神。

当然，在文学写作中，我们写的都是具体的人，你可能写的是一个干部，一个职员，或者是一个小人物，其实都没关系，心里装着人民，把每一个小人物都当大人物对待，我觉得这点非常重要。我觉得严格意义上讲，文学作品中没有绝对的小人物。举个例子，陕西陈彦的长篇《装台》出版之后评价很高，原因就是他写了一些不同寻常的小人物。这些小人物是给舞台装置背景的，灯光、布景、假山、造型等等。这群人很能吃苦，爬高登低，虽是力气活但不懂艺术也不行。他写他们的含辛茹苦，也写了他们力尽所能地相互温暖和帮助他人。这个作品里的主人公顺子，先后跟三个女人好，但爱情在其中起的作用并不很大，这三个女人都是没有着落、需要帮助的人。他悉心地爱护照顾每一个女人，让她们体面地生活。他自己过得已经很艰难了，但尽其所能领着一帮小兄弟干活装台，以便他们养家糊口。作品写出了小人物难以言说的苦处，更写出了一个小人物的担当，小人物不光像萤火虫一样带着光亮照亮自己，同时也温暖别人。这个作品在怎么样写小人物和处理小人物方面，确实有它的新意。所以我认为好的作品中没有小人物，我们在写作的过程中要把每一个小人物都当大人物，写出他们的灵魂，写出他们的神性，这样人物自然就栩栩如生。所以在文学作品中，精心对待每一个人物，充分尊重每一个人物，其实也是现实主义精神的一个方面。

20世纪80年代中期，文学理论家刘再复写过一篇引起很大争议的理论文章《文学主体论》，其中谈到在文学活动的各个环节发挥人的主体能动性时，特别强调要尊重作品人物的主体性。他指出，当作品的人物你把他写出来了，赋予他生命之后，就要把作品中的人物当生活中的人物对待，要遵从他的性格逻辑发展，不要任意揉捏，要把他当成一个活着的人去尊重，.这一点非常重要，但却常常被一些作家忽略。

现实主义以及现实主义精神其实就是要真诚地面对生活，听从自己的内心的命令，直面现实大胆地书写，发出审视的、怀疑的、抗辩的乃至批判的声音，这样的作品才会有力度。从某种意义上讲，这也是作家自己主体力量投射的一种反映和表现。作家自身的主体精神的丰富性也非常重要。如果作家自身的精神层面不丰厚，那作品的精神层面就会受到一定的限制。所以作家必须保证自己的主体精神是丰富的、饱满的，是有文化自信的，这样才能对生活有自己的发现，并在作品中坚持发出自己的声音。在这个意义上，作家的思想内涵决定作品的精神蕴含，现实主义精神取决于作家的主体精神。

（作者系中国社会科学院文学研究所研究员，中国当代文学研究会会长）

现实主义：方法与气度

孟繁华

　　现实主义在不同历史时期的提出，隐含着不尽相同的内容和意义。现实主义在中国的发生发展证实了这一点，特别是历次关于现实主义的大讨论，对这一观念和方法的不同理解，表明现实主义一直是一个有多重阐释空间和可能的概念。在这一概念中，集中反映了不同的文学观、价值观以及文学功能的诉求。因此，现实主义一直是一个不断变化也不断丰富的文学概念。今天重提现实主义，显然有明确的新的时代色彩。但是，在我看来，无论我们怎样重新阐释现实主义，回到恩格斯最初的论述，重新理解恩格斯论述中尚未被发现的思想是非常必要的。恩格斯《致玛·哈克奈斯》的信，是关于现实主义的论述的重要文献。在这封信中，恩格斯一方面肯定了哈克奈斯《城市姑娘》的"现实主义的真实性"和"真正艺术家的勇气"，一方面批评了作品"还不够现实主义"。那么恩格斯通过对《城市姑娘》的批评，表达了对现实主义怎样的理解呢？我想核心的内容起码有这样两个：一是对文学"典型人物"的要求，一是对时代核心知识的提供。

　　信中言之凿凿地提出："现实主义的意思是，除了细节的真实外，还要再现典型环境中的典型人物"。这个观念我们耳熟能详。但是，近期的小说创作究竟有多少人物能够称得上"典型人物"，是大可讨论的。我曾在不同的场合多次谈到当下小说没有人物的缺憾。在我们的阅读经验里，与其说我们记住了多少小说，毋宁说我们记住了多少文学人物。现在我们每年出版、发表海量的小说作品，但是能够被我们记住的文学人物有多少呢？因此，不注重典型人物的塑造，是当下现实主义小说创作的一个大问题。在当代文学史中，我们讲述现实主义小说成就的时候，《创业史》《白鹿原》是最具典型意义的作品。而这两部小说不只提供了不同历史阶段的社会图景，或展示了社会主义无可限量的未来，或描述了前现代乡绅制度对乡土中国秩序、价值观、道德等的社会维系功能，更重要的是小说创造了诸如梁生宝、梁三老汉，白嘉轩、鹿子霖、白孝文、鹿兆鹏、田小娥等人物形象。尽管批评界对梁生宝的形象有争议，但梁生宝是社会主义新农村的新人物是没有问题的；梁三老汉作为传统中国农民在转型时代的典型性，也是极其成功的。而白嘉轩、鹿子霖及其后代们的鲜明性格，也是小说取得的重要成就。因此，现实主义文学除了坚持细节的真实之外，努力塑造典型人物，这一理论的正确不仅为历史证明，同时对当下的小说创作仍然具有指导意义。

对时代"核心知识"的提供，是现实主义小说未被言说的另一要义。恩格斯同哈克奈斯说，巴尔扎克的"人间喜剧"，"汇集了法国社会的全部历史，我从这里，甚至在经济细节方面所学到的东西，也要比从当时所有职业的历史学家、经济学家和统计学家那里学到的全部东西还要多。"我们知道，贵族衰亡、资产者发迹、金钱罪恶是巴尔扎克小说的三大主题。但这三大主题里，有充沛的"经济细节"做支撑。经济细节，就是巴尔扎克时代的"核心知识"。地产、房产、金钱甚至票据以及资本的获得与经营，是恩格斯比从当时所有专业的历史学家、经济学家和统计学家那里学到的全部东西还要多的具体内容。因此，没有一个时代的核心知识，小说的时代性和标志性就难以凸显。在当代中国，尤其是都市文学，之所以还没有成功的作品，没有足以表达这个时代本质特征的作品，与作家对这个时代"核心知识"的稀缺有密切关系。诸如对金融知识、人工智能、信息知识等的不甚了了，严重阻碍了作家对这个时代都市生活的表达。"核心知识"不仅科幻作家应该了解，传统小说作家也应该了解。另一方面，高科技给现代生活带来了极大的便捷，但潜在的危机几乎无时无处不在。没有危机意识是当下小说创作最大的危机。因此，向巴尔扎克学习将时代的"核心知识"合理地植入小说中，我们的现实主义文学将有极大的改观。

现实主义创作方法是重要的，新文学诞生以来，文学成就最大的就是现实主义文学。它是我们巨大的文学遗产，也是我们有无限可能的文学未来。但是，当我们强调这一文学方法重要的同时，也要警惕现实主义的一家独大，警惕可能发生的排他性。事实上，当代文学，特别是改革开放40年文学之所以取得了伟大的成就，除了现实主义的不断丰富和发展外，兼容并包应该是更重要的文学观念。我们拥有强大的现实主义文学，也有诸多不那么现实主义的文学，而不应该是现实主义文学的一花独放孤芳自赏。无论任何时候，只有坚持兼容并包，文学才会百花齐放春意盎然。因此现实主义不仅是一种方法，同时也应该是一种气度。

（作者系沈阳师范大学特聘教授）

以人民为中心与现实主义

胡　平

　　文学创作的现实主义是个老命题，但在不同历史条件下面临不同要求。在新时代文学框架下，首先需要明确以人民为中心与现实主义的关系。

　　以人民为中心的创作导向是社会主义文艺的内在要求。社会主义文艺的本质要求文艺为人民服务、为社会主义服务，这为作家的创作生涯开辟了广阔的道路。在十九大报告中，坚持以人民为中心的思想不仅是文艺思想的一部分，也是新时代中国特色社会主义总体思想的一部分，是管总的，因为党的根本宗旨是全心全意为人民服务。所以，作家们应该把握住这个基本面，在创作中坚持人民的主体地位，反映人民的现实生活和对美好生活的向往，才能够创造出无愧于时代的好作品。

　　"四个讴歌"是新现实主义的重要表征。十八大以来，在习总书记在文艺座谈会上讲话和在作协九大开幕式上的讲话的指引下，讴歌党、讴歌祖国、讴歌人民、讴歌英雄的创作已形成新的潮流，主旋律更加响亮，正能量更加强劲。可以注意到，著名作家撰写的反映现实的正能量作品数量明显增多。如关仁山长篇小说《金谷银山》就是一部主旋律色彩鲜明又有相当艺术质量的长篇小说，作品主题符合总书记"绿水青山就是金山银山"的指示精神，但创作契机却产生于生活的暗示，来自作者一次深入生活中偶然听到的一个农民挖掘老种子金谷的故事，这个故事后来成为全书之眼。宁肯的长篇报告文学《中关村笔记》是一部关于中国硅谷和中关村精神的作品，通过对中关村几十年发展的回顾，十分深刻地展示了中国改革开放事业的历史步伐。创业者满怀理想、励精图治变革、敢于负责拍板的精神气度读来令人感怀。任林举的长篇报告文学《此念此心》书写太行之子吴金印坚持在河南基层工作四十多年的模范事迹，展现了中国共产党人全心全意为人民服务的精神，作品注重挖掘吴金印身上美好的道德品质，把个人品质放在建设社会主义核心价值观的大格局中去体现，塑造了一个时代英雄的楷模。

对现实主义的正能量要做全面的理解，要鼓励作家深入关注广大群众的喜怒哀乐和心声。习总书记在新年祝词里说，他了解人民群众最关心的是什么，其中包括教育、就业、养老等，老百姓听了就温暖。作家也是这样，如现在进入老龄社会了，养老是大问题，关系民生，也需要作家关注。著名作家周大新首先涉猎这一题材，他近期出版的长篇小说《天黑得很慢》，写一个退休法官面临衰老和死亡时的精神历程，获得较大社会反响，处理了一个"人人心中有，个个笔下无"的命题。可见，作家关注民众心声的创作意识是很重要的。

现实主义的创作是直面现实的，不是回避现实矛盾的。习总书记说："生活中不可能只有昂扬没有沉郁、只有幸福没有不幸、只有喜剧没有悲剧。生活和理想之间总是有落差的，现实生活中总是有这样那样不尽如人意的地方。广大文艺工作者要对生活素材进行判断，弘扬正能量，用文艺的力量温暖人、鼓舞人、启迪人，引导人们提升思想认识、文化修养、审美水准、道德水平，激励人们永葆积极向上的乐观心态和进取精神。"这也是新时代现实主义的一种基调。在这方面，铁凝的一些创作经验值得借鉴。铁凝近期出版了小说集《飞行酿酒师》，收集了她一段时间来发表的短篇小说。这些作品总是充满暖意和温馨，即使描写底层生活，也能写出生活中美好的一面。如《春风夜》，写一个农村妇女到北京给人家做保姆，丈夫是开货车跑长途的，路过北京，两人约好在城郊小旅馆团聚。可是房间里睡了别人，他们只好在床上坐着聊天。她陪丈夫看病后再次回到旅馆，服务员却死活不允许她与男人独处，因为她没带身份证。两人好几年期盼的团圆就这样结束了。这情境与困境有关，令人同情，但读时又使人感到温暖。作品中保姆俞小荷的心也是暖的，因为丈夫细心为她的病腿盖上被子，也初次模仿时尚叫了她"宝贝儿"，她在感情上的满足并不亚于一些贵妇人。作者写出了困窘中更显露的真情。铁凝的文学美学与生命的瑰丽相关，带给人们希冀和热望。这些作品对于当前创作具有某种可贵的示范作用。

网络文学创作，也要贯彻以人民为中心的导向，鼓励现实主义精神。一个长时期里，网络文学多以幻想和穿越类题材取胜，以后一段时期里，面对现实的创作有所加强。毋庸置疑，就贴近现实、反映现实而言，目前仍以传统文学创作为重镇，体现了传统文学难以替代的社会价值。对于庞大民众群体的日常生活，如农民群体、工人群体的日常生活，网络文学是不大反映的，不爱写村里那些事，也不爱写厂里那些事，认为缺乏读者。其实也未必，如工信部近期举办了首届中国工业文学作品大赛，历时半年，在工业战线引起广泛反响，受到热烈欢迎，大赛官网访问量超500万人次，网络总投票数90多万票，许多作品的质量可喜，超乎想象，反映了我国工业发展的艰辛历程和光辉成就，也反映了工人阶级的日常生活，体现了中国特色工业文化的时代魅力，也说明工业文学是有广泛受众的。因此，在新时代，广大网络作家也应努力适应新形势，开辟创作新领域；宣传文化部门则需要积极为他们创造深入现实生活的良好条件。何时，网络文学的现实主义也强盛了，网络文学便成熟了。

（作者系中国作家协会小说委员会副主任）

关于现实主义，我想说的就只有这些了
——答伍友闻

梁鸿鹰

友闻先生：

见信如晤。

我们并不熟识，熟了可能就不写信了。在这样一个书信废弛的时代，能够得到书信往还的机会，肯定要珍惜。你来信问我对现实主义的看法，恰好我很感兴趣。

近几年，人们又对现实主义有了新的热情，这非常好，但愿不要成为一阵风或一窝蜂。

现实主义不是过时的话题，可以常说常新。任何事物的生命都来自实践的不断发展，现实主义作为文艺创作的主要方法，具有恒久的影响力生命力，在于能够吐故纳新。

现实主义不是在 19 世纪被命名之后才有的，我们的《诗经》、《史记》、唐诗、宋词、元杂剧、明清小说，共同形成了现实主义的浩大传统。西方的《荷马史诗》、莎士比亚戏剧，歌德、塞万提斯的小说，都是充分现实主义的。认真研究这些作品，你会发现其中有一些共同的特质，比如对社会问题的关切，对人性的挖掘，对人生重大命题的探索等等。

现实主义不是无源之水、无本之木。从历史上讲，现实主义作为具有一整套性格描写原则的艺术方法，形成于文艺复兴时期。文艺复兴时期的现实主义以描写人物丰富的感情、欲望和感受而著称，主要表现人类的崇高，强调人物性格完整纯洁，往往富有诗意，是歌颂的。启蒙时代的现实主义长于分析社会关系，强调创作要有明确的社会目的及思想教育作用，是教化的。19 世纪批判现实主义既是历史的继承，又是现实的创新，堪称18世纪以前文学经验的集大成，弥补了文艺复兴时期现实主义历史具体性之不足，吸收了性格描绘的具体性，摆脱了古典主义的理性原则，克服了启蒙现实主义的说教，吸收了二者的社会分析因素，克服了浪漫主义的主观性，如福楼拜在致信乔治·桑时说的，现实主义"不要妖怪，不要英雄"。对19世纪的现实主义，法国作家左拉说过，"调查和分析运动，是十九世纪的主要运动。巴尔扎克，这位大胆与强有力的革新者，在小说中，用科学家的观察，代替了诗人的幻想"。强调美即生活的真实性，强调对生活的干预批判，强调典型环境里的典型人物的塑造，使19世纪的现实主义绽放异彩。

现实主义不是包打天下包治百病的灵丹妙药，掌握了现实主义不等于就掌握了一切，可以不用掌握别的了。辩证唯物主义告诉我们，世界上的事物是多元丰富的，世界的运动是绝对的无限的。创作方法必然多元多样，同样在变化在发展。不可以把现实主义变为唯一，定为唯一。提倡创作方法的多样，对文艺创作有益无害。创作方法无禁区，作家自会找到适合自己的创作方法，对此，我们不必过于操心。

现实主义不是对浪漫主义的排斥或否定，二者不存在孰优孰劣的问题，不能相互替代，浪漫主义要有现实主义观照，现实主义也迫切需要有浪漫主义情怀啊。二者不少时候真的是你中有我、我中有你。

现实主义不是政治概念，更不是政治避风港，一个时期拥护现实主义，另外一个时期远离现实主义，甚至嫌弃现实主义，不是一个真正作家应有的做法。创作方法与选材一样，千万别见风使舵，也千万别搞投机。

现实主义不是只对现实生活敞开大门，不天然属于现实题材。现实主义与现实题材根本是两码事，《史记》《荷马史诗》《战争与和平》等现实主义的杰作就取材于历史。

现实主义不是"大题材"的专属地，不能认为只要写了重大革命历史题材，写了抗日战争、淮海战役，写了南水北调、高铁建设，就算实践了现实主义。写一个流动小贩的忧伤，写一个汽车售票员的默默无闻，就不能焕发现实主义的光彩吗？那种给现实主义划定专有题材领地的做法，完全没有依据。而且，谁也没有理由给作家规定必须使用什么创作方法，必须写什么或不写什么。契诃夫说，"人们责怪我，甚至托尔斯泰也责怪我只写鸡毛蒜皮，说我的作品里没有正面人物——没有革命家、没有亚历山大·马其顿，或者，哪怕是像列斯科夫（1831—1895，俄国作家，其许多作品含有社会讽刺成分）那样，就写一些诚实的县警察局长"。没错，他只写自己最熟悉最理解的，并且以自己熟悉的方式写。他写一个孩子给乡下爷爷写信，一个老人向老马倾诉衷肠，一个公务员看戏的时候在当官的背后打了个喷嚏结果把自己吓死了，等等等等，你能说他的创作不是现实主义吗？

现实主义不是对人生笨拙的摹写，不是对世相的烦琐记录，不是照片集，不是档案袋，不是盲目照录现实，而是有删减，有补充增益，提倡富于想象、集中提炼，提倡对现实进行生动的符合现实的再创造，从而揭示生活本质。现实主义作家认为生活不尽完善，出现在人们面前的现实似乎总是杂乱无章、毫无秩序的，事物彼此之间没有任何联系，现实主义立场促使作家以具有说服力的细节，反映社会本质的人物形象，探寻其中的规律，找到事物之间的普遍联系，再造一个个"可信的"现实。

现实主义不是变魔术搞障眼法让人粉饰现实，我们的文学创作过去在这方面吃过不少亏，就是因为违背了现实主义原则。当前有些创作者依旧在违背现实主义原则，粉饰现实，不说真话，用文字搞形象工程。比如一些作品写某地方的成就，以大量数据、场景、细节刻画当地领导工作有方造福百姓等等，作品印出来了，领导下了大牢，作品也就寿终正寝了。

现实主义不是传声筒，这是一种在创作上面向现实、关注现实的精神追求。现实主义关注的是人，是人的命运、性格、灵魂的律动，强调挖掘人的内心世界。那些描写生产过程的作品难以被人们记住，就是因为表现的不是人的情感。作家要写出活生生的人，就是要把自己全部的生活经验注入进去，在体验熟识了许多人后，与他们多次会面后，选择那些说明人物性格和行为的生活细节、思想和感情，让他们定居于人间，有欢乐有忧伤，让人觉得作者写的就是自己多年的熟人。

现实主义不是浮在表面反映现实，现实主义需要作家的真诚，需要为自己所写的而激动，感觉难以摆脱，非写不行。

现实主义不是出传世之作的必然保证，什么时代出什么成色的作品，不出什么成色的作品，谁都无能为力。苏联作家爱伦堡曾经讲过这样一个意思，上帝在一个时代投放一批天才，而在另外一个时代却绕行而去。前辈们比我们幸运的是，他们所描绘的社会，变化异常缓慢，迅速变化的当代人的思想和感情总是很难表达的，已经形成的社会和正在形成过程中的社会，是难以相提并论的。我们就处在一个变化异常剧烈的时代，有无限的可能，有广阔的空间。

现实主义不是口头标举出来的，要靠真诚的实践，靠踏实的创作。

友闻，关于现实主义，我想说的似乎就只有这些了。

但愿这些不沦为老生常谈。再会。

祝文祺！

梁鸿鹰

2018年10月10日晚上

（作者系《文艺报》总编辑）

现实主义更是一种创作态度

李一鸣

当我们谈到现实主义时，对它往往有几个维度的理解。一是作为一种文学流派、文学思潮，现实主义发生在西方 18 世纪末期到 19 世纪末期；二是作为一种创作原则和创作方法，恩格斯关于"除了细节上的真实之外，现实主义还要求如实地再现典型环境中的典型人物"的论述，被公认为是对现实主义创作原则和方法的经典诠释。除此之外，人们往往忽略了另外一个重要维度：现实主义是一种创作态度。法国文学史家爱弥尔·法盖曾说过："现实主义是明确地冷静地观察人间的事件，再明确地冷静地将它描写出来的艺术主张。"俄国文学理论家杜勃罗留波夫在评论普希金的诗歌时使用了"现实主义"这一概念，其涵义也更多是指作家对生活所持的态度。

何为现实主义态度？概括地讲，就是密切关注人类实践活动和社会现实，关切人类生存处境和精神成长，揭示现实生活本相和时代特质，书写人类丰富饱满的心灵世界。

首先，现实主义体现从客观生活出发的现实逻辑。现实主义密切关注社会现实。美国文学理论家雷内·韦勒克在《批评的概念》一书中论道："艺术都是当下现实的一种反映应。"中国文学从《诗经》、唐诗、宋词、汉赋、元曲、明清小说到现当代文学，从老子、孔子、庄子、孟子、屈原、李白、杜甫、苏轼、辛弃疾、关汉卿、曹雪芹，到"鲁郭茅巴老曹"，关注现实、呈现存在，始终是创作的主潮。《诗经·国风》作为中国现实主义诗歌的源头，其中的篇章多来自对现实生活的描摹和感知。《七月》描述的是奴隶阶层血泪斑斑的生活，《伐檀》呐喊出的是下层人民阶级意识的觉醒，《采薇》反映了士兵征战生活，《君子于役》表达的则是劳役给家人带来的痛苦和思念。劳动、歌咏、爱情、婚俗、战争、徭役、压迫、抗争、祭祀、幻想、天象、山川，周代社会生活的方方面面一应进入诗人的笔端。至于李白笔下的长安、杜甫眼中的老妪，苏轼的儋州之苦、关汉卿的窦娥之冤，曹雪芹的《红楼梦》、蒲松龄的《聊斋志异》，无不是当时社会现实的逼真写照，无不是作家对生活的思考和浩叹。"五四"以降，就对中国社会的揭示而言，鲁迅对国民性尖锐透彻的解剖、对黑暗社会毫不留情的批判，无出其右。茅盾则坚持以社会分析视野观察社会生活，以史诗性文学创作开掘了革命现实主义文学的长河。当代许多优秀作家，莫不以描绘现实生活、揭示生活本质为己任，创作出闪耀着现实主义光芒的篇章。

　　放眼世界文学史，秉持现实主义精神，关注现实、描写现实、揭示现实，也是许多西方杰出作家的选择。19世纪法国伟大的现实主义作家巴尔扎克创作的基点就是从现实出发，广泛深入地概括社会生活，像历史学家尊重历史事实那样尊重现实生活的真实，并揭示社会现象内在的本质，故而被马克思和恩格斯评价为"对现实关系具有深刻理解的作家"，"现实主义的最伟大胜利之一"。19世纪英国现实主义文学巨擘狄更斯，关注的是生活在英国社会底层的"小人物"的生活遭遇，《双城记》《匹克威克外传》《雾都孤儿》等名作讲述人间真相，深刻反映了当时英国复杂的社会现实。俄国文学巨匠托尔斯泰倾心于观察生活并从中抓住生活现象背后的本质，如实地描写现实，揭露现实矛盾，表现出"可怕的真实""惊人的真实""极度的真实"，被誉为"最清醒的现实主义"。

　　但是，必须认识到，作为一种创作态度，现实主义并不只对应于现实题材创作，固然在聚焦现实题材时需要现实主义观照，在处理历史题材、科幻题材等其他题材时，同样可以体现现实主义的辽阔视野和深刻洞察；现实主义也不等同于非虚构写作，小说是虚构的艺术，现实与虚构不形成沟壑关系，而是存在与表现、现实真实与艺术真实的联系，在现实基础上通过想象、虚构进行创作，不仅不影响揭示世界的本质，甚至在一定程度上更有利于世界本质的敞开；现实主义更不意味着仅仅运用细节描述和典型化这一种艺术手法进行创作，它不拒绝其他手法的运用，魔幻手法可以铸成"魔幻现实主义"，荒诞变形的营构可以成就"荒诞现实主义"，钟情对心理世界的极度刻画可以形成"心理现实主义"，而结构现实主义、神话现实主义等等，在不同程度上也体现了现实主义的立场、视角，甚或方法。质言之，只要秉持现实主义态度，不管现实手法、现代手法，还是浪漫主义手法，都不过是对现实或忠实记录、或曲折表达、或变形体现的具体艺术手法而已。高尔基说，"在伟大的艺术家们身上，现实主义和浪漫主义好像永远是结合在一起的。"习近平总书记强调，"应该用现实主义精神和浪漫主义情怀观照现实生活。"这都为我们正确认知现实主义提供了指引。

其次，现实主义遵从创作的时代逻辑。经济基础决定上层建筑，社会存在决定社会意识，现实生活总是一定时代中的社会存在，文学作为社会生活的形象反映，不可能脱离时代悬空存在，这是文学的时代逻辑。《文心雕龙·时序》有言："文变染乎世情，兴废系乎时序"，指出了文学变化与时代变迁的必然联系。王国维的著名论断："凡一代有一代之文学：楚之骚，汉之赋，六代之骈语，唐之诗，宋之词，元之曲，皆所谓一代之文学，而后世莫能继焉者也"，则深层次揭示了文学与时代的密切关联，不同时代的现实生活赋予文学作品别样的内容表达、体裁呈现甚至修辞特征。法国文艺理论家丹纳认为决定文学艺术发展的是种族、环境和时代三种因素，这里的时代，主要是指当时的政治经济状况、社会制度、精神文化等，这些因素必然会反映到文学作品中去。

事实上，一个时代自有一个时代独具的器物、制度和精神，时代是文学故事发生的历史背景、社会风景、生活场景、人生情景，时代定然给文学作品打上独特的烙印。而现实主义关注的不仅是时代的环境，更为关注的是时代的特质、时代的"精神性气候"。

曹雪芹的《红楼梦》堪称"中国封建社会生活百鉴"，其所描绘的诗词歌赋、制世尺牍、琴棋书画、对联匾额，只能发生在中国；其所渲染的宫闱仪制、判狱靖寇，则非中国封建社会不独具；其所描述的自鸣钟、玻璃、汪洽烟这些西洋制品则是清朝中期大量涌入中国，从生活场景上散发出时代性气息；而巨著穿透迷雾的光亮，则是贾宝玉、林黛玉等人物形象彰显的反抗压制、敢于叛逆、追求自由的精神情愫。《人间喜剧》作为一部反映法国19世纪上半叶社会生活的巨著，描绘了那个时代"任何一种生活状态，任何一种容貌，任何一种男人或女人的性格，任何一种生活方式，任何一种职业，任何一个社会区域，任何一个法国城镇"。作为对法国资本主义社会形形色色人物的速写和时代风貌的展映，这部无与伦比的著作"用诗情画意的镜子反映了整整一个时代"，"给我们提供了一部法国社会，特别是巴黎上流社会的卓越的现实主义历史"。俄国"现实主义艺术大师"屠格涅夫的代表作《猎人笔记》，则具象展示了19世纪40年代末50年代初俄国农奴制下广大农奴的悲惨生活和不幸遭遇，真实再现了农奴阶级惨遭压迫和欺凌的真相，揭露了农奴主阶层的残暴、伪善与冷酷，颂扬了普通人的善良、正直和乐观。故事所发生的时代正是俄国从贵族革命向资产阶级民主主义革命过渡的历史转变时期，俄国专制制度的腐朽本质全然暴露，农奴制度进入危机阶段，资本主义逐渐发展起来，农民反对农奴制度的斗争日趋激烈。《猎人笔记》这颗批判现实主义的火种，点燃的是"射向俄国社会生活的灾难——农奴制度的一阵猛烈的炮火"，其反抗与斗争的力量，产生了撼人心魄的爆炸当量。

　　面对时代，如果仅仅是自然主义的铺张描绘，而不是着意提取时代特征、时代风貌、时代精神，就会陷入浅表化写作的泥潭。能不能表现出一个时代不同于其他时代的特质、新质、异质，是作品能否得以存在并传之后世的重要标尺。现实主义态度提倡的是立足时代、观察时代、聆听时代、解读时代，把握时代风云、抓住时代特质、呈现时代精神。面对时代，如果拘囿于所处时代本身，不能在历史长河中认知时代、评价时代，也会落入"不识庐山真面目，只缘身在此山中"的混沌境地。时间是浪，淘尽千古岁月，只有以浩渺历史为镜鉴，方能辨清当世精神的高与下、清与浊。面对时代，如果缺乏辩证思维和锐利眼光，只见光彩炫目而不吝赞美，唯感雾霾充塞而怨气冲天，则会徘徊于偏狭小径，写不出大气文章。生活中有昂扬也有沉郁，有幸福也有不幸，有喜剧也有悲剧，有光明也有黑暗，现实主义态度应是既谱写人类追求美好的旋律，又弹奏铲除噩梦的交响；既书写生命的觉醒，又直逼灵魂的沦丧；既描绘人性的高洁与光芒，又揭示人心的卑微与阴暗；不仅描写社会矛盾冲突的错综复杂，而且要做米兰·昆德拉所说的"存在的勘探者"，努力揭示产生矛盾冲突的历史缘由、时代成因、文化因素，就如鲁迅所指出的"揭出病苦，引起疗救的注意""意在复兴，在改善！"

其三，现实主义服膺文学的人学逻辑。文学是人学，开掘人心、人性，展露人类的处境，是一切文学创作的笔锋所向，更是现实主义聚焦所在。现实主义始终关切人类处境和内心世界。以获得诺贝尔文学奖的作家作品为例证：1947年法国作家安德烈·纪德以"呈现了人性的种种问题与处境"得奖；1957年法国作家阿尔贝·加缪则因"以明察而热切的眼光照亮了我们这时代人类良心的种种问题"得奖；南斯拉夫小说家伊沃·安德里奇获奖是因为"他作品中史诗般的力量——他凭借作品在祖国的历史中追寻主题，并描绘人的命运"；西班牙诗人阿莱克桑德雷·梅洛获奖是由于"他的作品描述了人在宇宙和当今社会中的状况"；1996年，希姆博尔斯卡获得诺贝尔文学奖，是由于其作品"挖掘出了人类一点一滴的现实生活背后历史更迭与生物演化的深意"；2003年，诺贝尔文学奖获得者库切的代表作"精准地刻画了众多假面具下的人性本质"；鉴于"深入表现了人类长期置身其中的处境"，诺奖委员会将2005年诺贝尔文学奖授予哈罗德·品特；缘于《暗店街》《星形广场》《青春咖啡馆》等名作"展现了德国占领时期最难把握的人类的命运以及人们生活的世界"，2014年法国作家帕特里克·莫迪亚诺荣获该大奖。

卡夫卡说，"文学的本质是同情"。现实主义始终以同情、悲悯之心，关注人的现实命运，真诚地注视人类的存在和死亡、地位和尊严、权利和责任、事业和生活，始终关切人类的心灵世界，向着人类精神世界的最深处探寻冲突与挣扎、希望与忧患、热爱与憎恨、欢乐与痛苦、需要与诉求等等，真正使文学成为弱者的伟业。即使表达的是愤怒、怨恨、谴责，也是源自于对弱者命运多舛、遭际不幸、社会不公哀叹同情的另一种反应。现实主义强调走出方寸天地，阅尽大千世界，让文心永远随着人心跳动，透过人的生活情境和命运境遇，徐徐展开对人类生存领域的揭示，层层拨开人类精神的内里，到达丹纳"精神地质形态"的"原始地层"，深刻揭示民族气质和民族性格，进而达到人性最深层，以思想精神的深度，使现实主义文学的创造之泉激荡喷涌，从而实现法国作家皮埃尔·米雄提出的愿景，把"庸常的深渊变成神话的巅峰"。

（作者系中国作家协会办公厅主任，鲁迅文学院原常务副院长、教授）

现实与荒诞

范小青

我的写作，从20世纪80年代初期开始，始终伴随着时代。

换个说法也可以，我的写作，始终伴随着我个人的成长。这其中，有我个人的经历，也有非我的经历，但应该是同时代人的经历。

我很少写历史题材的作品，现在还记得的，大约写过一两个抗战题材的中篇，那算是最久远的了。呵呵。写得勉勉强强，从来也不敢拿出来说事。再久远一点的事情，我是连想也不敢想了。比如明朝那些事，比如民国那些事。

所以，从题材来说，我可以算是一个专一于现实题材的小说家。

那么我可以算是一个现实主义作家吗？

我真的不知道。

先说说现实吧。

现实是什么？现实是一个过程。它不是静止的，不是固定的，它是运动的，前行，或者后退，跌宕起伏。

所以，我的小说，也就是这样运动着，变化着。从80年代初期，在苏州小巷老宅穿行，和老苏州的居民说话，后来，随着城市的发展变化，苏州的面貌也变了，老街小巷和老苏州人渐渐地退到幕后，甚至隐藏起来，扑面而来的是大规模的城市建设和大量的外来建设者。

我仍然在苏州的现实里，我仍然在写苏州的现实，但是我面对的已经不是从前的苏州。

这是一个新的现实。

于是就一直这样走到今天，来到当下。

当下，在网购风靡的日子里，我写了快递员；在中介风行的岁月中，我写了中介员；现实中我们需要纯净水，所以我会写送水工；现实中我们要装修房子，我们要搬家，我们要请钟点工，等等等等，这些人我几乎一一都写了。

可谓是紧贴着现实，几乎是零距离了。

睁开眼睛，就是现实，闭上眼睛，也是现实，所以无疑的，现实离我们很近，或者说，现实就在我们身边，现实就是我们自己。于是，一个人，或者一个写作者，就这样沉浸在了现实中。

如果我们真的沉浸在现实中，我们就会随波逐流，就会身不由己，就会被现实裹挟而去。

那么依靠什么，才能在现实的浪潮中站得稳一点，看得清一点，体会得深一点呢？

每个人的依靠都不一样。

我所依靠的，也是在不断的变化中不断地变化着。比如早些时候，我能够感受到老苏州宁静外表下的躁动，后来，我又感受到新苏州躁动背后的宁静。

如果说，早年的宁静（后来的躁动）是现实，那么它背后的躁动（宁静）就是从现实中升华起来的感悟。

所以，在现实之上，必须有一个升华，这就是我们现实写作的所依所靠。

既紧贴现实，又远离现实，既深扎下去，又飞翔起来，这样才能既看到它的有形，又能感受它的无形。

在构思这篇文章的时候，我曾经以为，会以我的长篇小说《女同志》或《赤脚医生万泉和》为例，因为在我这十多年的长篇小说创作中，这两部作品好像比较现实主义。但是结果，我却决定以《我的名字叫王村》为例。

《我的名字叫王村》的封底上写着：这是一部后现代主义文本。

有人说这是一部现代寓言。

有人说是黑色幽默。

都对。

只是我自己，却不怎么觉得我写《我的名字叫王村》时，是特别将它写成一部荒诞小说的，或者说，是将它当成荒诞小说来创作的。

　　这是因为，当下，我所经历的现实生活，和别人所经历的现实生活，就是这样的呀。

　　如果这部小说是荒诞小说，那么当下的现实也就是荒诞的现实了。

　　不能因为"我弟弟"——一个精神病人想象自己是一只老鼠，就觉得这是不正常的小说，是超现实的小说，因为现实生活中，精神病人想象自己是什么什么的多得是，想象自己不是什么什么的也同样多。

　　难道不是吗？

　　这是真正的现实主义哦。呵呵。

　　这个小说里的许多细节其实都是很真实的。比如小说中，"我"带上"我弟弟"坐上乡村班车，往邻县去，"我"打算到那里去扔掉"我弟弟"，这是我们全家人的决定。

　　在汽车上，"我"因为怕弟弟犯病，影响乘客，只好先告诉大家，"我弟弟"是一只老鼠，让乘客们提防一点，结果所有乘客都认定"我"是精神病，要赶我下车。这时候"我弟弟"犯病了，表现出异常，像老鼠一样跳上座位，发出吱吱的叫声。所有的乘客，顿时吓得魂飞魄散，车厢里鸦雀无声了。不再有人敢赶我下车了。

　　这个情节荒诞吗？

　　这个情节现实吗？

　　它是荒诞的，它又是现实的，其实它就是现实的写照，在我们的生活中，难道不是到处可见吗？恃强凌弱，欺善怕恶，等等，之类。

　　再比如，"我"到救助站去找"我弟弟"，恰好我又没有身份证明，救助站的人怀疑"我"，这没有什么不正常。现在的现实生活中，谁会相信一个没有身份证明的人呢？后来，因为我说了"我弟弟"的病情，说他是一只老鼠，结果我不但被怀疑了，还被怀疑成一个精神病人。

　　这些情节细节，其实都是现实生活中常见的，但是为什么在小说中看起来就是荒诞的呢？

　　在这里我所能想到的，有两个方面的问题，一是：现实变化了，现实主义是不是也会变化呢？作品荒诞吗？可是我们的生活就是这样的呀。在遍地奇葩的现实中，如果写出遍地正常，那能不能叫现实主义呢？那得叫理想主义和浪漫主义或者超现实主义了吧。呵呵。

二是：现实主义真的就是纯粹的写实主义吗？真的有完全纯粹的写实主义吗？

现实主义虽然又可称之为写实主义，但绝不是简单的写实，不是单纯的重现，也不是机械的复制。

这里的现实，已经经过了写作者的内心、大脑、文字等等的过滤、提升、强化、虚构、想象等等，必定带有了主观性，所谓的"零度介入""零距离"，这只是一种说法而已。

因为现实很荒诞，那么荒诞小说是现实主义文学吗？

我确实不知道。

我只是想说，我们写出荒诞干什么呢？是为了嘲笑现实吗？

当然不是。因为我们都是现实的一分子，嘲笑现实就是嘲笑自己。

写出荒诞是因为在如此剧烈的变革中，在新旧交替的时光里，旧的规则正在被打破，但还没有完全被打破，新的规则正在建立，但还没有健全完善，所以在新与旧之间，会出现很多缝隙，荒诞的种子，就从缝隙中爬出来了。

写出来，警醒警醒，擦亮眼睛，启迪心智，看清荒诞的现实，而不以荒诞为正常。

现实总是要朝着前面发展的。

（作者系江苏省作家协会主席）

现实主义：文学审美构建的内在需求

杜学文

　　近来，现实主义成为大家非常关注的话题，一个极为重要的原因就是文学审美自身发展变化的要求。中国新文学从 20 世纪初形成以来，已经历了百年的发展史。在这一进程中，极为重要的任务就是在打破旧文学格局的同时建立新的文学审美范式。

　　对旧文学的革命，我们依靠的思想与艺术资源主要体现在这样几个方面。一是中国传统审美中属于民间审美的资源。回顾中国文学史，我们发现许多文学样式在其最初形成的阶段是以民间流传的所谓"俗文学"出现的。这一时期，这些文学样式还不能说是进入文学殿堂的被具有专业意味的文人所承认的"文学"，如诗歌中的五言诗、后来的七言诗、词与曲、小说中的话本等。这些在民间广为流传的"俗文学"对文人化之后的所谓"雅文学"形成了强大冲击。主要体现在表现现实生活的便捷性，或者说与社会生活联系的密切性；由于更多地采纳了来自民间手法而呈现出表现手法的鲜活性、生动性，以及艺术形式的多样性等等。简单说就是在文学的多样性中由于主要盛行于民间的文学样式对逐渐规范、典雅的"雅文学"在内容呈现、表现手法、语言运用以及形式构成等方面都形成了一种新的补充。当这种"补充"达到一定程度时，就对既有的文学样式产生了革命性影响。如五言诗终于取代四言诗成为诗歌的重要样式，以及之后词、曲等先后成为诗歌的重要组成部分。再如话本等也逐渐发展成为小说，并成为文学的重要样式等等。在 20 世纪初，民间文学对文学革命的支持非常重要。作为一种艺术资源，除了在表现内容等方面向民间生活领域拓展外，具有标志意义的是文人书写使用的文言文被大众日常使用的白话文取代，白话文终于成为文学最通行的语言样式——不论是后起的文学样式小说，及戏剧剧本，抑或是传统的文学样式诗歌与散文，民间语言终于转化为文人语言，书写的手法得到解放。那种极力简约的语言表现手法——文言被更为自由、随意以及具有可塑性的白话取代。

20世纪初文学革命的另一艺术资源是大量传入的国外创作思潮。从小说、散文的兴盛来看，那些更强调对外在客观情节进行叙述的手法被更注重内在、主观的抒情手法取代。小说的时空观念也发生了变化。它不再是单一的时空，而是多样统一的时空。这种变化最突出的是对现实生活表现的可能性大大增加，文学的形态更加多样。也就是说，在经过了文学革命之后，文学能够为人们提供的审美样式变得更加丰富起来。总的来看，强调语言的白话特色，民间语言自然是最具活力的。而拓展形成新的文学样式，采用新的表现手法，外来创作思潮的影响更大。白话文与突破传统的新的表现手法的融合，成为新文学的基本样式。实际上，我们注意到在一定时期内，这些资源在形成新的文学审美范式方面还需要经过一个不断实践、完善的过程。比如，这期间有一个极为重要的问题出现，这就是新文学基本上是在知识分子的小圈子中传播，还难以被更多的民众所接受。这是20世纪二三十年代新文学急需解决的问题。

实际上这个问题随着中国命运的变化得到了相应的解决。这就是全面抗战的爆发。大批的文化人，包括作家走上抗日前线，参加了决定中国命运的民族战争。他们当中虽然也有人痴迷于所谓的"纯文艺"经典作品，但总的态势是参与到民族解放的抗日战争中，并创作了大量好读、快捷、与现实结合十分紧密的文学作品。就作家而言，其参与的数量极其庞大，涉及到几乎是当时中国作家的绝大部分。其中既有从全国各地赶赴抗战前线的作家，也有敌后抗日根据地本土成长起来的作家。可以说，这种创作是中国作家民族责任感的生动体现。其中的一些作品堪为经典。除了诸如《黄河大合唱》《游击队之歌》《太行山上》等可以视为"诗歌"的作品外，还有诸如黄钢《我看见了八路军》、周而复《诺尔曼·白求恩断片》、周立波《战地日记》，以及山西本土作家，特别是被后来称为"山药蛋"派的作家群创作的《小二黑结婚》《李有才板话》《吕梁英雄传》等。这些作品对动员更多的民众参与抗战，激励士气、鼓舞斗志发挥了不可忽略的作用，充分表现了中国作家的良知与道义。同时，从文学审美的构建来看，很好地解决了新文学与普通民众的关系。也就是说，新文学是属于"文学从业者"的文学，还是属于广大民众的文学。这一问题的解决对普通民众接受新思想、新文化、新观念具有革命性意义。当然对中国完成从传统社会向现代社会的转型同样具有极为重要的意义。这一时期，新文学完成了对旧文学的革命之后，在民族化、大众化的追求方面取得了积极成效。

与此同时，还有一个极为重要的变化是新文学对中国变革现实的表现更为生动典型。文学与普通民众的关系不仅是能不能读懂的问题，同时也是文学表现谁的生活的问题。经过数十年的努力，从胡适对洋车夫的怜悯到鲁迅认识到引车卖浆者的高尚，再到蒋光慈笔下跟着共产党革命的普通工人，一直至赵树理、马烽等人所描写的觉醒之后认识到自身价值、要做主人的农民，表现了中国从传统社会向现代社会艰难转型的现实，以及中国人在这一转型进程中不断觉醒的深刻变革。至此，文学不再是少数人的文学，而是人——包括普通大众的文学；文学也不再仅仅给人以娱乐、教化，还是现实生活的写照。这其中也体现出现实主义文学生命力之所在。

正是由于源于抗日战争、兴盛于新中国成立之后的中国新文学取得的成功，也导致在之后一段时期内文学创作的僵化、模式化，至"文革"时达到了顶峰。因而，改革开放并不仅仅是中国社会的改革与开放，也是中国人思想观念的大解放，包括文学观念的大解放。乘改革开放的历史机遇，国外文艺思潮的引进与传播形成前所未有的热潮。这一次的译介与引进，从表面上来看，与20世纪初有共同之处。但它们并不是简单的历史重现。我们知道，新文学在经过了半个世纪的努力之后，在语言运用、叙述方式、结构手法、抒情的多样性等诸多方面已经与20世纪之初大为不同。简单说，20世纪之初的引进主要成效是对旧文学的革命，而新时期的引进主要成效是对新文学的拓展。从最表面的层次来看，就是极大地丰富了中国新文学的创作空间与可能性。但是，隐含在这之后的是现代化对人的价值的考验。从这点来看，与西方先发国家的文化思潮暗合。因为随着现代与后现代思潮的出现，艺术包括文学出现了"反艺术"的现象。其最突出的表现，从价值的层面看，就是在高度现代化的社会背景下，人的价值能不能或者怎样才能得到确认；从艺术表达的层面看，就是文学及艺术创作的同一化倾向对审美的伤害。同一化，正是审美走向僵化、模式化，进而失去生机的兆始。这实际上也说明，就世界范围来观察，也存在一个重新确立审美范式的问题。

这一问题在中国也面临新的考验。首先是，中国还有没有"中国文学"？在一次汉学会议上，诗歌理论家张清华敏锐地发现，中国当代诗人的国际影响是以被标定和改换身份为代价的。他认为，如果只是因为"中国的诗人"已经成为"国际的诗人"而得到比较好的评价，"仍然有着不够真实的成分"。因为西方的人民并不需要用外语书写他们的文学，而中国人民也不太需要自己的诗人用汉语书写外国的文学。张清华认为，"他们需要的是言说当下的自己，他们需要用汉语书写自己的现实经验的诗人"（华清著《形式主义的花园》，第205页，人民文学出版社2018年1月第1版）。这实际上就是说，中国新文学面临着如何确立自身审美价值的考验。如果简单地认为中国文学成为了所谓的"世界文学"，那么，就出现了一个是不是还需要有"中国文学"的问题，或者说中国文学是不是仍然具有自己独立价值的问题。

还有一个非常重要的现象就是风云一时的先锋作家向传统与民间的回归。这绝对不是一种群体性预谋，而是一种基于文学现实的不谋而合。比如曾被视为"先锋小说"家的苏童，从写《妻妾成群》开始更多地转向历史题材，被人称为是新历史题材小说。而后来产生广泛影响的《黄雀记》等长篇小说则把关注点放在了当下的现实。但是，这并不是作家创作题材的转移，更主要的是创作观念的改变——重拾传统，强调故事情节与人物，以及叙述方式的回归等。而这些手法正是曾经的现实主义创作非常强调的。这可以视为中国作家在探索形成中国新文学审美范式方面的一种努力。而重提现实主义，恰恰是满足这种审美要求的一种必然。因为，仅仅借鉴模仿外来表现手法已经难以满足现实文学的审美表达。

毋庸置疑，借鉴外来的表现手法拓展了中国文学的可能性。这是非常重要的。但是，人们发现只有借鉴并不能形成属于"自己的"文学，而更可能是把"自己"表面化地变成了"别人"。还有一个非常重要的问题就是，强调注重内心世界、侧重于人的感觉范畴的表达、高度抽象化的人物形象，对丰富复杂、气象万千的现实而言，是非常不够的。人们可以从这样的描写中进入人物，以及社会的某一个层面，但仍然难以总体性地、切身地进入现实生活。从审美接受的层面来看，中国的读者对这种情节发展不清晰、人物形象较模糊、叙述相对薄弱的表现手法还不够适应，他们难以把握这种表现的核心。从表达效果来看，主观视角也非常严重地局限了作品对更丰富的现实生活的描写。芸芸众生被作者个人有限的感知屏蔽。如果人们希望通过文学来感受并把握现实生活的话，仅仅依靠现代派或后现代派手法还是充满局限的，虽然我们不能否认相对于传统的表现手法，现代派及后现代派的出现有效地拓展了文学的可能性。但是如果把这种可能性变为唯一性就会使文学的表现手法、表现领域受到限制，进而使文学的可能性大大缩小。如小说的叙述视角，现代派手法可能更重视个人的感受，而忽略传统手法中全能的表现。这无疑使作品表现社会生活的能力与社会生活本身所具有的丰富性出现断裂。个人视角的独特性当然会使文学的个性化得到强化，但却使小说表现生活的领域受到局限，也可能因过分强调个性化而使读者的陌生感、排拒感强化等等。人们重新发现，在现实主义的创作手法中保有了对现实生活表现得更丰富更深广更真实的可能性。比如现实主义手法对现实生活真实性表现的追求，人物形象塑造的典型性追求，叙述视角的全能性特色，对典型细节、典型环境、典型语言的描写与刻画，对社会发展必然趋势的把握以及其中所包含的价值选择等等。

但是，这种对现实主义的呼唤并不等于对其他表现手法的排斥，总地来说应该是在经过数十年的模仿、借鉴之后的融合。莫言在谈自己的创作时说道，他曾积极地向现代派小说学习，也玩弄过形形色色的叙事花样。"但我最终回归了传统。当然，这种回归，不是一成不变的回归，《檀香刑》和之后的小说，是继承了中国古典小说传统又借鉴了西方小说技术的混合文本。小说领域的所谓创新，基本上都是这种混合的产物。不仅仅是本国文学传统与外国小说技巧的混合，也是小说与其他的艺术门类的混合，就像《檀香刑》是与民间戏曲的混合，就像我早期的一些小说从美术、音乐甚至杂技中汲取了营养一样。"（舒晋瑜著《说吧，从头说起——舒晋瑜文学访谈录》，第214页，作家出版社2014年2月第1版）这一表述强调的是对当下文学审美建构的一种比较成熟的追求，具有典型性。那就是，一种既借鉴他人又承继传统，既重视文学又吸纳其他，既保有文学的本体性而又具有文学开放性的努力。这其中当然也包括对现实主义手法的继承，以及在此基础上适应时代审美要求的新变。

　　总而言之，我们在经过了近百年的实践之后，希望新文学能够被更广泛的读者——中国的、外国的，专业性的或一般性的——所接受，更希望新文学能够为这个时代保留有精神的火种、思想的力量，以及审美的范式——属于这个特定历史时期及其人民的生活的文学。我们已经经过了很多的学习、借鉴、消化，同时也经过了很多的实践、探索、创新。我们发现仅仅是模仿已经不能完成文学应有的历史使命，而应该在借鉴的同时创新，在继承的同时新变。而从有着数千年创作传统的中国现实主义文学中汲取营养，自然是中国文学审美重构的一种必然。

　　（作者系山西省作家协会主席）

现实主义需要一种精神主导

於可训

　　在许多人看来，现实主义是一个陈旧的话题。与现实主义有关的理论，在一些人眼里，也是一些过时的理论。现在来讨论这个问题，更属不合时宜。但是，也有一个耐人寻味的现象是，当代创作在遭遇困境的时候，首先想到的解困之法，又往往是现实主义，或与现实主义有关的创作方法。远的不说，就以最近40年而论，20世纪70年代末80年代初，告别"文革"文学模式，靠的是恢复和重建现实主义文学传统；80年代中期以后，当各种现代主义和后现代主义的文学实验难以为继，又是现实主义以"新写实"的名义拯救了这场创作的危机；到了90年代，面对市场经济转型初期的各种社会问题，敢于揭发乱象，对丑德恶行发动"冲击"的，还是一股名为"现实主义冲击波"的创作潮流。凡此种种，当代创作之所以在遭遇困境或面对新的社会人生问题时，都要祭起现实主义的"亡灵"，"借用它们的名字和战斗口号"，"穿着这种久受崇敬的服装，用这种借来的语言"，演出文学历史的"新场面"（马克思语），那是因为，现实主义不仅仅是作为19世纪崛起于欧洲而后又流行于世界各地的一种文学创作方法，同时也是文学在诞生之初就与之俱来的一种原初精神和文学把握世界的基本方式，是作家对社会人生的一种基本态度和从事文学创作的一种基本原则。就后一种意义而言，所谓现实主义本可以有另外的命名，但因为现实主义作为一种创作方法，在文学史上创造了许多经典，积累了丰富的经验，当代中国一个时期的文学理论，甚至是依托现实主义的创作经验，参照现实主义的文学经典构造而成，从这个意义上说，现实主义已然超出了一般创作方法的含义而成为文学创作的一种普遍的理论原则，同时也是这种理论原则的一个约定俗成的共名。因为这层原因，所以，当文学创作遭遇困境的时候，现实主义自然而然地就成了振弱起衰的利器，这几乎成了当代中国文学的一种"集体无意识"，现实主义就是这种"集体无意识"的原型或原始意象。

基于这样的认识，笔者认为，现实主义的原型或原始意象今天在我们的头脑里再度显现，无疑是与文学当前遭遇的创作困境有关。这种创作困境可能有许多方面的表现，但就其主要方面而言，还是如何处理文学与现实的关系问题。历史上的现实主义，就其处理与现实的关系而言，各有侧重：有侧重真实性的，如古典的现实主义，或曰朴素的现实主义；有侧重批判性的，如批判现实主义，或曰经典的现实主义；有侧重本质性的，如社会主义现实主义，或曰革命的现实主义等等。但无论其处理与现实的关系侧重哪一方面，都有一个主导的观念支配和引导作家对于现实的艺术描写。这个主导的观念，又往往与一个民族的文化传统，一个时代的文学理念，一个时期的现实问题有关。这种主导观念尽管可能存在这样那样的历史局限，但没有这个主导的观念起支配和引领作用，现实主义艺术描写就很容易流于刻板的照相，或满足于掇拾旧闻，记述近事，道听途说，拾荒猎奇，成为一本巨细无遗的流水账，或聊充谈资的传奇故事，而不可能以其思想的力量洞悉现实，成为引导国民精神前进的火光。常听有人说，今天我们正处在一个急剧变动的现实世界之中，这样的现实，最容易孕育和产生伟大的作品，但事实是，不但伟大的作品尚未见出现，相反却经常听到量胜于质、有高原缺高峰之类的抱怨。究其原因，不是今天的作家缺少对现实的观察、了解和体验，也不是今天的作家没有足够的文学功力和创作经验，而是今天的作家普遍缺少一种烛照现实的思想的力量。这种思想的力量不是来自脱离现实的冥思苦想，也不是来自圣哲先贤的鸿篇巨制，更不是某些形而上的抽象理念或流行的心灵鸡汤，而是基于对现实的深切了解，对现实问题深入研究、思考的结果。从前有一个"时代精神"的说法，今人听起来或许觉得陈旧，但一个时代，又确有属于这个时代所特有的、为这个时代的现实条件所决定的精神特质。这种精神特质或曰时代精神可以是多元的，但其核心内容和本质特征，却应当是这个时代现实生活的本质和精神诉求的反映。恰如时下流行的现代性，虽然学者对它有种种不同的界定，其实也就是或者也可以理解为西方在现代化历史中凝聚形成的一种时代精神。从文艺复兴到启蒙运动以来，西方文学在不同时代所显现的精神特质，都与这种被称为现代性的理念有关。没有这种理念的支撑，西方文学就不可能在现代化的历史进程中对社会历史和人自身的问题进行持续不断的反思，从而在物质文明高度发达的时代保持人的精神的独立性。笔者上世纪90年代曾著文讨论"人文现实主义"问题，提到《上海文学》当时正在提倡的"文化关怀"小说。《上海文学》的编者把"文化关怀"小说的本质设定为"90年代'人间关怀'精神"，认为在中国社会正向市场经济转型的90年代，文学应当"关怀社会的精神环境，关怀人的灵魂，关怀人的价值追求"，让"中国当代文学焕发出新的人文精神"。我觉得这个说法在今天并不过时，且寄望于今天的作家对今天的现实具有这种"人间关怀"精神。如果说今天的现实主义需要一种主导精神的话，我以为这种主导精神就应该是这种"关怀社会的精神环境，关怀人的灵魂，关怀人的价值追求"的"人间关怀"精神。为此，我也想借此机会重提"人文现实主义"的主张，以期引起大家的讨论和批评。

（作者系武汉大学文学院教授）

现实主义从"教科书"向魅力型转化

陈国恩

　　现实主义，是艺术地把握世界的一种方式。世界有多生动和丰富，现实主义的小说就可以有多生动和丰富。从这个意义上说，现实主义永远不会过时，但这并非是说现实主义在发展中没有经验教训可以总结；相反，确有一些认识误区需要澄清。把文学艺术，特别是把擅长反映生活画卷的长篇小说当作"生活教科书"的观念，就是需要澄清的误区之一。

　　文学是生活教科书的观点，是车尔尼雪夫斯基在他的学士学位论文中提出的。他说："艺术家的作品，特别是那种名实相符的诗人的作品，按照作者公正的说法，可以配得上这个名称——'生活教科书'，这本教科书是所有人都乐于使用的，甚至那些不知道或不喜欢其他教科书的都乐意使用。"（《车尔尼雪夫斯基文学论文选》，辛未艾译，上海译文出版社1998年版，第186页）车尔尼雪夫斯基生活的年代，俄罗斯民主革命呼唤着思想启蒙，而他敏锐地感应到时代的脉搏，意识到文学要承担起历史的使命，让读者从文学中获得历史的知识、人文的知识、社会的知识，并把民主主义的知识转化为精神力量，汇聚成时代大潮，推动俄罗斯社会的发展。这反映了一个青年思想家比较单纯的理想：文学作为生活教科书，可以教会文化水平普遍比较低下的俄罗斯民众一些革命的道理，让他们行动起来，创造历史的奇迹。可是不得不说，车尔尼雪夫斯基作为一个大学生，他所要明白的"道理"因受阅历的限制，是比较简单的。他的所谓"应当如此的生活"相当笼统，而他设想的达到"应当如此的生活"的途径又过于简单。这使车尔尼雪夫斯基的"文学是生活教科书"的观点带有明显的功利主义色彩，也使他自己的小说《怎么办?》试图以"新人"教会俄罗斯人民生活和斗争，虽激情洋溢，然而深度不足，艺术上比较粗糙。

文学是生活教科书的观点，反映了启蒙时代的历史要求。在这一观念中，作者与读者是教育与受教育的关系。作者要通过文学宣传革命道理，教育民众。文学的意义主要不在于自身，而在其所发挥的社会作用。因而，这样的文学，思想性一般高于艺术性。尤其是小说，故事情节、形象塑造、结构安排等方面须服从启蒙的主题。"教科书"本身的逻辑保证了文学反映生活合乎规范，但也限制了作家的创作个性，束缚了作者的想象力。车尔尼雪夫斯基小说的思想大于形象，就是一个证明。相反，托尔斯泰的现实主义小说展示了心灵辩证法，抵达历史和人性的深处；陀思妥耶夫斯基的小说以拷问人类灵魂的深，震慑了读者；鲁迅的《呐喊》与《彷徨》批判国民劣根性，喊出了"救救孩子"的时代强音。这些伟大的现实主义作家，都是以其触摸人性的深度和美的艺术而登上了世界文学的高峰。他们的成功，表明现实主义小说的力量来源于作家创作个性的魅力，而不是普及意义上的"生活教科书"。

一般地说，当文化发展到一个比较高水平的时代，每个人都会表现出自觉而独特的个性，人们的精神生活会趋向多样化。成熟的读者不再需要从文学来领会生活的规范，从文学习得个人行为的模式，他们必然地会超越"教科书"的标准，向文学提出新的要求，期待文学提供多样化的审美满足。他们与作家的关系变成平等的，不再是教育与被教育的那种不成熟的状态。他们会把一些思想平庸、想象贫乏、语言干瘪、描写肤浅的作品弃置一边，对于那些富有个性、对生活有独特发现，形象鲜活、想象奇特、语言又充满张力的作家则会投去钦佩的目光，借此开始深入的心灵交流，获得审美享受。

从"生活教科书"的现实主义文学观转向个性化和魅力型的现实主义文学观，一个关键就是作家要与读者建立起平等的关系。作家不是高高在上的宣讲者，不应该是把他所自认为的生活信条传授给读者。作家甚至要认识到，他的思想水平不一定高于读者，读者需要的仅是你作为一个作家对于人生的独特感悟，作为人类精神生活的某种富有个性的类型可供读者探索和欣赏，读者能从你所展示的生活画卷中读出一种心灵的样式，与他们自己的人生经验联系起来，思考人生的问题，包括人类精神生活深层次的困惑或面临的挑战。现实主义小说的风格越是鲜明，越能引起读者这样的思考，就越具有艺术的魅力，越具有普遍的意义。

中国当代文学深受车尔尼雪夫斯基"生活教科书"的现实主义文学观的影响，这是与中国新民主主义革命、社会主义革命和建设初期的历史进程相吻合的。这一现实主义文学观切实地发挥了教育民众、团结人民、打击敌人的重大历史作用，使这一历史阶段的读者领略了一种充满阳刚之气、具有重大教育意义的小说风格。但不能不承认，由于"生活教科书"的现实主义文学观赋予作家特殊的使命，造成一些作家牢记着要向读者传授些什么，注重了思想的传播，却忽略自己对所传播思想的理解，忽略了自身思想修养的提升，更忽视了思想与人性的极为复杂的关系，因而事实上放过了"人"，或者其自身的思想水平不足以更为深刻地理解人，理解人与时代的复杂关系，理解人的心理的精细和微妙，因而写出来的作品缺少艺术魅力，甚至是纯粹的图解和说教。

需要强调的是，从"生活教科书"的现实主义文学观转向个性化和魅力型的现实主义文学观，并不是降低了思想对于创作的意义，更不是否定作家需要提高思想修养，而是向作家提出了更高的思想要求，要求他们不是止步于思想的教条，而是努力吸收全人类的思想和文明成果，以开阔的眼光、深邃的思想、博大的心胸，去观察生活，穿透生活的表象，领会生活的意义，以自己独特的精神样式激发读者探索人类精神生活的奥秘，充实他们的心灵，以明白人类生存极致境遇中人的尊严和人的价值。一个作家抱持这样的观念和创作态度，持之以恒地努力，就不愁不会得到读者的肯定。

（作者系武汉大学文学院教授）

在什么时候谈现实主义文学

程光炜

　　根据我的经验，新时期文学这四十年重谈现实主义文学一般会出现在几个关口：一是伪现实主义文学盛行，文学走向末路的时候；第二是文学形式探索达到饱和，出现审美疲劳的时候；再一个就是在文学过分商业化、圈子化的情况下。

　　新时期文学最早亮出伤痕文学大旗，针对的是之前盛行十几年的伪现实主义文学。一本题为《新时期文学六年》的书是这样写的："谁也没有料到，在经历'文化大革命'十年劫难之后，社会主义中国竟如此迅速地重新站立起来。更没有会料到，在'百花凋零，万马齐喑'的十年文坛荒芜后，中国的社会主义文学非但迅速复苏，而且短短六年间便达到空前繁荣的境地。"（中国社会科学院文学研究所当代文学研究室：《新时期文学六年》，中国社会科学出版社1985年版，第1页）这段话说出了当时人们的普遍心情，对当代文学来说，这是一个根本关口。现实主义文学精神让广大作家离开最阴暗的历史隧道，获得了文学自主性，焕发了巨大的艺术创造力。当代文学取得如此辉煌的成就，没有这个关口，是完全不可能的。

　　1985年后，很多作家、批评家意识到，社会主义现实主义观念仍在束缚着人们思想的进步，尤其是严重束缚着对文体形式多样化的追求，于是开始了"寻根文学""先锋小说""第三代诗歌"等思潮的大胆探索。这是新时期文学迄今的"第二次文学革命"。当时，它们被标上"现代派小说""新潮小说"等多种名号。有人曾这样概括它们对当代文学的意义："作家们不满于社会主义现实主义、伤痕、改革等概念的规范，希望重新构建新的文学空间和审美意识；他们急于摆脱'写什么'（主题或题材范畴）的思维局限，更加关注'怎么写'

（艺术方法）的问题，强调主体自身的创造性。"（孟繁华、程光炜：《中国当代文学发展史》（修订版），北京大学出版社2011年版，第287、298页）贾平凹、莫言、王安忆、韩少功、阿城、李杭育、郑义、郑万隆、乌热尔图、马原、洪峰、余华、孙甘露、苏童、叶兆言等青年作家就是这样登上文坛的。这位批评家对上述作家作品所体现的艺术创造丰富性，有十分深入的分析："在这里，小说对非常规的情境的描写，总是提到'疯狂''梦''来世'等，那么这些构成了什么呢？小说只有穿过这些词语的时候，才变成创造异域的陌生化经验。这些奇异性效果是如何产生的？现代的文学艺术作品并不创造美，也不一定追求美好。它最重要的意向是表达非常规经验，也是陌生化经验，拓展和挑战我们的感性经验以及心理和思想的承受力。"（陈晓明：《众妙之门》，北京大学出版社2015年版，第35页）但那时候，人们还没有意识到它的局限和不足。

经历这两次翻转，有些人又对新潮小说的过分技术化、漠视现实人生的倾向感到不安.其实个别作家如苏童、余华这时候已经开始暗中调整，悄悄转向小说写实方面上了。最先调整的是"新写实主义"，接着是"新历史主义"。前者强调文学的日常生活叙事，后者以后现代视角重新观照和反思历史。但这仍然不是对改革开放这四十年总体现实生活的把握，缺乏对历史和现实的深刻反思，可能只是以擦边球的小聪明，回应了文学界对新潮小说过分技术化不满的感受。这一段，还有"女性文学""王朔现象""文化散文"等等零零碎碎的东西。深刻的现实主义，并没有在20世纪八九十年代交界处出现，尤其是处于低气压的90年代初出现，当代文学错过了很多应该是属于它的机会。这个关口应该是产生向托尔斯泰、雨果、巴尔扎克和鲁迅学习或接近他们思想境界、历史胸怀的作家的时候。中国人创造了"改革开放四十年的史诗"，却没有创造与之匹配的伟大的文学作品，虽然我们也获得了诺贝尔文学奖，登上了世界文学的舞台。

现在又到了文坛过分商业化、圈子化，需要重新注入现实主义文学活力的时候。20世纪90年代后，社会大众文化兴起，读者阅读渠道多元化形势形成。这种态势，将相当一部分读者，包括过去铁杆派的大学生吸引到大众娱乐消费当中。受其影响，一部分作家开始在精英文学与通俗文学边界上频繁踩线，这方面的例子举不胜举。另外一部分重要作家被媒体和书商（出版社）包围，也失去潜心写作的耐心。与此同时，对 20 世纪西方现代派文学及其技巧的追捧，也使一些能够留下传世之作的优秀作家，在大变动的历史面前，错过了及时把握历史巨变、塑造出一两个不朽历史主人公的机会。

现在有大时代、小文学的说法，我想即使不这样说，许多作家的写作确实也已经发展到了这种状态。因此，我所说的现实主义文学，主要是指如何重思 19 世纪文学，如何理解史诗性作品，如何创造历史主人公的问题。现在的问题是，"圈子文学"已经占据上风，文学作品主要在作家群体中传输，在与此相关的批评家中传输，他们早已形成了一个固定不变的"文学创作标准"。所以，一方面是认识19 世纪文学能力的丧失，一方面又是各种文坛对这种认识的堵截、阻碍，"圈子文学"成为最主要的问题。所谓"圈子文学"，实际就是"利益文学"，是缺乏宏大历史眼光和抱负的文学生态。而在 19 世纪，在托尔斯泰、巴尔扎克、雨果、鲁迅那里，即使也有相类似的生态，有过分商业化、圈子化的问题，这些作家，也是远远超越于这个层面之上的。

因此，我所说的现实主义文学，不单是指 19 世纪文学的规范、原则和创作手法，而主要是指这几位作家所代表的现实主义精神。对前者，是不难学到的；而对后者，对许多作家来说，则无疑是攀登珠穆朗玛峰，是一辈子的事业。

（作者系中国人民大学文学院教授）

文学中的现实或真相
——关于现实主义的话题

张清华

现实主义的话题，可能是人类有史以来最难索解的难题之一。因为它很容易被认为与认识论的原则相联系——即"唯物主义，还是唯心主义，二者必居其一"的问题。因此，关于文学中的现实主义理论也被伦理化甚至政治化了，乃至于产生了现实主义等于唯物主义、等于政治正确的逻辑。这是关于现实主义的讨论难以真正展开的原因。

现实主义的几个不同范畴必须首先弄清楚：作为历史范畴，它指的是 19 世纪出现在欧洲的一种文学运动或者潮流；作为方法范畴，它指的是古今文学都可能有的一种按照客观现实的原貌来写作的手法；作为认识论原则，它意味着尊重现实认知、依照事实理解的思维和态度；作为美学范畴，它指的是强调客观真实性的一种样貌或风格。除此之外，在创作方法方面，恩格斯有非常清晰的界定，"现实主义的意思是，除了细节的真实以外，还要真实地再现典型环境中的典型人物"。在马克思、恩格斯和列宁等经典论述的基础上，在前苏联又出现了"社会主义现实主义"的说法，将上述范畴更加综合化和政治化了。今天我们谈现实主义，首先必须要厘清我们言说的范畴，否则会陷入各说各话，甚至南辕北辙的境地。

实际上，根本问题还是谈论者主体和解释权的问题：谁的现实，何以现实，这是个问题。朱门酒肉臭，路有冻死骨，现实对不同处境的人而言是完全不同的。鲁迅说，"穷人绝无开交易所折本的懊恼，煤油大王哪会知道北方捡煤渣老婆子身受的辛酸，灾区的饥民，大约总不去种兰花，像阔人老太爷一样，贾府上的焦大，也不会爱林妹妹的。"很显然，巴尔扎克的现实主义，与雨果的现实主义，与苏联的社会主义现实主义，与当下中国的底层写作，其理解与要求都是不一样的。

还有政治正确的问题，这并非是可以用阶级和政治划线的问题。马克思、恩格斯倡导现实主义，但他们对于左派或工人作家的作品，也并不总是表示欣赏，反倒是经常引用莎士比亚的作品，来指点他们的写作。可见正确的、进步的政治立场，并不总是能够产生出好的文本。反倒是政治上的保皇党人巴尔扎克，超越了其政治上的局限，写出了更具历史和认识价值的作品。恩格斯对这一点的解释是"现实主义的胜利"。可见现实主义是一个好东西，只要能够忠于现实，就能够写出超越个人政治局限的作品。马恩对于类似费迪南·拉萨尔和玛格丽特·哈克奈斯等进步作家的批评，也是认为他们概念化地理解了时代，以及作品中的人物。

然而他们的告诫并没有起到足够的警示作用。在很长一段时间里，我们的革命现实主义确乎存在着类似的问题。用政治图解现实，观念先行地将人物分为不同的阶级与阶层，漠视甚至无视人性的基本内涵。作家们虽然大都有着积极的和正确的政治立场，也自认为秉持了唯物主义的认识方法，但是写出的作品，还是存在着各种各样的问题。或者说，他们以或许十分真诚的态度，写出了并不总是符合真实的作品，这是一个必须汲取的教训。从这个意义上说，今天我们重新倡扬现实主义的精神，应该充分意识到从前的各种误区，应该以更为客观和冷静的态度，来寻找那些成功的例证和合理的资源，而不是只从概念出发。

有的人会把主体性也作为客观的经验来对待。法国女作家玛格丽特·杜拉斯曾经讲述过这样一个例证：她一度重病住院，其间在昏迷中做了许多噩梦，梦中一个叫作雷吉的朋友侵犯了她。她醒来时抓起电话，不由分说便痛斥他。当一头雾水的雷吉询问"我究竟怎么你了"时，杜拉斯对着电话说："你在我的梦里伤害了我，我一辈子都不会原谅你！"她的这篇访谈文章的题目叫作《我把神话当真实》。这是一个极端的例子，但它启示我们，个人的经验与真实算不算"现实"？如果不算，那么现实究竟是谁的？谁来界定和提取那个非个人的、抽象的、作为"整体"的、终极正确和真实的现实？

当然会有人说，人民群众的"火热的生活"就是现实。不错，但人民群众也是由三教九流、各色各样的单个人组成的，作为文学的消费者，也不会只有一种趣味，不会有同一种现实，悲欢离合，生老病死，爱恨情仇，他们也各有各的现实。所以我们的现实和主义，仍然必须是开放的，包括表现方式也应与时俱进。正像余华在1980年代末的一篇叫作《虚伪的作品》的随笔中所说，"十九世纪文学经过了辉煌的长途跋涉之后，把文学的想象力送上了医院的病床"。"当我发现以往那种就事论事的写作态度只能导致表面的真实以后，我就必须去寻找新的表达方式。寻找的结果使我不再忠诚所描绘事物的形态，我开始使用一种虚伪的形式。这种形式背离了现实世界提供给我的秩序和逻辑，然而却使我自由地接近了真实。"余华的这番话，揭示了现实主义在当代面临的问题，同时也探索了一条变革前行的道路。必须探索新的经验和方法，必须承认"现实"因为主体差异而具有的无限丰富性，必须在再现现实的同时，也承载写作者对于现实的思考。

因此，我以为，假如我们承认不存在一个先验正确且放之四海而皆准的"现实"，那么真实就存在于个体的心理和命运中。只有忠实于恩格斯所说的"这一个"，或者克尔凯格尔所强调的"那个个人"的现实，才会在文学中真正走进那个美学意义上的"现实"。

（作者系北京师范大学国际写作中心执行主任、文学院教授）

现实主义与读者大众
——来自路遥的一点启示

赵 勇

　　谈论现实主义文学，总会让我想到当年的路遥。20世纪80年代中后期，中国的先锋文学或现代派风生水起，颇有"弄潮儿向涛头立"的味道。相比之下，还在用现实主义经营文学的作家则显得有些落伍。正是在这个时候，路遥开始构思和写作他的长篇小说《平凡的世界》了。

　　现在看来，当时的文学形势一定给路遥带来了不小的压力，以至于他后来在《早晨从中午开始》中不得不用好几小节的篇幅，既谈论他当时面对的文学处境，也反思他选择现实主义结构这部长篇小说的心理动因。在他的叙述中我们发现，路遥并不排斥现代派作品，恰恰相反，他对陀思妥耶夫斯基、卡夫卡以及欧美、拉美的当代文学非常关注，并且也从相应的阅读中获益匪浅。但为什么他依然选择了现实主义呢？因为他意识到现实主义曾经被我们做坏，变成了一种伪现实主义。于是，现实主义虽然号称文学主流，但它依然处在发展阶段，"根本没有成熟到可以不再需要的地步"。同时他也意识到，拿自己的青春和生命作抵押来完成这一鸿篇巨制，他"失败不起"，必须借助于一种相对成熟的"主义"投入写作才比较稳妥。为慎重起见，他还反复阅读了《百年孤独》和《霍乱时期的爱情》，因为这两部作品虽都出自马尔克斯之手，但前者是魔幻现实主义的杰作，后者是传统现实主义典范，他要在比较中确认后者的价值。

　　当然，路遥选择现实主义，我觉得也有与先锋文学较劲的因素。陈忠实曾经披露，在1985年一个关于农村题材创作的会议上，路遥非常坚定地阐述了他的现实主义创作主张，结束语用了一个形象的比喻："我不相信全世界都成了澳大利亚羊。"（《寻找属于自己的句子》，北京大学出版社2011年版，第67页）澳大利亚羊是当时刚刚引进过来的优良羊种，路遥借此隐喻现代派或先锋派，是要表明自己坚守现实主义的执着和信心。这种表白甚至让陈忠实也倍感提气。

但以上罗列并非我要谈论的重点，我更想指出的是，为什么路遥在选择现实主义时考虑到了读者因素，这种考虑究竟意味着什么。我们先来看看他的说法：

> 考察一种文学现象是否"过时"，目光应该投向读者大众。一般情况下，读者仍然接受和欢迎的东西，就说明它有理由继续存在。当然，我国的读者层次比较复杂。这就更有必要以多种文学形式满足社会的需要，何况大多数读者群更容易接受这种文学样式。"现代派"作品的读者群小，这在当前的中国是事实；这种文学样式应该存在和发展，这也毋庸置疑；只是我们不能因此而不负责任地弃大多数读者于不顾，只满足少数人。更重要的是，出色的现实主义作品甚至可以满足各个层面的读者，而新潮作品至少在目前的中国还做不到这一点。（《早晨从中午开始》，北京十月文艺出版社2010年版，第89—90页）

很显然，路遥之所以选择现实主义，其中的一个很重要的原因是他想到了读者。因为在他看来，现代主义曲高和寡，读者面小；而现实主义则雅俗共赏，接受者众。这一判断应该说是毫无问题的。如果追溯一下现代主义文学发生的源头，我们甚至可以发现，现代主义从它诞生的那天起，天生就携带着拒斥读者大众的基因。约翰·凯里指出：当教育改革取得成功之后，19世纪晚期的欧洲出现了庞大的阅读人群。面对新型大众的崛起，知识分子感到恐惧，于是他们千方百计，想把大众挡在文化之外。但实际上，这又是不可能的事情。万般无奈之下，他们便只好退而求其次，"使文学变得让大众难以理解，以此阻碍大众阅读文学，他们所做的也不过如此。20世纪早期，欧洲知识界就殚精竭虑地决心把大众排斥于文化领域之外，这场运动在英格兰称为现代主义。虽然欧洲其他国家对此有不同称法，其要素却基本相同"（《知识分子与大众》，吴庆宏译，译林出版社2008年版，第19页）。于是，现代派文学不是向读者发出邀请，而是对读者加以拒绝——把巨大的读者群拒之千里之外，是它的野心，也是它的梦想。

路遥当年不一定知道西方现代主义与读者大众的这种紧张关系，但凭借其直觉，他已经意识到现代主义不待见读者大众，读者大众也不见得喜欢现代主义。在这种格局中，如果选择现代主义的实验方法，可能在艺术形式的探索上能有所收获，却会因此失去广大的读者。如果选择现实主义创作手法，除了便于构建他的宏大叙事外，还有助于读者的阅读接受。正是在他所假定的读者召唤中，他的天平才最终向现实主义倾斜。而《平凡的世界》面世以来的种种阅读数据业已表明，这部长篇小说的传播之广和受众之多确实非常惊人。它虽然一直不被精英集团看好，但在普通读者心目中，它却成了他们的"人生圣经"。而实际上，很可能这也是路遥所希望出现的接受效果。

如此看来，现实主义除了是一种文学的时代精神和创作手法外，它还应该是一种更易于普通读者接受的文学样式。我甚至觉得，一个作家一旦选择了现实主义，其叙述模式、描写方式、人物塑造和细节呈现等等，都更接近于普罗大众既定的欣赏口味和文化心理结构。从这个意义上说，如果说现代主义文学故作深奥，那么现实主义文学则天生通俗。全世界没有多少人能读懂乔伊斯的《尤利西斯》，但即便普通读者面对巴尔扎克的小说，也并不存在多少阅读障碍。

凡是拥有广大读者群的中国当代作家，往往也是参透现实主义奥秘，并把这种写法运用得得心应手的作家。陕西作家中路遥是如此，陈忠实也不例外。后者曾经说过：当年读《百年孤独》，"读得我一头雾水，反复琢磨那个结构，仍是理不清头绪，倒是忍不住不断赞叹伟大的马尔克斯，把一个网状的迷幻小说送给读者，让人多费一番脑子。我便告诫自己，我的人物多情节也颇复杂，必须条分缕析，让读者阅读起来不黏不混，清清白白"（《寻找属于自己的句子》，第63页）。这也意味着，如果说《百年孤独》曾经对路遥、陈忠实产生过影响，这种影响其实来自于相反的方向：马尔克斯可以把现实主义写得非常"魔幻"，中国作家却不一定照猫画虎，亦步亦趋，因为我们这里不一定具有接受这种"魔幻"的现实土壤。

　　于是我们可以说，今天的作家在介入现实的同时若想同时赢得读者大众，现实主义很可能依然是其首选的文学样式。因为与那些实验性与探索性的先锋文学相比，现实主义文学其实可以称作通俗文学，现实主义也生产出了一种特殊意义的大众文化。众所周知，在既定的知识谱系中，通俗文学或大众文化往往是被人小瞧低看的，但问题很可能没有那么简单。也许，思考现实主义文学与通俗文学或大众文化的关系，正是我们进入这一问题的突破口。

（作者系北京师范大学文学院教授）

从"现实"到"主义"

洪治纲

说实话，什么事情，一旦扯上"主义"，就复杂了。因为"主义"作为一种特定的思想、宗旨或理论主张，不仅体现了人们对待客观世界、社会历史以及人类生活等等所秉持的价值立场，还隐含了某些最高准则和核心理想。譬如霸权主义，就是将说一不二的强权逻辑视为最高的行事准则或重要理想；个人主义，就是将个人的利益和私欲视为最高的行事准则或终极目标。文学中的"现实主义"，当然也不例外，就是将"现实"视为文学创作的最高准则或理想目标。

但问题在于，文学毕竟是人类精神活动的一种特殊形式，带有极强的主观性和个人性。不同的作家对"现实"的判断、把握和表达，存在着各自不同的差异。所以，人们在论及文学中的"现实"时，通常强调它是一种"艺术的真实"，而非"客观的真实"。至于两者之间的差别和界限在哪里，没有人能说得清楚。既然"现实"在文学中是一种难以厘清的对象，那么将它上升到"主义"时，自然也很难说清楚。所以，面对"现实主义"这个概念，有人将之视为一种创作方法，有人认为它是一种文学精神，有人则奉它为一种美学原则，当然，也有人觉得它只是一种文学观念。虽然这些概念千差万别，但它们都符合"主义"应有的基本内涵。

一方面，文学中的"现实"确实充满了各种不确定性；另一方面，人们对"主义"又有着不同向度的理解，这使得我们在谈论"现实主义"文学时，自然而然地产生了各种繁芜驳杂的诠释和评价。譬如，有学者曾纵横捭阖地论道，卡夫卡的《变形记》就是一部现实主义的杰作，理由是：除了小说的第一句话，其他的叙述全部是纯客观的、写实的，每一笔都是严格按照甲虫的行为特点和格里高尔的心理方式所进行的，它反映了卡夫卡对现实伦理的独到理解，也体现了卡夫卡对现实处境的深刻呈现。换言之，它可能不太符合现实主义创作手法，但是体现了鲜明的现实主义精神。

我之所以绕出这些话题，并不是想故意搅浑"现实主义"。相反，我对它一直保持着由衷的敬意。当我说不清的时候，我也会从浪漫主义、现代主义等概念，来反证什么是现实主义。但我内心确实认为，纵使你给"现实主义"下一千个自认为绝对科学的定义，人们都能够从一千零一个角度，质疑你这个定义的科学性。譬如，很多人都认为余华的《活着》是一部现实主义作品，但是，如果我们用现实生活的经验和逻辑来看，福贵显然是千古第一的倒霉蛋，是倒霉蛋中的"奇葩"。这样的"奇葩"人物，实质上已经远离了我们的日常生活经验，隐含了传奇化的偶然性特质。这种特质，真的是我们现实主义文学所要追求的文学目标吗？

反过来说，如果我们认真地梳理一下《西游记》，看看里面人物之间的等级秩序、权力关系以及人物各自的人性状态，从玉帝天庭到海底龙宫，几乎处处都映现了现实生存的逻辑法则和伦理关系，完全可以将它视为现实生活的神魔化。换言之，神魔是个框，现实往里装。或许，作者是因为对现实处境有所顾虑，才巧妙地采用这种叙述策略，表达自己对现实生存的看法？如果真是这样，我们用现实主义精神来评而析之，又何尝不可？

看起来似乎有些扯远了。但我认为，对于绝大多数写作者来说，直面现实都是一种无须强调的写作姿态。就我个人的阅读视野来看，百分之八十以上的作品，都是在书写现实生活及其经验，或宏观，或微观，或历史，或日常，或伦理冲突，或人性纠葛。现实的经验与常识无处不在，现实主义之旗四处飘扬。你可以像《白鹿原》那样，书写宏观的大历史、大社会之现实；像《平凡的世界》那样，展示某个阶段的社会现实；也可以像《长恨歌》那样，呈现一个女人的命运和一座城市的变迁；还可以像《繁花》那样，写一群市井人物的日常生活现实状态；甚至可以像《青衣》《玉米》那样，写一些特定现实境遇中的日常生活与人性。每一个人所遭遇的现实困境都不一样，每个人面对现实的思考也不尽相同，每个人所拥有的现实经验各有优势，因此，作家们在书写现实时，一定会体现出各自不同的策略、方式和风格，严格地说，他们都在从事一种现实主义的写作。

这也使我一直有理由纳闷：既然绝大多数作家都在直面现实进行创作，为什么大家还要反复倡导或讨论现实主义文学？就我个人的经验来说，只有作家越来越不关注现实了，人们才有理由强调现实主义文学传统。可是，我们看到的文学现状是，直接应对现实生活的口语化诗歌到处流行，大历史和小生活的散文也屡见不鲜，至于都市市井和乡土日常生活的小说更是四处可见。这些带给我的感受是，中国当代作家太过于沉迷现实了，太过于专注"此岸"了，以至于丧失了飞翔的激情和能力，也丧失了对"彼岸"的拥抱与关爱。试想一下，托尔斯泰的伟大，全部在于他对俄罗斯现实生活的真切叙述，还是在这种叙述中渗透了创作主体巨大的宗教般情怀？

因此，我们如此热衷于讨论现实主义文学，还不如认真地探讨一下，我们的作家为什么缺少托尔斯泰式的情怀和思想，我们为什么面对现实总是忍气吞声而无法飞翔。说到底，文学终究要以审美的方式击穿现实的表象，回应人类此岸生活的困顿与伤痛，寻找彼岸生存的理想与诗意。如果动辄就将文学弄成一种地方史或山川志之类的东西，看似"现实主义"了，但它却丧失了文学应有的灵性和诗意，不太可能成为真正优秀的作品。

（作者系杭州师范大学人文学院院长、教授）

关于现实主义的一枝半叶

鲍　人

　　现实主义是文学的生存方式，虽然相对于文学悠久的历史，它作为一个概念存在的时间并不长。这种生存方式不是唯一的，却是不可或缺的，否则文学就将成为一个肢体不全的残疾人。如果它存在着，却又不发达、不强健，那么文学作为一个人也是形象蹇伛，至少可以明显看出他缺失了一个正常人所需要的重要功能。当然，这种道理或许人人都知道，只是谁来勇担责任去繁荣和发展现实主义文学，却不是人人都能挺身而出的。

　　现实主义文学在中国，至今仍然是舶来的概念。本来，一个科学、合理的理论的形成与传播，不应该用"舶来"或是"本土"的标签来区分和看待，它不是一种科学的态度。但是"舶来"一词的运用有时仍然有必要，它提醒人们：引进了一个概念和理论之后，还应当结合自己的历史和文化，对概念和理论作同样科学的发展，否则难免要坠入鲁迅先生所嘲讽的拿来主义的窠臼之中。

　　如何让"舶来"的现实主义文学理论去掉"舶来"的标签？这个问题恐怕会引起比交响乐还要复杂却未必如交响乐那般和谐的喧闹，一时也很难有定论，不过这并不妨碍我们讨论看待和解决这个问题的方法。鉴于现实主义文学概念的历史，它在中国存在的时间更短。概念的出现一定是滞后于事实的存在的，我们完全可以自信地指出：远在概念出现之前，中国的现实主义文学就已经生机勃勃。但是这里又出现一个问题，那就是：中国现实主义文学的存在事实与"舶来的"现实主义文学的概念是协调一致的吗？应该不是的。那么孰是孰非？其实并没有是非的矛盾。中国的现实主义文学史与西方不完全相同，因此对它们的观察、归纳与定义也不应当完全相同。文学对于国家、民族、社会、历史的影响，中国不仅丝毫不逊色于任何一个西方国家，甚至有许多它们所不及之处，其中就包含了现实主义文学的作用。试想，有哪个国家早在2000多年前就把《诗经》这种强烈的现实主义的文学经典广泛而深入地应用于国家与社会的现实发展需要之中？说到此，可以不必隐讳地说：对于现实主义文学的概念与理论，中国文学应当有自己的理解、发展与完善。这不仅仅是文学的话语权问题，更是文化的自信问题。文化的自信不是盲目的，它有文化发展史的坚强后盾。诚然，当今中国的文学理论系统性不强，这是我们的短项。但是，这是方法问题、技术问题，不是历史以来缺乏现实主义文学的事实和内涵问题。我们不缺现实主义文学的历史、事实与其服务于人类社会的伟大作用，我们缺的是理论建设的自觉性、自信心和自强能力。西方文学理论不是绝对的真理，不是我们不敢评判、不可改变和发展、只能膜拜的真理，关于现实主义的概念与理论也是如此。西方某某人说的很重要，因为他或者他们是概念与理论的先行者。但是，为什么一定要言必称西方某某人？我们自己又是怎么说的？

这里讲到了现实主义文学的作用。一切文学都是服务于大众的，而不是文学创作者自己。深入生活、扎根人民，它是文学的科学性，而非政治口号，文学人应当有这种认识上的自觉和行动上的自觉。不是连西方现实主义文学理论的鼻祖们也这样主张吗？现实主义的任务在于创造为人民的文学。重申这一点，在当今中国文学的发展中十分重要，它蕴含的现实针对性不容忽视。任何一种艺术，当它脱离了人民群众的欣赏需求与欣赏能力，我行我素地在创作者和围绕创作者而生存的少数专业群体之间自赏、自恋，那么它大约就要走向衰微。如若不信，可以拭目以待。

现实主义文学所反映的现实，是重叠的两个层面。一个层面是我们看到的、身处的现实，另一个层面是支撑第一个层面存在的更深刻的现实，是国家的、社会的、民族的、历史的、国际的背景，而其中每一项本身也是复杂的、综合的，如社会可以理解为包含了政治、经济、文化、信仰、习俗等等元素，当然这些元素不是只能归属于某一个背景之中。第一个层面在前面，在文本上看得见；第二个层面在后面，许多时候不见诸文本。第一个层面是真实的、机械式的现实，有的现实真实到近乎鸡零狗碎，不过因为有作者心中、文本内外的第二层，鸡零狗碎就有了巨大的现实主义意义。但是，如果没有第二层，鸡零狗碎永远是鸡零狗碎。

因此，现实主义文学需要一种特别的功底，即文学创作手段和技巧之外的生活和社会眼界的功底。写的是农村，是农民、村妇，他们操的却是城里人的语言，那是失败的现实主义尝试，失败的原因只有一个，就是功底不深。现实主义最需要的生活和社会眼界功底，是值得我们高度赞颂、顶礼膜拜的才能。除此之外，还有一个现实主义的加分项，那就是情怀。悲天悯人，它曾经是中国现实主义文学的宝贵基因。

那么，文学创作手段和技巧就不重要了吗？不是的，它也重要。但是需要强调的是，手段和技巧是展现文学水平的必要条件，却不应当是最重要因素。没有文学的手段和技巧，生活经验丰富的任何人都可以被称作文学家，只要他能够用文字记录下他眼中的生活；而如果一味突出技巧和风格同时又轻视文学的现实性与大众性，那么这种文学作品即使愿意以现实主义为题材，也是轻薄的和没有生命力的。西方绘画艺术发展至今，有一种思潮就是偏执、臆想与虚妄，它已经在病态思维和自我封闭的歧路上越走越远。不要指望大众都能够接受并且用偏执、臆想、虚妄去改造他们的思想、眼界和需求，使大众自己成为病态思维的跟屁虫、应声虫。对近现代文学思潮发展影响极深的西方绘画艺术是如此，文学自身何尝不是如此？尤其在中国，在当代，文学应当警醒。否则，就会被抛弃。

说到抛弃，网络文学的兴盛未必与抛弃有什么关联。不过就当今中国的文学阅读而言，许多读者对网络文学与传统文学非此即彼的选择——当然不能说是绝对的——毫无疑问是一种无法忽视的客观存在。网络文学发展到今天，与现实主义的友情还不太深厚，其写作技巧也为许多传统文学圈内人所藐视。在我看来，这种藐视也是目前的网络文学所应得的。然而，如果网络文学把它当作卧薪尝胆的动力，贴近现实、厚积创作功底，那么它将会是"鄙视"一词的使用主体而不再是使用对象。我始终认为，中国的网络文学有一股朝气蓬勃、脚踏实地、积极进取的力量，它不断地在大踏步前进，与传统文学的一些现象形成了对比。一旦解决了现实性和技巧性的问题，那么它会不会是中国文学将来的王者？对此，不妨存一些乐观。

（作者系中国作家出版集团管委会副主任）

原生态与精神链的通融
——现实主义的优化漫论之一

王　干

　　现实主义小说最早的时候，是一位法国叫 G. 普朗士的反浪漫主义的批评家在 1883 年提出来的，当时现实主义被当作唯物主义的同义语，他说现实主义"关心的是墙上有一个是模样的有花纹的盾，旗帜上绣的是模样的图案，害相思病的骑士是一种什么样的脸色"。在普朗士看来，现实主义的意义就等于地方色彩和描写的精确性。现实主义的概念与一位平庸小说家尚勒弗里有关，1857 年他出版了一部题为《现实主义》的论文集，他的朋友迪朗蒂又办了一份短命的刊物《现实主义》。在这些文章中，一个文学纲领就清晰可见了，就是：艺术应当是现实世界的真实再现，作家通过细致的观察和小心的分析研究当代的生活习俗，作家这样做的时候应当是冷静的、客观的、不偏不倚的。

　　应该说后来的现实主义创作始终受到早期理论的影响，包括后来的最为先锋的"新小说派"也是对"物化"传统的回归。只是 20 世纪的现实主义因为革命、战争、民族解放等原因，现实主义的功能得到了空前的扩展，成为非常重要的启蒙话语，主观的战斗性有时大于了客观的描述性。90 年代以来的中国当代小说加强了写实性，慢慢地消解了一些意识形态的理念，对事物和人物的描写比之以往要空前地精细和详尽，这种被评论家称为"原生态"的小说观念在新写实作家和新生代作家那里具有较大的市场。他们刻意表现人在生活中的日常的未经理念过滤和阉割的生存状态，展现的不是原先那种"大写的我"的精神风貌，而是在日常生活里的烦恼和困境。进入 90 年代中后期，由于市场经济的热潮和商业大潮的冲击，一些作家又着重描写人被激发出来的欲望和物质化的追求，因而又被称为欲望化写作。

从原生态写作到欲望化写作，说明现实主义在以一种超短距离贴近生活，小说的纪实性和信息性在加强，小说的视角也扩展到生活的各个领域，以往我们的小说不大注意或回避的一些生活死角也被挖掘出来，写得栩栩如生，人的能量和欲望也因此得到了前所未有的释放。这种小说在强调人的主体和人的欲望的同时，也夸大人的主体和欲望，特别是后来出现的"身体写作"的倾向，可以说是欲望化的极致。

原生态的写作在全息化展现生活的层次和细节方面极大地提高了写实小说的丰富性、复杂性的同时，不高明的写作者也将生活的琐碎、平庸乃至无聊大量地带入了小说，导致了小说的平面化和思想的溃疡。而欲望化写作在丰富人的七情六欲的同时也忽略了人的社会性，小说中的人物可以被物化、被身体化，但物化和身体化之后毕竟不是动物，至少作家应该有充分的理性来隔离这些人性的泛滥。

由个性泛滥到人性泛滥乃至性泛滥（下半身写作），部分小说家向早期的现实主义和自然主义靠拢，诱发了一些争论。小说的充分物化和自然化，在获取原生态最大信息的同时也慢慢地锈蚀了文学的精神链。文学的精神链不是意识形态的简单外化，也不是单纯的时代精神的传声筒，文学的精神链是融贯在作品之中的流动的血液。鲁迅说过，从血管里喷出来的是血，从喷泉里喷出来的是水。过度强调原生态的小说不是没有内核和精神链，而是把水当成了血液和黏合剂，因而小说难免显得苍白和软弱。

原生态小说的出现是对那些极端理念化和概念化小说的一种有力的反拨，它标志现实主义小说进入到自觉的层次。但原生态显然不是写实小说的最高境界，原生态是写实小说的路径而不是目标。原生态对解构那些过度宏大叙事造成的空洞和虚妄无疑是对症下药，但过度解构也易造成小说内涵的溃疡和腹泻。作家可以描写一地鸡毛的生活，但一地鸡毛式的生活并不能让一地鸡毛式的精神来统治。

精神链的提出，是对当下小说的思想溃疡症状的一种校正。精神链不是简单的粗暴的理念和观念，是作家融入小说中的价值取向和情感伦理，它联系整个作品的生活内容和全部环节。这种联系是有机的、无痕迹的，是文学自身发展规律的必然。伟大的现实主义作家，无论是法国的巴尔扎克、福楼拜，还是俄国的托尔斯泰、陀思妥耶夫斯基，他们总是能够用合适的精神链来衔接小说，来组合生活内容，来表达人类和人性庄严的主题。

因而强化小说的精神链，避免小说的无序和精神的缺席，能否让小说的原生态和精神链有机地衔接已成为衡量一个小说家高下的试金石。老舍的小说对老北京市民的生存状态的刻画不能不说是细致到每根毛孔，但老舍小说里的那种悲悯的人道主义情怀是一条特别值得珍惜的精神链。王安忆的《长恨歌》也是原生态写实的代表作，但小说在展现王琦瑶的一生的过程中，有时代的印记，还有王安忆对资本主义生存哲学的批判和解构。铁凝的新作《笨花》也是用原生态的叙述方式来写就的小说，在叙述态度的冷静和客观方面，不仅达到了零度，甚至可以说是冰点，但向喜及其家族的命运的变迁，折射的是近代中国社会的"现代性"的大主题。近期石一枫的小说开始有了精神的拷问和批判的锋芒，对深陷物欲的金钱拜物教者们冷冷地刺上了一刀。而马金莲的那些关于西海固底层生活的描述，以凛冽的自洁精神映照了追逐名利世俗生活的卑微。

如何将原生态和精神链更好地衔接起来，已成为当前写实小说创作的一个瓶颈，也是现实主义在新的历史情境下面临的考验。

（作者系《小说选刊》副主编）

现实主义文学可能的走向

李朝全

　　现实主义文学是对现实的一种艺术化表现。今天的现实当然不同于古代、近代或现代，也不同于新中国成立初期乃至于改革开放初期，不同于20世纪90年代和21世纪之初。讨论现实主义，不能脱离时代和社会生活的大语境，不能脱离我们对于这个新时代的一些基本判断和认识。这些判断和认识正在逐渐成为大家和全社会的共识。譬如，关于当下社会生活的主要矛盾、运行规律及走向，关于基本国情和发展阶段及趋势的判断。只有在这些共识的基础上，我们才有可能比较准确和客观地从总体上完整把握和认识、理解这个时代以及生存于此一时代的人们和每个个体，从而作出一种具有辨析性、阐释性、超越性和前瞻性的判断与描述，真正建构起现实主义美学体系。

　　时代正在发生急剧的转型，社会分化和阶层变动不居，道德人心和精神生活都发生了巨大的变化。文学创作理应关注这些变化并对这些变化进行描写和表现。而在这种描写和表现中，要充分体现作家作为创作主体的情怀和思想。

　　对于现实主义文学而言，当前和今后很长一个时期的一个重大任务便是关注人生和社会的痛点。电影《我不是药神》之所以会产生较大社会反响，正是由于其触及了人们的痛点。无论是人生的痛点还是社会的痛点，都容易牵动人们敏感的神经，引起强烈的共鸣。因此，真实反映痛点的作品往往容易产生较大的社会影响。譬如，关于历史上的战争、地震等重大伤亡事件的叙事，徐志耕的《南京大屠杀》和何建明的《南京大屠杀全纪实》，钱钢的《唐山大地震》，李洁非的《胡风案中人和事》，寓真的《聂绀弩刑事案件》和冯骥才的《炼狱天堂》等纪实作品都是可贵的历史记述，能够引发读者深切的共鸣。反映"非典"事件的杨黎光的《瘟疫，人类的影子——非典溯源》、徐刚的《国难》，记录汶川特大地震的李鸣生的《震中在人心》、朱玉的《天堂上的云朵》等都再现灾难现场，在典型环境中发现和塑造人物，展开情节细节，直逼人心人性，带给人强烈的震撼。还有如何建明的《落泪是金》关注贫困大学生生存状况，《爆炸现场》描写天津大爆炸中数以百计的消防员直面巨灾而勇于牺牲，梅洁的《西部的倾诉》反映西部女性生存窘境，黄传会的《我的课桌在哪里?》《中国新生代农民工》描写进城农民工子女教育及新一代农民工生存状况，阮梅的《世纪之痛》、方格子的《留守女人》关注农村留守儿童和妇女，弋舟的《我在这世上太孤独》、彭晓玲的《空巢》描写空巢老人困境，杨晓升的《只有一个孩子》关注失独家庭之痛，《我是范雨素》对于一个草根者生存困境的自述……所有这些作品都是在揭示和描写社会的一个又一个痛点，意在引起全社会的关切并采取相应举措。有许多作品如《落泪是金》客观上也发挥了促进问题解决、纾解痛点的作用，推动了社会的进步。

　　纪实文学如此，小说同样如此。李佩甫的《等等灵魂》《生命册》等探讨的是社会物质文明快速发展背景下人们的道德灵魂和精神世界相对滞后的矛盾问题。苏童的《黄雀记》表现的一个主题是灵魂的遗失与重寻，阎真的《活着之上》则探析超越物质欲望和生活层面的精神生存、精神世界的可能，对现实芸芸众生的生存状态进行了反思。这些显然是当下社会的巨大痛点，也是改革开放四十年来人文精神领域最值得深刻反思的一个深刻主题。

　　关注个人和社会的痛点其实就是关注时代变革与个人的关系和对社会生活的巨大影响，也是直面时代和生活的写作。改革开放四十年，经济社会的巨变，必然投射在人心人情和世道世情之上。从社会的贫富分化到阶层的固化僵化、流动性差，从城乡差异、工农差别、地区不平衡，总体上的繁荣发展态势到各地各阶层族别之间发展的不充分、不平衡，并由此导致人心的失衡扭曲、人性的变异物化等，再到每个个体身上遍体鳞伤的伤痕与痛楚。所有这些，可能都是发展变革所带来的，同时也是发展变革所必须承担或付出的成本与代价。这也正是所谓的发展转型期的阵痛。绝大多数人，甚至是每一个人都可能感受到变革时代对于自己的身心压力，感受到自身心灵和精神上的创伤与疼痛。在一个变动不居的时代，去寻求身心的平衡平和与和谐，本身就是一件艰难的事情。现实主义文学正是要以人文主义、人道主义或人性光芒观照这些处于"苦海"之中的人，不仅仅揭示疼痛、描写痛点，更须提升与飞翔，超越这些疼痛与痛点，发现人性的人文的人道的光辉，从而指给人一条超度之径或摆渡之舟，让人看到温暖，看到希望，看到光明，看到未来就在前方，让人有信念有信仰，能够在"苦难"炼狱一般的煎熬中感受到一种精神力量的支撑，感受到一种跳出纷呈庸常生活之伟力。

因此，关注和表现痛点实质上是一种人文关怀。变革期的现实主义创作须是一种情怀写作。对于创作主体的作家而言，他应该有一种情怀与愿景，希望以自己的创作带给人温暖和希望，希望在创作中贯彻人文人性关怀，希望用沾满烟火味的接地气的创作，传达一种坚定的信念，带给人们一种可能，产生一种振奋人心、超度人性的力量。作家应该是悲天悯人之士。世间的一切困厄、人类的所有痛点都应该在他的视野之内，他须怀有一颗度人自度之心，让作品成为抚慰人心、滋润人性的营养品，在人们满目疮痍的身心上涂抹上一层温润的、清新的药剂。

由此可见，现实主义创作走到了今天，其一大功能正在于参与时代和社会的道德精神重建。经济社会的迅猛发展，更加凸显了全社会道德精神建设的滞后与不适应。处理好精神生活方面的快与慢的关系，耐心地等等灵魂，等等精神，成为作家们始终关注和思考的时代命题。物质文明的阔步前行已然将精神文明、道德文明远远地甩在了身后。每逢国有灾厄，人们更能深切体会到道德和精神的滞后，也愈加呼唤道德精神的重建与再造。没有精神和道德作支撑的物质文明必然像沙上筑塔水中建楼，必定根基不稳无法持久。因此，现实主义文学理应承担起这份时代之责，将精神重建的内涵寄寓于作品之中。当今社会存在的一系列问题，归根结底大抵能在道德和精神层面找到根源和原因。作为一种直面社会人生的文学，现实主义创作可以且理应参与时代精神和道德重建。文学具有感染人熏陶人、影响世道人心的力量。文学又是一切艺术的母本和母题。作为基础性的文化积累和建设工作，文学应当承担起再造世道人心、重建精神世界的职责。这，也将是凸显和展现现实主义文学力量和作用之所在。脱离了对人性人心人情的关怀，脱离了对人生社会痛点的关注，放弃了精神建设的担当，现实主义无疑将成为无根之飘萍和无源之死水。

（作者系中国作家协会创研部副主任、研究员）

现实·现实感·现实主义

汪 政

　　从宽泛的意义上说，自文学诞生以来，它就是、也应该是面向现实的。不管什么时代、什么类型、什么文体、什么风格的文学，它都是为了解决人们面临的现实问题，不管它是以什么方式。但说句老实话，未来如何不知道，但就到目前为止，当下大概是自文学诞生以来在把握现实上最难的时代。其实，不仅是文学，把握现实几乎是现在所有人的困难。道理自不用说。首先，如今的世界是真实与虚拟共生的，而且，几乎所有的人试图了解现实时的首选渠道都是通过虚拟世界，因为当真实与虚拟同台演出成为一种生活方式时，人们主动或被动地相信，网络与虚拟世界就是现实的一种，即使某个"现实"被证明是非现实，但取而代之的依然是虚拟世界中源源不断的镜像。其次，如今的现实变化实在太快，今天还是这个样子，明天起来一看竟然可以乾坤颠倒。再次，就是如今能够对现实施加影响的力量太多，许多力量是看不见的，更有许多力量是"非理性"的，在非理性的状态下，那是什么现实都可以发生的。

　　现实是如此难以把握，那么是不是可以在形而上的层面寻找路径？用伟大的"主义"来掌控狡猾的"现实"？似乎也相当困难。在一个众声喧哗的世界，没有哪一个主义可以解释一切，我们早已抛弃了本质主义，厌倦了理论的大词和宏大叙事。与现实的变幻与碎片同构，如今也是思想上的变幻与碎片化。一方面是人们对理论的厌倦，一方面则是思想与理论的过度生产与消费。每一个人都是现实的和潜在的"思想家"，被迷乱的现实所绑架，拼命地、急速地给出五花八门的解释，没有推演，来不及论证，有的只是争先恐后的判断与结论。这个世界已经失去了在认知上统一的信心与能力，相反，却给予无以计数的立场与声音极大的宽容。在文化多样性的态度下，我们已经很难寻找或建构出为大家普遍认同的"纯粹理性"，这无疑为文学在把握现实的"主义"生成上带来了极大的困难。

"现实"如此复杂，"主义"又如此艰难，那我们如何言说现实？当人们愈益被现实所困扰的时候，文学何为？作家何为？也许，"现实感"是一个可以带来希望的把握现实的能力、路径与方法。现实感，顾名思义就是对现实的感觉。为什么有的人在现实面前不至于迷茫，甚至能够找到实质与方向，而另一些人总是被现实所裹挟，所胁迫，挣扎得越厉害，陷得就越深？这就是他们在现实感上的差距。文学史上那些伟大的作家，特别是现实主义的优秀作家，他们的差异是那么巨大。他们为我们贡献了不同的故事，刻画了不同的人物，描绘了不同的场景，给我们带来了不同时代、不同社会的不同的现实，他们在"主义"上也各有各的立场与判断，以他们不同的见解创造了各自的意义世界。但有一点是相似的，那就是他们都有着惊人的现实感，正是这样的优越的现实感使他们超越同侪。所以，我倾向于将现实感看作一个现实主义作家的"核心素养"。

现实感首先是一个作家能够在复杂纷纭的幻象中发现现实的能力。什么是真正的现实，什么是浮沫化的假象，这是对一个现实主义作家判断力的考验，尤其是在资讯巨浪滔天的当下。我们的一些作家现在几乎被碎片式的现实镜像所吸附，不要说什么发现，他们已经放弃了简单的思考，变得人云亦云，一些作家甚至已经懒惰得依靠手机与报纸的新闻进行创作。有的以一些似乎产生了轰动效应的新闻事件为作品的主体，而更多的看上去进行了一些加工，但只要仔细辨认，不难将许多新闻事件从作品中拎出来，整个作品如同一部新闻段子的杂烩。社会上热什么，作家就写什么，社会上冷了，作品便再无人问津。而有现实感的作家则能够面对滔滔碎片不为所动，他们如同一个经验丰富的猎人，调动自己的所有感官，对经过的所有痕迹进行辨别，获得猎物的踪迹。所以，真正的现实感并不以时间来计算，现实感的优劣与时间不成任何比例，有时，对真正现实的捕获是耐心等待的结果。这就是我们当下的作家为什么存在普遍性的焦虑的原因。他们有着把握现实的强烈渴望，但梦幻般的现实又让他们无所适从，他们也知道过眼的碎片并不都是真实的现实，但哪儿是真正的现实？他们唯恐现实的消失，许多人只得如赌博一样绝望地抓取眼前的事件，仓促进入创作。而这种焦虑又顺理成章地产生了同质化的创作。如同钓鱼一样，看见某个钓手起鱼了便将钓竿一起抛向他的塘口。一会儿底层，一会儿新农村，下岗工人，农村留守……少有独立发现与建构的现实作品。真正的现实感有时恰恰是耐心的等待与琢磨。文学史上许多厚重的现实主义创作不是"快"出来的，而是"慢"出来的，因为真正的现实是不会消失的，它可以历史化，但不会消失。所以，现实感有时体现的是作家的定力，体现的是他的自信。再次，现实感是一个作家将碎片化的"现实"连缀、重塑为真正的现实的能力。我们抱怨现实的碎片、吊诡与易变，但现实依然在那儿，只不过它们需要我们发现、重组与重塑。一个不容忽视的情况是，我们现实主义文学的原创能力着实堪忧，当一个时代的文学被滔天的现实镜像所挤压时，它的创造力便会受到伤害，似乎这个时代并不缺少故事，所谓"想象赶不上现实"已经成了不容置疑的判断和定理，同时也成为我们文学匍匐于现实脚下的借口与托词。而现实感看上去是"反现实"的，它表现为在现实之外另造现实的能力，这也是文学在现实之外存在的理由。最后，与上述几点相关，现实感是一个作家对价值与意义的敏感与追求，这是现实感的根基，也是一个作家能够发现的出发点，是他能够等待的根据，以及去创造现实之外的现实的目的。现成的结论不是文学的生发点，而文学更不能因为令人厌倦的"思想"浮沫而搁置意义的创造。现实主义的伟大之处就在于它总能面对现实社会给出它的立场，并且使现实获得意义。在众多人类行为中，文学因其语言的优势直接参与了价值的创造与意义的生产，而在这一创造与生产链中，现实主义文学更是表现出独特的自觉、主动与优势。在这样的创造与生产中，现实感起着引领与支撑的作用，它给作家以方向。也许，一开始意义并不明晰，但随着过程的推进，一切终将豁然开朗，它照亮了作品，更照亮了现实世界。

所以，不必俯首于"现实"，也不必臣服于"主义"，只要拥有并忠于现实感，自然会有现实主义的创造。

（作者系江苏省作家协会副主席、评论家）

不会过时的现实主义

高　玉

　　"现实主义"作为一种称谓，包含丰富的内容，既指作家的创作方式，也指作品形态，还是一种阅读方法。现实主义不管是创作方法，作品形态，还是阅读方法，过去都是行之有效，硕果累累，影响深远，现在仍然有强大的生命力，构成了世界文学的主流。未来的文学还会产生很多"主义"，但我相信现实主义会经久不衰，不会过时。

一、现实主义是一种创作方法

　　现实主义作为一种创作方法始于19世纪，一般认为，它是由司汤达、巴尔扎克、托尔斯泰、哈代以及高尔基等人建构起来的，他们的作品也构成了现实主义文学的典范。在创作的基础上，经过一大批文学理论家特别是车尔尼雪夫斯基、别林斯基、杜勃罗留波夫等人的建构，现实主义发展成为一种完备的文学理论体系。经典马克思主义文艺理论家马克思、恩格斯、列宁、毛泽东的文学思想都是以现实主义文学理论为主体。

　　现实主义作为创作方法是一个庞大的"家族"，除了经典的"批判现实主义"以外，还有"社会主义现实主义""超现实主义""魔幻现实主义""两结合""自然主义""新写实"等。现实主义的具体内涵是什么？文学理论界有不同的归纳和解释，韦勒克说："现实主义作为一个时代性概念，是一个不断调整的概念。"①但有一些基本的共识，那就是：强调创作过程中对社会和人生的写实，强调真实、再

---

① 　韦勒克：《批评的诸种概念》，四川文艺出版社，1988年版，第241页。

现、典型等原则，恩格斯把它概括为"真实性"和"典型性"两大特征。以此来看，"现实主义"命名和作为理论虽然在19世纪才开始，但作为创作方法，其实很早就开始了，不论是西方古典文学，还是中国古代文学，其中都不乏大量在创作方法上符合现实主义特征的文学。

回顾中外文学史，我们可以看到，现实主义创作方法一直是世界文学的主流，在19世纪时逐渐成熟，理论上和创作上都达到高峰。批判现实主义文学则在20世纪初传入中国，很快就和中国传统的现实主义文学相融汇，形成了中国特色的现实主义创作方法，它是中国20世纪文学最重要的创作方法，产生了一大批现实主义经典作家和作品。20世纪世界文学产生了各种现代主义、后现代主义流派，有些文学比如存在主义文学、意识流小说也影响巨大，并且长盛不衰，但它们都无法和现实主义文学相比。对现实社会和生活影响最大，最受读者欢迎的还是现实主义文学，中外都是如此。而更重要的是，各种现代主义、后现代主义文学在创作方法上虽然有意识地反叛和颠覆现实主义，但它们实际上都从现实主义创作方法中吸收营养，它们最终都具有或多或少的现实主义因素。

现实主义之所以是文学中最重要的创作方法，各种现代主义、后现代主义之所以很难彻底颠覆或摆脱现实主义创作方法的影响，根本原因就在于文学与生活、与社会现实之间的紧密关系。文学不管以什么方法来写作，它的终极目的是给人欣赏，对人的情感、思想观念等发生作用和影响，所以，它不能脱离现实，不能脱离人的生活，因而现实主义创作方法对于任何方式的写作都是有意义的。而且，严格地遵循现实主义的创作方法还可以克服思想和主观情感上的偏激。在《致玛·哈克奈斯》的信中，恩格斯认为，巴尔扎克在政治上是反动的，但他严格地遵循现实主义的创作方法，因而成为"大师"，恩格斯称这是"现实主义的最伟大胜利之一"①。所以，只要承认文学与社会和人生之间的关系，只要强调文学对现实生活的表现与反映，那么，现实主义作为创作方法就不会过时。

---

① 恩格斯：《致玛·哈克奈斯》，《马克思恩格斯选集》第4卷，人民出版社，1972年版，第463页。

二、现实主义是一种作品形态

从内容上来说，文学作品又可以分为现实主义的和非现实主义的，比如神话就是非现实主义的作品，而史诗就是现实主义的作品，《西游记》是非现实主义的作品，《三国演义》是现实主义的作品。现实主义也是一种作品形态，用现实主义创作方法创作出来的作品是现实主义的，不用现实主义创作方法创作出来的作品也可以是现实主义的。纵观中外文学史，我们可以看到，19世纪之前其实有大量的现实主义文学作品，西方文学中的古希腊悲剧、喜剧、"荷马史诗"，古罗马史诗，莎士比亚戏剧，笛福的小说，莫里哀的喜剧等都可以说是现实主义的文学。中国文学中的《诗经》，汉乐府中的《孔雀东南飞》，杜甫的诗歌，关汉卿的《窦娥冤》，曹雪芹的《红楼梦》，吴敬梓的《儒林外史》等都可以说是现实主义文学。中外文学史上最伟大的作家、最经典的作品很大一部分都是现实主义的。

19世纪之后，现实主义文学一直是主流文学，浪漫主义文学以及各种现代主义和后现代主义文学根本就不能和它相提并论，现实主义文学可以说占据了整个文学的半壁河山。最受欢迎的作家，对社会和人生影响最大的作品，至少有一半是现实主义的。

现实主义作为作品形态最大的特点就是它表现现实、反映现实，它以现实生活和历史事实为题材，它的价值和意义也主要体现在人生和社会方面。现实主义作品在艺术形式上一般都比较素朴，它不追求形式上的怪异和先锋，而主要追求内容上的深度与广度，在内容上贴近人生，贴近社会，所以现实主义作品一般都通俗易懂，阅读上没有什么障碍，最能够为广大读者所接受和喜爱。社会性和人性是最具有超越性的，所以现实主义文学作品不会因为时过境迁而过时。

三、现实主义是一种阅读方法

法国文学理论家罗杰·加洛蒂曾提出"无边的现实主义"的观

点，他认为："没有非现实主义的即不参照在它之外并独立于它的现实的艺术。"[①]他把毕加索、卡夫卡这些通常被认为是标准的现代主义的艺术家也归于现实主义。从创作方法上来说，从作品形态上来说，这显然是值得怀疑的，它实际上取消了艺术认识现实和概括现实的必要性，也即消解了现实主义。但从阅读的角度来说，现实主义的"无边"和"开放"又是有道理的。

作品的人生意义和社会价值是通过读者的阅读来实现的，而阅读相对独立于作家和作品，具有自主性，如何阅读，能够获得什么，要受读者的审美能力、知识储备、经验阅历等多种因素的影响和制约。从阅读的角度来说，任何类型的作品都与现实生活有关，都与人生有关，都是对现实生活的反映和表现，都是"人的文学"，所以都可以用现实主义的方法进行阅读，都可以从中读出现实生活的内容、人生的内容，都可以发现典型，都可以读出"真理"，都可以读出历史和现实。

我们可以不同意文学本质"反映说"，但我们不能否认文学与现实之间的联系，文学不能脱离人的生活而存在，文学从根本上不过是人及其思想的产物。不仅现实主义文学反映和再现现实生活，传统的浪漫主义、古典主义以及现代性的象征主义、表现主义同样也反映现实生活。不同在于，创作方法不同的文学把握现实的方式各有特点，现实主义的文学类型强调按照生活本来的样子再现现实，浪漫主义的文学类型强调以幻想和理想的方式反映现实，象征主义的文学类型以暗示、隐喻的方式来比附现实，表现主义的文学类型则以变形甚至于荒诞的方式来表现现实。所以各种文学都可以也应该从现实主义的角度进行阅读，某种意义上说，现实主义是一种通用的文学阅读方法。

神话显然不是现实主义文学，在外在形式上，它是超越时间和经验世界的，但本质上它仍然是现实世界的反映，所以马克思说："任何神话都是用想象和借助想象以征服自然力，支配自然力，把自然力

---

① 罗杰·加洛蒂：《论无边的现实主义》，百花文艺出版社，1998年版，第176页。

加以形象化。"①神话似乎完全是想象的，不受任何现实的束缚，但实际上它有很多细节上的真实，我们可以从中读到很多现实生活的内容。《封神演义》显然不是现实主义作品，书中写了现实生活中根本就不存在的鬼神，比如哪吒有"三头六臂"，但其实它仍然是以现实生活作为基础。鲁迅说："天才们无论怎样说大话，归根结蒂，还是不能凭空创造。描神画鬼，毫无对证，本可以专靠神思，所谓'天马行空'似的挥写了，然而他们写出来的，也不过是三只眼、长颈子，就是在常见的人体上，增加了眼睛一只，增长颈子二三尺而已。"②也可以说，我们可以对它进行现实主义的阅读。

事实上，所有的作品都可以从现实主义的角度进行阅读，都可以从中读出现实的意味。我们会发现，《伊索寓言》中所有的动物其实都是人，动物的世界其实就是人的世界，动物和动物的关系其实是人与人的关系。英国小说家奥威尔的《动物农场》写了一群动物，儿童也可以把它当作童话来读，但其实他写的是一个社会。卡夫卡的小说《变形记》和《城堡》似乎荒诞不经，但它却无处不是现实，他提前写出了整个20世纪的社会图景。现实作为因素在文学中无处不在，所以现实主义作为一种阅读方式，从来不会过时，除非有一天文学与现实不再有关系。

现实主义文学是人类迄今为止持续时间最长、影响最大的文学，它以其真实性、典型性，贴近现实、贴近生活以及对于现实的意义而具有广泛的读者，深受读者的喜爱。未来它不会过时。

（作者系浙江师范大学人文学院教授、教育部长江学者）

---

① 马克思：《〈政治经济学批判〉导言》，《马克思恩格斯选集》第2卷，人民出版社，1972年版，第113页。

② 鲁迅：《叶紫作〈丰收〉序》，《鲁迅全集》第6卷，人民文学出版社，2005年版，第227页。

现实题材创作中的明暗、宽窄与坚守

韩敬群

最近一直在读天津作家尹学芸的长篇新作《菜根谣》。作品难得地写的是下岗女工的故事。其中写到这么一个场景，五位女工相约重回工厂看看，看门人的脸贴着小玻璃窗上看着他们，这时五个人之间有这么一段对话：

徐姐说："冯诺，我咋这不好受呢？"

我说："厂子在我们手里垮了。"

戴月月说："跟我们有啥关系？我们又不是董事长。"

方静说："我真后悔当初没好好干。现在想干却没机会了。"

宋桂英说："我们还会有机会吗？"

面对挫败的现实和灰暗的人生，这里有难过，有伤感，有悔恨，但是难得的，或者说意外的是，我没有读到怨恨与憎恶。多少年了，作为一位文学编辑，我已经习惯接受我们的作品中有那么多的好像是"政治正确"的通行证似的，或者，就像评论家李敬泽先生说的那样的"未经省察的"习惯性怨恨，以至于听到这群朴实女工这样充满宽容谅解、自省自责的对话，我会怦然心动。

我记得在一次会上曾经听到《人民文学》主编、著名评论家施战军先生提到现实主义文学的弹性与宽窄度问题。他提到现在一线的编辑都很着急，凡是他们觉得主题比较恢宏明亮、没有瑕疵的作品，艺术上往往有欠缺，缺乏感染力。而那些艺术上比较让人信服的作品，调子往往偏灰偏暗。这正是一线的文学编辑与文本近身肉搏的真切感受。他用的是一个相对温和的词：着急。其实，我更愿意说这也是一种焦虑。我想，这种焦虑，这种纠结也许与我们的艺术生产管理者对艺术作品的相对单一、趋于功利的评判标准以及对某些题材、某种样式的创作的偏爱有关，另一方面，也与创作者的心态有关，与他们对这个时代丰富驳杂的现实的不免偏于一隅的观察理解有关。万里长江在其滥觞的源头，相信一定是清可见底，但到它奔腾入海之时，一定是混浩苍茫，泥沙俱下，气象万千的。对现实生活来说，无论从哪个导向来看，任何一元化、一边倒的理解与书写都是片面而危险的。当年苏轼给朋友写信曾经说道：物之不同，物之情也。地之所美，同于生物，不同于所生。惟荒瘠斥卤之地，弥望皆黄茅白苇。大地之所以美好，是因为它生长万物，而不是它生长一样的东西。要想创造无愧于这个时代的具有高峰水准的现实题材原创精品，就像习总书记说的那样，面对生活之树，我们既要像小鸟一样在每个枝丫上跳跃鸣叫，也要像雄鹰一样从高空翱翔俯视。一个健康的文学生态，既要有雄鹰，也要有小鸟。对于中国现实的书写，没有深度与层次、缺乏诚意与真情的干巴巴的廉价赞美没有意义，那种先入为主式的没来由的"无情无义"的怨恨型写作同样近似投机，令人厌弃。

北京十月文艺出版社多年来重视现实题材作品的出版，提倡温暖而开阔的现实主义创作。我们认为，在现实主义风格、现实题材原创作品的出版工作中，坚守是重要的品质。《庄子·人间世》里说："美成在久，恶成不及改。"大意是说，美好品德的养成与美好事业的成就需要持之以恒的坚守与努力。我们文学出版工作者需要有这样的心理准备与践履，必须克服那种克期完成的急功近利的急躁心态与做法。美国著名批评家哈罗德·布鲁姆有一本名著《影响的焦虑》，套用他的说法，现在我们似乎正遭逢一种"精品的焦虑"甚至是"高峰的焦虑"。无论是政府的决策部门，还是各个具体环节上的艺术生产部门，都弥漫着这样的焦虑情绪。心态失常或失衡，带来的后果可能是举止的失措。这是需要我们特别警醒的。

（作者系北京十月文艺出版社总编辑）

现实主义文学的两个层面

石一宁

　　现实主义文学，是改革开放40年来中国文坛的主流。加强现实题材创作的提倡，再次凸显了现实主义文学的重要性。

　　诚然，现实题材与现实主义并不能画等号。但是以"现实主义"的手法创作现实题材作品，是当下大多数中国作家的选择。那么，现实主义文学这一概念，是否所有自诩为现实主义创作的作家都透彻理解了呢？答案恐怕是否定的。有"高原"缺"高峰"，现实主义高峰之作的缺乏，就是一个明证。

　　现实主义文学，应包含两个层面，即现实主义精神和现实主义创作方法。这是互相关联又有分别的两个层面。

　　现实主义精神，我理解，它首先是一种真实性，一种对现实的忠实、客观的观照和把握。所谓忠实和客观，不仅是指对现实的外表，更是对其内涵、意义和本质的领会与依循。现实主义精神是一种形而上的精神，是文学的哲学。而现实主义的创作方法，是按照生活的本来样貌来表现生活、塑造人物的一种写作手法，它强调细节的真实和塑造典型环境中的典型人物。现实主义创作方法是形而下的技巧，是操作和应用层面的。一部现实主义作品，必定是在现实主义精神指引下、以现实主义创作方法创作的。但是，现实主义精神与现实主义创作方法不存在孰主孰次、孰轻孰重的问题，优秀的现实主义作品，是现实主义精神与现实主义创作方法融合无间、相辅相成、相得益彰。这就是现实主义经典理论家所说的不应为了观念的东西而忘掉现实主义的东西，不应为了席勒而忘掉莎士比亚。

　　现实主义精神作为一种文学哲学，它不独存在于现实主义作品中，它还可能存在于非现实主义（如浪漫主义）的作品中。茅盾就认为盘古开天、夸父追日、嫦娥奔月等中国远古神话就内含着一种"神话的现实主义"，因为这些神话不承认宇宙间有全能的主宰，而确认人是宇宙间的主宰，是一种现实的真实反映。这些神话正是《诗经》等初期文学所表现的人道主义和现实主义精神的渊源。

现实主义文学，首先要求作家的现实主义精神的养成。缺乏现实主义精神的作家，创作不出现实主义的作品；现实主义精神不充分的作家，作品的现实主义自然是虚弱的。现实主义精神，既是一种视野，也是一种能力，更是一种勇气。

现实主义的真实性，不是对生活真实的简单复写和再现。首先，复写和完全再现生活真实事实上是不可能的。法国存在主义哲学家、作家萨特曾详细论述过写作对现实与人生的"介入"性质。"介入"文学可以是一种现实主义文学或具有现实主义文学品格，但萨特对现实主义评价不高甚至不予认同。他认为，现实主义由于相信能够对现实作出公正的描绘因而是一种谬误，因为现实不可能被公正地描绘——既然连知觉本身都是不公正的，既然只要人们叫出对象的名字，对象就已经被改变（萨特认为，语言也是一种行动方式，当一个人的行为被人评论后，他就不得不面临着两种抉择：或者固执地继续这一行为，明知故犯；或者放弃。对象"失去了自己的无邪性质"，这两种情况都是一种改变）。其实，萨特所说的只是一种关于现实主义的理解，这种理解将现实主义等同于对现实的刻板的复印和摹写。其次，现实主义的真实性，是一种建立于生活真实基础上的艺术真实，是经过了典型化的处理从而更抵达生活本质的真实。

当下现实题材创作的误区，许多正是来自于对真实性的误解。在关于当下农村生活的创作中，这一问题尤其明显。在一些作家的笔下，中国当下农村尽是田园荒芜、老弱病残，一片凄凉，作品的基调是悲愁、哀叹、绝望乃至愤怒。不能说其中没有作者耳闻目睹的真实，也不能说作者没有写出细节的真实，但也仅此而已。在这些作品中，无论是环境描写还是人物塑造，都没有让人看到典型化处理的努力。现实主义固然要写真实，要摒弃瞒和骗，然而现实主义的真实不是表面的、片面的真实，而是本质的、完整的真实。现实主义对真实的现象要知其然还应探索其所以然。中国当下农村的变迁，具有深刻的历史和现实的原因。中国正在从事的现代化建设，必然导致大量农村剩余劳动力向城镇的转移，这是世界范围内一个不以人的意志为转移的发展趋势。当作家描写当下农村的种种阵痛和弊端时，只有结合这一时代背景和发展趋势进行思考，才能客观地、不失偏颇地描写出真实的当下农村的生活。

　　当下现实主义创作的另一个误区，是作家对典型人物的塑造没有提到应有的重视高度。在新世纪文学的人物画廊里，十分稀缺性格鲜明、令人难忘的人物形象。淡化故事、淡化情节、淡化人物，或许可以成为其他流派的创作方法，然而，现实主义文学对此应该警惕，应该与之保持距离。

　　现实主义文学要自觉地区别于别种流派，坚守现实主义创作方法的质的规定性，也并非拒绝借鉴他山之石。现实主义文学发展史表明，现实主义源远流长，然而它又不是一成不变的固定模式。实际上，一个时代有一个时代的文学，一个时代有一个时代的现实主义，后时代的现实主义文学，总是在继承前时代同流派文学传统的基础上，同时借鉴吸收历史的和当代的一切文学流派的经验和技巧，形成现实主义的崭新风貌。不断发展，与时俱进，这是现实主义文学永葆青春和蓬勃生命力的关键所在。

（作者系《民族文学》主编）

现实主义，生命依然蓬勃

孔令燕

　　自 19 世纪 30 年代"现实主义"在欧洲出现、并作为明确的艺术概念规范和理论化以来，一直都是各国文学艺术的主流形态。中国当代文学亦是如此，通过几十年的创作实践和丰富成就延续着现实主义文学的生命力，到了 1957 年秦兆阳先生对此作出概括，发表《现实主义——广阔的道路》，更加明确和自觉地将现实主义定义为中国文学的大道。从彼至今的六十多年，无数现实主义佳作陆续诞生，为现实主义文学延续着蓬勃的生命力，如《白鹿原》《平凡的世界》《尘埃落定》等，一直在广大读者心目中占据着重要位置，影响着一代又一代青年的成长与内心。

　　虽然其间也有短暂的低潮，20 世纪 80 年代随着新的文学思潮和先锋文学的兴起，带着浓郁欧美现代派痕迹的先锋写作越来越被一些青年作家所青睐。但是从近些年的创作实践来看，不能否认的事实是先锋文学在主流意义上被日渐冷落，当年的领军作家们也逐渐转向到现实主义写作，如余华、格非和马原等近些年都创作了现实主义风格的小说。如格非，他持续多年创作了现实主义作品"江南"三部曲，最后一部《春尽江南》获得茅盾文学奖。从这个意义上可以说，现实主义可能仍是当代文学的大道，也是作家创作走向成熟的自觉选择。

　　但是，我们并不能由此断定现实主义就是中国文学的必然命运，不能认同这就是文学创作的尚方宝剑，即使现在，为数不少的刚刚走出校门或初试写作的年轻人，仍把"现实主义"视为落后、简单、守旧的代名词，文学取向上依然言必称欧美和先锋，有的甚至从来不读中文小说。所以，在当下时代如何保持现实主义的生命力，才是中国当代文学面临的真正挑战和课题。这个挑战包括两个基本问题，一是文学如何进入现实，二是文学如何高于现实。

其一，文学如何进入现实，就是文学该如何描摹现实。2018年是改革开放四十年，中国社会已发生巨大变化，时代呈现出前所未有的丰富性，这对深处其中的作家来说既是巨大的机遇，也是巨大的挑战。如何在浩如烟海、波澜壮阔的社会现实中选取文学的切入点，就变得十分重要。虽然许多作家也是立足现实，写的都是生活中的事，甚至是自己经历的事情，但是因为没有对生活概括的能力，作品就会产生没有生命力的照搬现实的效果。大道至简，也许解决这个困惑的有效途径之一，就是回归现实主义的本质和本原。1888年4月恩格斯在《致玛·哈克奈斯》的信中为"现实主义"概括了三个基本元素：除了细节的真实外，还要真实地再现典型环境中的典型人物。时至今天，是否真正能做到创作出了真实的细节、典型环境、典型人物，仍然是衡量优秀现实主义作品的有效标准。古今中外的现实主义文学经典，无一不是在这三个方面完成的典范。

在当前的创作中，许多作家继续遵循这个标准，用真实丰富的生活细节、在新的典型时代塑造具有新时代特征的典型人物，创作出了具有时代生命力的优秀现实主义作品，文学生态呈现出蔚为繁荣的局面。作家们在用文学参与现实和思考时代命题方面，呈现多样化的态势，横向上深入现实的各个层面，纵向里追溯时代发展、历史流变对人物命运的改变等，完成了对当下中国社会、经济、人文、精神等各个层面的文学表达。小说素材突破了以往以乡土、城市、军事等为主的内容类型，发散出各种形态，将城市与乡村、当下与历史、理想与现实等具象到不同的命运链条中，呈现出异常丰富的文学样貌。其中比较突出的是青年作家石一枫，他创作的一系列作品在文学实践上为现实主义做了注解。他在谈到自己的写作风格时说："是比较主动地倾向于贴近现实，反映现实，思考现实。"其作品所涉及的命题和塑造的人物，几乎都是我们这个时代典型的社会形态和人。如《特别能战斗》里的苗秀华，"这种大妈，在美国没有，在英国找不到，过去的中国也没有，只有今天的中国才有这样的大妈"。"大妈们"是这个时代中的新人物，具有全新的时代意义，让读者能够从对一个人的具体性和个性的描写中，感受到这个时代的复杂机制，达到对时代本质的认识。另一篇《地球之眼》中的安小南，从表面看他不是这个时代的典型，而是非典型，他是一个与时代对抗、不合时宜的道德守望者，他坚守着周围所有人甚至整个社会都放弃的道德底线，周围人都对他难以接受和理解。但是正是由于安小南的不合时宜，才映衬和凸显出当下时代甚为普遍和典型的形态。

其二，文学要高于生活，就是要在作品中对已知生活有新体验、新发现和新表达，要真的做到在日常生活中写出超乎寻常的况味，做到艺术源于生活、更要高于生活。记得格非曾经说过：作家的想象力就是对生活的理解力。一个优秀的现实主义作家，仅停留在照搬现实、描摹现实的层面是远远不够的，一定要有超越现实的概括能力，才能创作具有生命力的好作品。

不同的时代，产生不同的文学，不同的时代，对文学的需求亦不同。在传统社会形态中，作家更多充当了"说书人""社会窗口"的角色，他们大多是社会中的先知先觉者，是少数可以自由运用语言工具的文化精英，正如恩格斯曾经讲过，像巴尔扎克这样的作家，曾经提供了比同时代的记者、历史学家和政治家们"多得多的东西"。时代发展到今天，文学已经不能满足认知的需求，更要提供"多得多的东西"，即高于生活的那些况味和理解。当下阶段，文学存在的社会根基恰恰是这些高于现实的部分。如何在"现实主义的广阔道路"上走下去，而且走得远、走得天高地阔，要求作家运用自己的才情、智慧、见识、格局，从我们熟悉的生活里，分析、体悟出多数人不太熟悉，却能感同身受、醍醐灌顶的生命体验和感知。现实主义的生命力和新意，并不是故事层面上的猎奇和新鲜，而是人生体验中的哲学思考和陌生感，是作家在寻常的生活里，看到别人看不到的一面，能比大众站得更高、走得更远地观照现实。

换言之就是，作家不是创造真的自然，而是通过文学与情感创造属于自己的第二自然。对于一些每个人都很熟悉的社会现象，哪怕看起来就是个平常的事，只要我们的眼中能有新发现，它事实上就是新鲜的。对此，评论家李敬泽也有过类似论述："当我们说现实主义的时候，它就一定涉及对生活、对时代的某种'总体性看法'，或者艺术一点说，也可以叫'总体感'。"这个"总体感"，就是对寻常生活不同的，更宏观、高远的把握，就是文学艺术"意在言外"的那个意思。

时代发展的本质是人类文明、社会的不断进步，是"江山留圣迹，我辈复登临"的生命更新，现实主义无论如何广阔，根本还需作家们的不断创新和文学实践，只有如此才能实现真正的生命蓬勃。

（作者系人民文学出版社编审，《当代》杂志社社长、主编）

我看现实主义

邵　丽

　　我始终坚持并承认自己是一个现实主义作家，这可能跟我的经历和写作习惯有关系。而我对现实主义的喜爱，因为贴近基层的现实，更有了一种正相关。尤其是我挂职锻炼那两年，当我沉在生活的最底层，我才真正明白一个作家的责任和使命到底意味着什么。从《挂职笔记》《刘万福案件》到《第四十圈》，那些深埋在地下的愤怒和悲哀，会突然击中你，让你猝不及防而更加绝望。对于这些触目惊心的现实，我们给不出答案，也开不出药方——虽然那些都是生活中确确实实发生的故事，我也都见过当事人或者他们的亲属。当我和他们一起，陷入对历史的追忆，把那些故事从被生活碾压的尘埃里捡拾出来的时候，那种写作的欲望、冲动甚或恐惧，深深地攫住了我。没有现实中的触碰，根本无法带来内心的震荡，从而使文字产生饱满的张力。

　　由于历史的原因，我们这个年龄段的作家受影响最深的还是俄罗斯文学，甚至可以说，正是因为教育和政治的需要，俄罗斯文化也曾经成为中国文化的一部分，甚至这种影响到现在还有，而且也不仅仅存在于文学领域。俄罗斯那些烛照着我们思想和灵魂的伟大的名字，如叶赛宁、屠格涅夫、帕斯捷尔纳克、陀思妥耶夫斯基、勃洛克、柴可夫斯基、列宾、普希金、鲁宾斯坦，都曾经深刻地影响着我们，影响着我们的文学和生活。不过，虽然俄罗斯作家的那种弥赛亚情结，与中国传统文化"先天下之忧而忧"的担当意识是如此的契合，但又因为宗教的原因，他们比我们更有情怀。他们述说苦难和社会的不公，除了设身处地的怜悯和同情，没有置身事外的怨怼和骂街式的暴跳如雷，更没有那种冷冰冰的仇恨——这恰恰是我们的文化所缺少的——反而是那些被侮辱与被损害的人，在苦难里锤炼了信念，在打击面前挺住了尊严，甚至在罪恶里升华了境界。所以俄罗斯作家们在一百多年前所遵循的现实主义创作态度，即使现在对我们都有指导意义，因为他们给我们的不仅仅是粗粝的现实，还有"整个原野——有纵横的阡陌，不息的河流，巍峨的高山，和手足般的人们"。所以，从这个角度来看，我觉得这也是当下展开关于现实主义大讨论的意义之所在。

其实，对现实主义文学的争论始终没停止过，尤其是在文学界以及批评界，也有很多人对现实主义文学持一种批评或者否定的态度。但最终，这种争论还是在坚硬的现实面前不了了之，毕竟，即使是再先锋的文学，也都植根在现实主义的泥土里。虽然这"现实"与那"现实"是如此的不同，但也只是看待问题的角度有异而已。其实这又涉及到一个十分重要的问题，也就是作家与现实生活的关系问题。离生活太近，作家往往会成为现实生活的代言人，这样就会削弱作品的文学意趣；离生活太远，也就意味着抛弃了作家的社会责任感，让写作成为纯粹的白日梦呓。当然，对于"现实"我们既不能静止，也不能过于功利地去讨论。在不同的时代，它会呈现出不同的样貌，存在不同的主要矛盾，也必然对文学提出不同的要求。生活是变动不居的，这看上去是常识，但是我们一旦进入对"现实"的讨论，却常常忘记这一点，忘记随着现实生活发生变化，我们的文学认识和观念也难免要发生变化：从20世纪50年代的生活中总结出的现实主义创作理念，固然很难适应80年代生活的需求；从80年代生活中催生的现实主义观念，自然面对今天的生活也要做出调整。所以，现实主义文学创作的探索之路，也是没有止境、历久弥新的。但唯一不变，或者非常难变的，是人性和文化。这也就是我们认识和寻找现实主义创作态度时最合适的路径。

作为生活在河南的作家，对现实主义创作有着更深刻的认识。中原作家群是在全国有广泛影响的一个创作群体。多年来，河南作家之所以能长期保持旺盛的创作力和影响力，其中一个重要原因就是河南作家具有关注现实的文学创作传统。从老一代作家张一弓、李佩甫，到我们这一代的乔叶、计文君，包括我自己，基本上都是走的现实主义创作路线。胡平老师对河南作家的现实主义创作理念大加赞赏，他觉得这是一种大气。他曾经在一篇评论文章里写道："可能缘于中原文化深厚的传统，河南作家有一种自然的大气。与文学界的一些求新变成追求怪异的情况不同，在艺术创作中，河南作家坚持追求思想的深度、厚度，但同时也坚持同样可贵的创新意识。河南作家对新与厚的追求是融在一起的，这种新与厚的融合表现为一种大气。"当然，这种大气来自于对现实的观照和关注，河南作家对现实主义的坚守和创新也是显而易见的，因为"河南文学最为明显的特征之一是乡土意识与乡土形态。但是今天，现实与乡土在河南作家的笔下已经不是传统意义上的凝固封闭的'现实'与'乡土'，而是全球化视野下处于流动性开放性之中的现实与乡土，作家们基本完成了乡土社会的现代性或后现代性表达。值得肯定的是，在对于乡土社会的现代表达中，河南作家没有迎合西方汉学家与读者对于中国的想象，他们既在现代语境中审视当下的现实，又坚持了真实性与复杂性的表达，这使河南作家在新的坐标系中能有自我稳实的立足点，后劲充足"。

　　总之，中国的文学创作有着悠久的现实主义传统。在新时代，如何继续弘扬现实主义创作精神，推进现实主义文学创作，是个重大课题。现实主义文学创作如何实现新突破，更加鲜明地反映时代生活，书写民族精神，展现人民风貌，让现实主义真正成为文艺创作的主流，值得探索和思考。而《长篇小说选刊》杂志社推出"现实主义大讨论"恰逢其时。

　　（作者系河南省文联主席、作协主席）

文学的现实，文学的主义

张学昕　张博实

　　提及现实主义的话题，既让人兴奋又令人感到沉重。这时，我们立刻就会想到"无边的现实主义"，也会想到"说不尽的现实主义"，更要将"现实"和现实主义、现实和真实这些重要的、基本的概念，紧密地联系起来。每一位作家、每一位批评家，都对现实有自己的理解，对"真实"有着自己的界定，都有自己的现实观、真实观、美学观。而这其中最重要的问题，就是什么是"文学的现实"，文学中的现实是真实的吗？什么是真实的现实？真实的现实，或者真实的生活，可以构成真实的文学吗？那么，凡是存在的，就是真实的吗？看上去，这又似乎进入了概念的纠结。其实，这里强调的，还是一个"真实"和"真实性"的问题，这是写作和审美的逻辑起点，是文学写作的出发地，也是审美建构的回返地。也许，以往对现实主义的讨论，不断地受到时代、生活、政治等诸多非文学因素的影响和制约，但我觉得，真正的认识和恰切的理解，也都是因人而异，和而不同。

　　实际上，在作家的写作中，具体的情形和状况，远比我们的思考和理解复杂得多。小说与现实的关系，现实与现实主义的关系，常常令作家感到困惑，感到迷茫。对于作家而言，一定存有一种真实，它是我们的目光中所不存在的真实，它只发生和存在于作家们的目光和内心。这种真实，在另一个世界——文本世界中存在，在我们日常凡俗的世界中是鲜见的。正是因为作家写出了我们所看不到的真实，我们才能够在小说世界里感受到存在的另一种形态，另一种意义和价值，感受到、体验到我们实际生活中所没有的可能性。当然，对于我们所不知道的事情，我们决不能轻易地开口，我们人类对于现实世界的认识仍是极其有限的，我们的思考，也总是受到常识和已有的经验的制约和限定。我们对于想象和虚构以外的事实，也会产生怀疑。的确，我们所面对的这个世界，是什么都可能发生的，我们所处的这个世界充满了玄机和隐秘，在坚硬的现实面前，我们常常会感到束手无策，我们很可能在一个个具体的事物面前忍气吞声，有许多存在或可能性存在，以我们现在的能力，还都无法破译，或者是没有机缘去发现。只有回到"真实"的层面，回到对事物、世界和人的精神以及伦理层面，我们才不会怀疑现实的存在，以及存在的可能性价值和意义。美国作家辛格的哥哥告诉他的弟弟"看法总是要陈旧过时，而事实永远不会陈旧过时"，这句话从写作主体与存在世界的关系，强调了一个作家对生活和现实的理解力和颠覆性。

　　关键是，这里还有一个叙事美学的问题。一个好的作家，他一定会以自己的方式，以属于自己风格的文本结构、语言、人物、故事等等建立一个独特的文本世界。一个作家目光中的世界，充满了其复杂、丰富的个人情感、思考和判断，这完全是一个审美的目光，它穿透现实的雾霭和屏障，直抵人的灵魂深处，人性的深处，而且超越了诸如政治、经济、意识形态的具体的、表象的边界。所以，一个作家唯有用心灵去观照时代，以真情实感去书写生活，才能让文学释放出应有的力量和光辉。因此，唯有心灵的真实，才是文学进入现实的最佳通道，才是文学叙述的精神起点。可以说，无论是面对历史的纠结、现实的矛盾和沉重，还是人性深处的困惑和隐秘，文学表达都与作家的想象力和处理经验的能力紧密相关。小说本身有无强大的、非凡的结构力量，直接取决于作家对现实和存在的处理方式，而什么样的处理方式，又决定了作品的形态、格局和美学价值。因此，所谓现实主义，它更是一种世界观、审美观，也是写作的方法论。现实、经验、想象、虚构，都会因循一个作家进入生活的方式，这种结构方式，构成了文本的外部状态和内在结构、意蕴。它已然不单单是一种方法，它是小说文本的组成部分，已经成为小说的血肉，是小说内蕴的灵魂。那么，从这个层面讲，想象力和虚构力，在很大程度上主宰了小说的基本形态和价值。具体说，人物和故事的灵魂决定了小说文本的风格，也决定了语言的样式，而对现实的敬畏，也决定认识世界和判断生活的高度和力度。近些年文学对线性叙事结构的颠覆，对故事因果关系的瓦解，以及对时间物理秩序的打破，就是对现实世界进行重新把握和判断的一种叙事革命，也是对那种实实在在的事实和现实做平面表达的反映论的质疑。

但是，从另一方面看，近几十年来，当代中国社会生活发生了剧变，这种变化令人瞠目结舌，现实的"转型"更是令人目不暇接。作家的"经验"，现实生活经验、虚构能力和想象力，在强大的现实面前，时时显得捉襟见肘，表达现实时常显得格外逼仄。作家的想象力受到沉重的挑战和"打击"，生活本身变得更加扑朔迷离，波诡云谲，奇异丛生，甚至不可思议。我们几乎已经无法按照我们已有的思维和逻辑，对已经发生和正在发生的事物做审美的判断和表现，写作伦理和叙事美学，都遭到空前的震荡和颠覆。作家的想象，作家的虚构能力，难道真的抵抗不过现实本身的力量和神奇吗？现实，变得更奇谲，也更具荒诞和寓言性；历史在现实的灼照下，也日益苍茫。也许，这正是近年来所谓"非虚构"文体兴盛起来的一个缘由。无疑，中国社会、文化在当代转型和推进的速度和深度超出了我们的想象，一个作家，只有能沉得住气，才能与大历史、大时代的变化沾上边，合上气息。1990年代后的中国现实很有分量，一个作家及其文本要达到不辜负现实、不辜负历史是极其不容易的。而一位大作家出现的可能性，需要比拼的段位数太高了，唯有不辜负当代中国的现实，努力发掘出一个民族和时代生活的变化及其走向，让大时代、大历史深刻地卷入自己个人生活和内心，在一个人的内心，在自己语言的血液里，构成历史的深度。唯此，才有可能写出最伟大的作品。

（作者系辽宁师范大学文学院教授；吉林大学文学院博士研究生）

走出泛化，走向深化

黄发有

　　现实主义的话题并不新鲜，但是每次讨论现实主义，文学圈的每个人似乎都有一大堆的话要说，如鲠在喉，不吐不快。究竟是现实变得太快，我们总是追不上时代的步伐，还是一些根本问题一直没有得到很好的落实，所谓的讨论只是在空中飘荡的清谈。

　　在改革开放已经整整40年的今天，我们回顾当代文学走过的历程，总难免回想起现实主义重回轨道的时光。现实主义是第四次文代会的焦点话题，"保卫现实主义"和"发展现实主义"成为许多作家共同的呼声。在第四次文代会的《祝辞》中，邓小平重点阐述了"文艺与人民"的关系问题，他强调"我们的文艺属于人民"，"对人民负责的文艺工作者，要始终不渝地面向广大群众，在艺术上精益求精，力戒粗制滥造，认真严肃地考虑自己作品的社会效果，力求把最好的精神食粮贡献给人民。""要给人民以营养，必须自己先吸收营养。由谁来教育文艺工作者，给他们以营养呢？马克思主义的回答只能是：人民。人民是文艺工作者的母亲。一切进步文艺工作者的艺术生命，就在于他们同人民之间的血肉联系。忘记、忽略或是割断这种联系，艺术生命就会枯竭。人民需要艺术，艺术更需要人民。"（《邓小平文选》第二卷，第210—211页，人民出版社1994年版）现实主义文学应当具有一种紧贴大地、扎根生活的"人民性"，与人民声息相通，及时地传达并回应民众的重大关切。另一方面，现实主义文学应当有艺术的美感，不应当是粗糙的速成品。作家要准确地把握现实，应当深入到人民中间，从中汲取鲜活的营养，不断提高自己的素养和境界，而不是凌空蹈虚，故作高深地糊弄读者。韩少功在《为人民说话——在中国作家协会第三次会员代表大会的发言》中认为："关键要，是好说好，是坏说坏，相信自己的眼睛，相信自己的耳朵，正视现实，独立思考，不被一些权威的教条吓唬住。只有这样，才能耳聪目明，具备了解人民的一个基本条件。"也就是说，直面现实是现实主义的写作伦理和美学原则。

从伤痕文学、反思文学到改革文学、寻根文学，新时期初期的现实主义文学与改革开放的进程相互呼应，思想解放进程激发了现实主义的活力，作家们以开阔的视野审视流动的现实，现实主义的艺术视界变得越来越开放，艺术表现手法日益多样化。从《班主任》《芙蓉镇》到《随想录》《平凡的世界》，尽管有一些评论家和读者指出这些作品在艺术上有一些粗疏之处，但是它们坚持扎根人民和实事求是的审美原则，以文字楔入现实和时代的深处，要么通过对现实的干预来推动现实的改善，要么记录了时代进程以及在现实中跃动并挣扎的灵魂。借鉴了法国自然主义与新小说手法的新写实小说，其人物塑造从典型化走向原型化，叙述模式从宏大叙事走向日常叙事，这使得现实主义在新的情景中发生了审美的变奏。至于"由外国文学抚养成人"（余华：《灵魂饭》，南海出版公司2002年版，第153页）的先锋作家，他们起步阶段的创作有着明显的翻译腔，但在90年代以后大都表现出回归写实的倾向。现实主义大河奔流，在艺术的行程上也有回澜和分流，既有主流壮阔的恢宏气势，亦有众川赴海的万千气象。

就近年的文学发展态势而言，我认为现实主义所面临的严峻挑战是没有边界的泛化，在"无边的现实主义"的幌子下，一些写作者以"底层""官场""纪实"的名义兜售各种哗众取宠的奇闻异事，"真实"居然成了纤毫毕现的情色描写、暴力渲染的护身符。还有一些写作者认为只要在文字中拼贴一些与现实有关的元素，都可在"现实主义"的大旗下篡改、粉饰现实。这样，现实主义的核心本质就被偷梁换柱了。当管窥蠡测、道听途说成为个别作家看待现实的常规方式，作品中的现实就成了现实"变形记"。在近年的小说创作中，越来越多的新闻事件被作家转述成形态各异的小说。泛化的现实主义只是对现实进行肤浅的描摹，对各种社会问题隔靴搔痒，回避社会生活的真正矛盾。当写作者越写越快，所谓的"现实"只是那些没有经过情感浸润、思想打磨的小道消息，这样的作品凭借什么去打动读者？在近年反映进城农民工的作品中，不仅叙事框架大同小异，就连临时夫妻的生活方式、讨薪方式等细节都是惊人地相似。当作品失去了情感的感染力和思想的穿透力，故事又陷入了类型化和娱乐化的俗套，这样的文字注定是缺乏艺术生命力的泡沫。

　　现实主义要走出泛化的沼泽，只有迎难而上，挑战写作的难度，追求审美深度，走向艺术的深化。首先，写作者必须正确地看待现实。进入文字的现实不是抽象的、外在的现实，而是作家主体生命深度嵌入的现实，也就是邓小平所言的"同人民之间的血肉联系"。现实主义不是追逐当下的即时主义，作家应该与现实保持必要的距离，必须有一种历史眼光。路遥的《平凡的世界》朴实无华，它之所以能够不断地打动不同时代的读者，一方面是孙少平、孙少安在现实的重压下顽强拼搏，在禁锢中没有放弃价值底线，执着追求自己的梦想；另一方面作品中的生活并不是平面的现实，而是背负着历史包袱向前推进的现实，正因如此，作品才不会随着时代的变化而失去内在的价值。其次，社会责任感是现实主义的灵魂。抽离了社会责任感的现实主义，只能是虚伪的现实主义。在商业文化的影响下，时下有个别作家将个人名利作为书写现实的目标。这种写实不仅无法介入现实，而且沦落成了匍匐于现实面前的奴仆。现实主义要具有一种内在的感召力，写作者就必须秉持一种持续的理想主义，以一种批判精神推动现实不断地完善。这种人文情怀以生命个体为原点，以将心比心、推己及人的原则平等关切所有的生命存在，用灵魂的光亮穿越种种障碍。再次，现实主义的深化离不开艺术的创新。阅读当前的现实主义作品，总让人似曾相识，面前晃动着不同时代的作家的精神面影。由于现实主义具有悠久而深厚的历史传统，写作者很容易陷入"影响的焦虑"，左冲右突依然无法突围。一方面，创作主体应当突破思维惯性和审美定势的瓶颈，追求形式的内在化和内容的艺术化，自觉摸索自主创新的可能性；另一方面，现实主义的创新并不是形式的杂耍，关键是对变化中的时代和现实做出准确的理解和精当的阐释，就像巴尔扎克笔下的19世纪的法国、托尔斯泰笔下的19世纪的俄国和鲁迅笔下的20世纪初期的中国，他们都生动再现了多变的社会万象，并对时代精神和现实矛盾做出了伟大的概括。

（作者系山东大学文学院教授、山东省作家协会主席）

呼唤一种深入独到的现实主义

王春林

　　只要是真正关注中国社会发展的朋友，就应该清醒地意识到，进入21世纪以来，伴随着改革开放事业愈益向着纵深处的推进，横在我们面前的社会现实状况明显地呈现为一种复杂的状态，越来越显得暧昧不明难以判断了。一方面，无法被否认的是，这些年来中国的经济发展确实速度惊人，以至于GDP总量都已经超过日本位居世界第二了。但在"另一方面，伴随着经济的高速增长，中国社会的各种矛盾也越来越突出，越来越尖锐，诸如收入分配不均，地区差异扩大，官场腐败严重，医疗和教育不平等，生态环境恶化等等这些问题，使得人们的不满情绪不仅没有随生活条件的改善而减少，反而有所上升"。这样一种越来越令人难以作出准确判断的社会现实，对于我们当下时代的小说创作提出了强有力的挑战。我们的作家到底应该对于这种暧昧不明的社会现实进行怎样的一种理解和认识，应该以怎样的一种艺术想象力，以怎样的一种艺术方式来应对表现这种社会现实，确实是摆在广大中国作家面前的一个不容回避只能直面的重要问题。

　　那么，面对如此迫在眉睫的一个重要问题，中国作家所提供的答案究竟如何呢？无法否认的一点是，尽管有不少中国作家都努力尝试着提供自己对这一问题的思考与认识，但就他们所写出的小说作品本身来说，真正能够切中中国社会现实之肯綮、之症结者，其实并不多见。尤其是最近一个时期以来，或者与官方对现实主义创作的积极倡导有关，现实主义问题以及现实主义的小说写作再度引起了公众的密切关注。很多时候，面对此类问题，单纯抽象的理论探讨恐怕是无益的，真正可能对现实主义创作有所推动的，反倒是结合相对成功的作品展开一种具体而微的文本分析。

尹学芸的中篇小说《望湖楼》，便是这方面一个极好的例证。《望湖楼》具体书写的，乃是一个看似寻常的饭局所引出的一场不应该发生的灾难。在很多作家笔下，故事情节发展到这里，一般也就不再向前继续推进了。因为写作者很显然已经由一个饭局相当巧妙地触及到了当下时代中国社会业已非常严重的阶层分化问题。但到了尹学芸这里，贺三革的意外摔成瘫痪，却仅仅只是意味着故事刚刚行进到中途，尚有更多耐人寻味的故事内涵需要作家在接下来的部分做更进一步的挖掘与表现。很多时候，这正如同下棋一样，一般平庸的棋手大约只能想到两三步棋，而高明的棋手却往往会想到四五步乃至七八步之外。

具体来说，尹学芸的难能可贵处在于，借助于贺三革滑跌一事写出当下时代社会阶层分化事实的同时，更进一步地写出了阶层内部的分化。当喜鹊义正词严地告诉男友贺坤，那天被请的陶大年他们，事实上也对贺三革的摔伤负有一定责任的时候，贺坤却无论如何都感觉难以理解："贺坤困惑地看着喜鹊，不明白事情怎么又跟'欺负'扯上了边儿。他们的思维不在一条轨道上，这让贺坤觉得这种对话很费劲。"如果说贺坤仅仅是对喜鹊有所不解，那么，到了卧病在床的贺三革这里，喜鹊干脆就已经被看作是一个坏女孩："坏事都坏在那个喜鹊身上，贺三革原本就不怎么喜欢她，眼下不是不喜欢，是非常厌恶。他觉得这不是个好女孩，不善良。她正教唆他们的儿子走歪门邪道，儿子跟了她，变坏是迟早的事。"正是从这种认识出发，贺三革才坚决要求儿子贺坤从此远离喜鹊。我想，我们无论如何都得承认，尹学芸的这一笔非常重要。正是通过贺三革莫名怨恨其实一直在帮助着自己一家的喜鹊这一细节，作家相当深刻地揭示出了底层民众贺三革心灵的被扭曲异化状况。首先，妻子袖珍当年的工伤，理应得到合理的赔偿，但贺三革与袖珍却硬是把这笔账算到了陶大年身上。很多年之后，他们依然坚持要在望湖楼请客，正是这种所谓"感恩"心理作祟的缘故。其次，他自己的这一次摔伤，陶大年他们明明应该承担相应的责任，但从来都没有考虑过维护自身正当利益的贺三革，却不仅不去追究陶大年们的责任，反而稀里糊涂地把怨恨投向了真心诚意帮助着自己家庭的喜鹊身上。所有这些，细细地想一想，恐怕都与贺三革在现行社会体制下长期不自觉形成的那样一种只知道逆来顺受的奴性心理紧密相关。能够写出这一点来，所充分证明的，正是尹学芸思想艺术能力的非同寻常。

　　一方面，既是自己保姆工作的被辞退，也是与贺坤联姻希望的彻底破灭；另一方面，既是陶大年夫妇得知真相后的无所作为，也是贺三革他们的只知一味忍让退缩。这所有因素叠加在一起的最终结果，就是喜鹊的"铤而走险"。"铤而走险"的喜鹊，最终因为对贺三革一家的慨然施以援手而不可避免地成为了左三东口口声声的短信诈骗犯。既然对贺三革们的忍气吞声倍感不满，心怀满腔怨气的喜鹊，也就自己动手了。在租下了石板胡同的一个民居之后，她开始逐个地给那天参加过贺三革饭局的达官贵人发信息，既为贺三革讨回必要的赔偿，也为自己、更为自己所归属的这个社会阶层讨回必要的人性尊严。没想到，出席饭局的数人中，却只有尚小彬一人，在实地了解到贺三革的凄惨处境后，给喜鹊所提供的贺坤的账户打了三万块钱。但心存悲悯的尚小彬，也根本想不到，正是自己的这点善心，最终给公安机关提供了必要的证据，最终使本来行侠仗义的喜鹊以"短信诈骗犯"的身份而锒铛入狱。借助于故事情节的这最后一次反转，尹学芸所真切写出的，实际上也就是命运所具有的吊诡与难以捉摸的性质。

（作者系山西大学文学院教授）

谁的现实主义？

方长安

百年来，我们谈论文学问题时，无论持守什么理论，张扬什么主张，倡导什么思潮，最终似乎都无法绕开现实主义，它成为言说纷繁复杂的创作现象的重要母题。今天重审现实主义，我以为特别需要追问"究竟是谁的现实主义"这一问题，它是揭示现实主义历史性、现实价值与未来可能性的核心问题。

首先，现实主义起源于欧洲，是一个外来的文学范畴，是欧洲特定历史时期所产生的重要的文学思潮，涌现出了大批相应的优秀作品，诸如《人间喜剧》《红与黑》《包法利夫人》等；作为一种理论，它是欧洲人倡导、概括文学现象与问题的专门术语，是与欧洲历史、文学语境相契合的文学观念。随着欧洲政治、经济、文化势力在全球范围内的扩张，现实主义席卷亚非拉国家和地区，中国的现实主义是"五四"前后古老中国在西方力量夹击中被迫转型时的一种跨文化文学选择，然而在看似主动选择的背后，却隐藏着某种历史的无奈。

"五四"时期，写实主义、自然主义、新浪漫主义、现实主义等概念搅和在一起，使"五四"文学在新文化大旗下呈现出相对多元的景象；由于现代中国最重要的问题是"现实"问题，所以随着对民族自身文学问题的认识不断清晰，现实主义被认为是最适合中国新文学发展的理念，在众多外来理论范畴中脱颖而出，成为谈论文学发展最核心的命题。当时用"现实主义"翻译"Realism"这个外来语词，而"现实主义"这个汉语对应词由"现实"和"主义"构成，突出的是"现实"维度，强调以"现实"为创作之"主义"，也就是将观察、书写和表现"现实"作为核心主张，倡导关注"现实"的创作潮流，这是一个与中国现实需要、新文学发展十分契合的语词。一个世纪以来，在阐释这个概念时，反复强调的是欧洲现实主义之真实再现客观现实、真实描写细节、塑造典型环境中的典型人物等特征，由此为中国文学注入了一种新质与活力；然而现实主义的阐释过程是与自然主义、写实主义、浪漫主义、现代主义、后现代主义等缠绕在一起的，使创作问题变得特别复杂，以致阐释本身既是敞开又是遮蔽，在辨析敞开某一特征的同时，又遮蔽着某些面相，致使"现实主义"这个汉语译词原本简单明晰的汉语语义变得模糊而复杂，甚至使得谈论文学思潮、流变的逻辑变得有些混乱。如上所述，现实主义的基本语义是以"现实"为"主义"，以此类推，浪漫主义就是以"浪漫"为"主义"，象征主义就是以"象征"为"主义"，现代主义就是以"现代"为"主义"，后现代主义就是以"后现代"为"主义"，于是从逻辑层面看，现实主义与象征主义、浪漫主义是并列概念，可以同时使用，而与现代主义、后现代主义则不属于同一层次的理论范畴，因为"现实"既指外在的社会现实，也包括人的心理现实，一切发生着的当下情景都是"现实"，它是一个时空内涵极为丰富的概念，而"现代""后现代"指的是社会历史形态尤其是文化结构与价值取向上一种发展了的新"现实"，其实也是一种"现实"。但长期以来，我们将现实主义、现代主义、后现代主义置于同一层面使用，这种逻辑混乱导致关于文学思潮、创作方法以及具体文学问题的讨论越来越混乱。

　　现实主义是外来的，不是中国固有的，古代中国读书人的观念里，根本就没有现实主义这个概念，那他们是怎样创作与谈论文学问题的呢？没有现实主义这个概念是否影响了它们的表达？一百年来，现实主义这一概念的出现与反复阐述是如何作用于创作的呢？它是否深化了作家和读者对文学的认识？我们应该在什么意义上使用这个来自异域的概念呢？这些历史和现实问题都值得深思。

　　其次，现实主义是把握创作现象的理论概念，不是创作思维本身的特征，更与读者审美阅读无关。作家的本质身份是个性书写者，真正的小说家、诗人是个性鲜明者，他们的创作是独特的生活经验的个性化表达，即便理论上认同现实主义，创作过程中也不会刻意地去遵循现实主义的条条框框，即是说现实主义不是作家创作思维过程中的特征，而是理论工作者用来概括文学现象的一种理性术语。一个作品写出后，不管是诗歌还是小说，也不管是长篇小说还是中短篇小说，是现实主义还是象征主义、浪漫主义，对于读者而言，并不重要。读者是根据自己的生活阅历、审美理念、文学兴趣来理解作品的，一千个读者有一千个哈姆雷特，他们读作品时不会去想这个作品是什么思潮流派的，甚至根本就不知道那些理论术语，而是按自己的心性去领悟、想象，与作品中的人物对话。鲁迅说，一部《红楼梦》，经学家看见《易》，道学家看见淫，才子看见缠绵，革命家看见排满，流言家看见宫闱秘史，也是这个意思。换言之，同一部作品，甲认为是现实主义的，乙可能认为是象征主义的，丙可能认为是未来主义的，在这个意义上，所谓现实主义乃至浪漫主义、现代主义等理论不是读者阅读意义上的，而是理论思维层面的，这也是需要重新思考的问题。

现实主义进入中国已有一个多世纪了，对"谁的现实主义"这一问题的追问，不是要否定这个概念存在的合法性，而是为了引起反思与警惕，重新思考现实主义中国化的问题，即这个外来术语到底是在什么意义上才有价值与意义，究竟应该在什么维度和范围上使用它，应如何从中国文学传统、现实诉求、文学发展需要出发以阐释、构建中国自己的现实主义。

（作者系武汉大学文学院教授）

柳青的现实主义

乔　叶

一提到现实主义，我就会条件反射般地想到柳青。

两年前，我有机会去了一趟陕北榆林的吴堡，这是柳青的故乡。1953年4月，柳青辞去长安县委副书记的职务，落户皇甫村，在这里住到了1967年初，构建了著名的柳青下乡十四年，在文学史上留下了经典的《创业史》第一部——很惭愧，在去吴堡之前，对于柳青，我大概只知道这些。更惭愧的是，除此之外，对于他我还有很多想当然的推断。这次吴堡之行，颠覆了这些推断，让我不由得百感交集。

比如，我一直以为他很土。在那张流行最广的标志性照片里，照片上的他穿着对襟褂子，戴着圆圆的眼镜，很像一个乡绅——就我个人的审美，我觉得他更像一个村会计。还有一张照片，看不清他穿的什么衣服，仍然是圆圆的眼镜，头上多了一顶黑毡帽，这使得他有一种接近乡村老人的慈祥，换句话说，土得不能再土。但其实他很"洋"。他在榆林六中时，课程里有英文，他很快便能读英文原著，成了英文学习会主席。许多英文名著，他背得滚瓜烂熟，几十年后提起来还记忆犹新。1937年，他21岁，已经担任《西北文化日报》副刊编辑，同年开始学习俄文。1945年，他在米脂县吕家崄工作的时候，听说绥德县一个人有英文版的《安娜·卡列尼娜》，他去借书，头天清晨出发，第二天天亮赶回，走了一百六十里。所以贾平凹说："柳青骨子里是很现代的，他会外语，他阅读量大，他身在农村，国家的事、文坛的事都清清楚楚。从《创业史》看，其结构、叙述方式、语言，受西方文学影响很大。"

比如，近几年来，"深入生活、扎根人民"成为文艺界如火如荼进行的主题实践活动，仿佛这是一项重新恢复的悠久传统，尤其以柳青为例。这使得我每次看到"现实主义"这个词，都会想到柳青，一直以为他当时下乡去"深扎"应该是文艺界彼时的大潮流，但其实这只是个错觉。像他这么做的人，并不多。他当时的长居乡村在业内绝对是个异数。在乡下待的最初几年，他没有写出什么像样的东西，很有压力。1955、1956年应当是他创作上最艰难的时期，很久没拿出作品，众人议论纷纷，妻子也觉得委屈，想要回到城里，两人为此冲突激烈。省里主要领导找他谈话，说写不出来就不要写了，回到西安"当官"，处理省作协的日常行政事务。全国作协的一次会议上，一个领导批评了他在皇甫村定居和大规模的写作计划，断定他将失败。内外交困中，他说："我准备失败！如果都能成功，都不失败，怎么可能？我失败的教训，就是我给后来者的贡献。"

再比如，他被广为称道的下乡十四年，我一直以为他对于乡村生活的了解应该深入得不能再深了，应该和村民们日日夜夜在一起，同吃同住同劳动，但其实，他固然尽全力深入着乡村生活，但同时也刻意与之保持着分寸和距离。让我特别意外的是——也许很多人都会对此感到意外——那十四年间，他没有住在皇甫村里，而是先住在常宁宫，后来又搬到了中宫寺，这两座土庙都在皇甫村外几里远。

他不止一次地对别人举过这样的例子："我听说一个省里有一位青年作家，从1958年起就在一个生产队里当社员。三年之后，他是五好社员，但却不仅写不出好作品来，甚至于写不出可以发表的作品来……这位同志把自己对象化了，却没有按照工作的要求保持住自己的独特性……"

据他的女儿刘可风在《柳青传》里记载，他也很警惕和村民们之间的金钱来往。最开始常常有人找他借钱，借了这个，那个也来了。借了这个三十，借了那个四十，拿三十的人会认为自己更困难，为什么才有三十？他接受了教训，对再来借钱的人说："你们有困难找组织，我能给大家办事也通过组织。这是组织的关怀，不是我个人的关怀。"

他没有食言。面对集体，他从不吝啬。《创业史》第一部出版后，稿费一万六千元，他全部捐给了中共王曲人民公社委员会。他说："农民把收获的粮食交给国家，我也应该把自己的劳动所得交给国家。"——交给国家，柳青的语境里，这庄严端肃的四个字，如今因电影《盗墓笔记》的缘故，已经成为一个流行梗。

刘可风说："事实证明，这是他能够长期居住在皇甫村，不因经济问题的纠缠影响写作的'重要决策'。"

他很清楚自己是干什么来的，他从没有忘记自己是个作家。有一张照片，是他和农民们在一起的情形，题为"柳青与皇甫村人民在一块"。他和这些农民是什么关系？毫无疑问，他爱他们。《柳青传》中有个细节，他家的葡萄熟了，他会让妻子马葳用筐提着，一户一户送到农家。可在他们中间时，他也清醒地知道着自己。而眼明心亮的乡亲们早已在十四年的光阴里深谙柳青的赤诚，所以他泾渭分明的原则一点儿也没有妨碍他们爱他。"文革"开始后，造反派拉着柳青回到皇甫村游街，乡亲们走过来问："柳书记，回来了？""柳书记身体好着不？"没有一个人跟着喊口号，只在背后悄悄议论："把柳书记打倒了，对党的损失太大。"柳青回到西安进"牛棚"后，哮喘病严重，村里人听说狼油可以治哮喘，专意打了狼，把油送来。所有人走的时候都说："回咱皇甫来，都喜愿你回来。"虽然中宫寺已经片瓦不存，但是村民们说："不要紧，咱再给你盖几间。"

在吴堡的柳青图书馆里，循环播放着一段录像，情节是柳青在稻田里，跟着农民学习插秧。这部半个世纪前拍的纪录片，主题就是展示柳青如何"深入生活"。柳青去世前几个月时还说："我仔细回忆了我的一生，除了拍电影拍了我劳动的镜头外，我一生都是实事求是的。……我说我不劳动嘛，让人说我骗人呢。他们又让组织反复动员。我坚持几次，最后还是没有扛住。"他对此后悔不迭，觉得这是自己的道德瑕疵。

柳青曾说："每一个人都受到三个局限性：时代的局限性，也就是社会的局限性；阶级的局限性，也就是经济地位和社会地位的局限性；个人的局限性。这三个局限性谁也脱不开，我也不例外。"

谁都不例外。我们每个人所处的这个时代，因为种种局限，都可以是特定的历史时期。这就是我们每个人的现实。

写作这么多年来，我越来越觉得，一切写作，都和现实有关。所有人的写作，本质上都是现实主义的写作。想到柳青的现实主义，我就想告诫自己说，现实不是描摹的纪实，不是愚蠢的预实，而是最深的真实，和最高的诚实。

本文有多处分别引自《百年柳青——纪念柳青诞辰100周年文集》（陕西人民出版社2016年6月出版），《柳青纪念文集》（西安出版社2016年5月出版），刘可风著《柳青传》（人民文学出版社2016年1月出版），一并感谢。

（作者系河南省作家协会副主席）

现实主义的永恒魅力是怎样炼成的

郭宝亮

近十多年来，现实主义的问题不断被大家提及，现实主义的创作方法也再次得到许多作家的青睐。这充分说明，现实主义具有永恒魅力。为什么现实主义具有永恒魅力，这种魅力又是如何炼成的呢？这是一个需要我们认真思考的问题。

说清楚现实主义，并不是一个简单的事情，现实主义其实是一个十分复杂的概念：现实主义精神，现实主义创作方法，现实主义思潮和流派，这几个方面既有联系又有区别。作为创作思潮和流派的现实主义，最早形成于19世纪50年代的法国："1850年左右，法国画家库尔贝和小说家尚弗勒里等人初次用'现实主义'这一名词来标明当时的新型文艺，并由杜朗蒂等人创办了一种名为《现实主义》的刊物(1856－1857，共出6期)。刊物发表了库尔贝的文艺宣言，主张作家要'研究现实'，如实描写普通人的日常生活，'不美化现实'。这派作家明确提出用现实主义这个新'标记'来代替旧'标记'浪漫主义，把狄德罗、司汤达、巴尔扎克奉为创作的楷模，主张'现实主义的任务在于创造为人民的文学'，并认为文学的基本形式是'现代风格小说'。从此，才有文艺中的'现实主义'这一正式命名的流派。"[①]这里所说的现实主义实际上就是以巴尔扎克、司汤达等为代表的批判现实主义潮流，这一潮流波及欧洲各地，影响深远。然而，从文学史的描述看，古典主义、浪漫主义、现实主义、现代主义、后现代主义……一个又一个潮流的变幻，似乎已经走出了现实主义的阶段，但作为创作方法的现

---

① 《中国大百科全书·外国文学Ⅱ》，第1121页。中国大百科全书出版社，1982年版。

实主义，却日久弥新。回顾我国新文学的发生，对其产生影响的世界文学潮流和方法固然很多，但最重要的影响还是现实主义。果戈理、易卜生、巴尔扎克、托尔斯泰等与我们的新文学有着多么密切的联系！随着中国共产党领导的中国革命的发展，苏联的社会主义现实主义创作方法与理论经由周扬绍介，逐渐成为占统治地位的理论方法。

　　苏联的社会主义现实主义创作方法和理论，是从马克思、恩格斯、列宁的经典现实主义理论中总结出来的。比如恩格斯在致哈克奈斯的信中提出的典型观，[①]还有在致敏考茨基的信中提出的真实性与倾向性问题，[②]加上列宁的文学的党性原则。[③]因此在《苏联作家协会章程》中定义"社会主义现实主义"为："要求艺术家从现实的革命发展中真实地、历史具体地去描写现实；同时，艺术描写的真实性和历史具体性必须与用社会主义精神从思想上改造和教育劳动人民的任务结合起来。社会主义现实主义保证艺术创作有特殊的可能性去发挥创造的主动性，去选择各种各样的形式、风格和体裁。"可见社会主义现实主义从一开始就与革命的政治紧密相连。1942年毛泽东的《在延安文艺座谈会上的讲话》中，提出"我们是主张社会主义现实主义的"，就是顺理成章的事。[④]1953年9月至10月召开的第二次文

---

① 恩格斯：《恩格斯致玛·哈克奈斯》中指出："据我看来，现实主义的意思是，除细节的真实外，还要真实地再现典型环境中的典型人物。"这段话一直是现实主义典型论的权威定义。见《马克思恩格斯选集》第四卷，第462页。人民出版社1972年第1版。

② 恩格斯：《恩格斯致敏考茨基》："我绝不是反对倾向诗本身。……可是我认为倾向应当从场面和情节中自然而然地流露出来，而不应当特别把它指点出来；同时我认为作家不必要把他所描写的社会冲突的历史的未来的解决办法硬塞给读者。……如果一部具有社会主义倾向的小说通过对现实关系的真实描写，来打破关于这些关系的流行的传统幻想，动摇资产阶级世界的乐观主义，不可避免地引起对于现存事物的永世长存的怀疑，那么，即使作者没有直接提出任何解决办法，甚至作者有时并没有明确地表明自己的立场，但我认为这部小说也完全完成了自己的使命。"见《马克思恩格斯选集》第四卷，第454页。人民出版社1972年第1版。

③ 参见列宁：《党的组织和党的文学》，《列宁选集》第一卷，第646—651页。人民出版社1972年第2版。

④ 参见毛泽东：《在延安文艺座谈会上的讲话》，《毛泽东选集》（一卷本）第824页。人民出版社1968年8月版。

代会把社会主义现实主义确定为我国过渡时期文艺创作和批评的最高原则。从此社会主义现实主义成为独树一帜的创作方法。这一方法指导下的文艺产生了一批比较优秀的作品，但公式化概念化的创作倾向也日益严重，直到"文化大革命"中登峰造极的"三突出"。

正因为现实主义存在着这样那样的问题，有关现实主义的争论一直没有停歇过。早在20世纪三四十年代，特别是40年代，胡风就针对左翼作家内部存在的"主观主义"和"客观主义"倾向，提出批评，并阐述了自己对现实主义的理解。主观主义就是作家完全把一种观念、一种概念植入生活，人物形象成为传声筒；而客观主义则以旁观者的态度，观看生活，与人物事件保持距离。对此，胡风认为作家反映生活，不是被动旁观的反映，而是与生活拥抱、燃烧，是主观和客观的相互突进、相克相生。"这指的是创作过程的创作主体（作家本身）和创作对象（材料）的相克相生的斗争；主体克服（深入、提高）对象，对象也克服（扩大、纠正）主体，这就是现实主义的最基本的精神。"[1]胡风称之为"主观战斗精神"。现在回过头来看，胡风有关现实主义的观点是很有价值的，可惜当时论争中，由于政治因素的介入，胡风的观点未被采信，反而当作了唯心主义而加以批判，同时也为他1955年的凶险命运埋下了伏笔。

1956年何直（秦兆阳）的《现实主义——广阔的道路》与1962年邵荃麟提出的"现实主义深化"论，都是对社会主义现实主义实施过程中的教条主义和公式化概念化现象的批评。他们最终不得不为此付出沉重的代价。

历史进入新时期，现实主义的命运仍然充满坎坷。改革开放带来的观念革新，西方文化的长驱直入，人道主义、现代主义成为时髦，加上人们对极左政治的逆反心理，现实主义一时成为保守、落后的代名词。许多作家纠结于使用现实主义还是现代主义方法进行创作且对此而颇感焦虑。正像路遥在创作《平凡的世界》一书时的焦虑一样：

---

① 胡风：《人道主义和现实主义的道路》，《胡风选集》（第一卷），第69—71页。四川人民出版社1995年版。

"那么，在当前各种文学思潮文派日新月异风起云涌的背景下，是否还能用类似《人生》式的已被宣布为过时的创作手法完成这样的作品呢？而想想看，这部作品将费时多年，那时说不定我国文学形式已进入'火箭时代'，你却还用一辆本世纪以前的旧车运行，那大概是十分滑稽的。"[①]然而，20 世纪 90 年代中后期，特别是进入新世纪以来，文学由 80 年代的"向内转"逐渐"向外转"，[②]许多先锋作家开始向现实主义回归。当然这种回归不是放弃先锋而回到现实主义，而是将先锋精神与现实主义融合后的回归。这种回归的力量有目共睹，莫言、陈忠实、王蒙、贾平凹、张炜、刘震云、王安忆、铁凝、格非、苏童、余华、毕飞宇、刘醒龙、关仁山、李佩甫、迟子建、方方、阿来、严歌苓、金宇澄以及"70 后""80 后"的不少作家如徐则臣、弋舟、胡学文、刘建东、李浩、张楚、付秀莹、魏微、鲁敏、石一枫等等，我们可以列出一大串作家的名字和他们的作品，来证明开放的现实主义是多么有魅力！

历史的经验值得注意，凡是教条主义地把现实主义封闭起来、单一起来的时候，公式化、概念化的倾向就会接踵而至，凡是以开放的态度，使现实主义广收博取，我们的文艺就会迎来春天。我想现实主义的永恒魅力就是在开放的体系中炼成的。因此，进入新时代的现实主义，一定要吸取历史的经验教训，不能自我封闭，自说自话，套用秦兆阳前辈的话就是"现实主义——广阔的道路！"

（作者系河北师范大学教授）

---

①　参见路遥：《路遥全集：早晨从中午开始》，第 3—90 页。北京十月文艺出版社 2013 年 5 月第 2 版。
②　参看郭宝亮：《文学的"向外转"与在地性——近五年小说的一种趋向》，《文艺报》2017 年 8 月 30 日第 2 版。

"现实"与"主义"

李遇春

　　对于百年中国新文学而言，"现实主义"确实是一个过于沉重的话题。作为一个从西方译介到中国来的文学概念或口号，"现实主义"经过了近现代以来几代中国人的层层理论累积与重重话语包裹，乃至于今天的人们已经很难准确地说出什么是"现实主义"了。换句话说，"现实主义"的真相已然被遮蔽，我们唯有剥离包裹在这个概念上的厚重话语外壳，才能发现其合理内核与价值本体。舍此，我们将始终处于无法对话的自言自语中，因为似乎每个人都号称掌握了"现实主义"的真相，都实现了对"现实主义"的合法化占有，而实际上"现实主义"就像上帝一样正躲在某个神秘的地方对着我们窃笑。

　　窃以为，既然"现实主义"如此复杂难解，恨不得每个作家心目中都有自己的一个"现实主义"信条，那么还不如把它拆成"现实"与"主义"两半来重新理解，或者说是再认识。当然，拆解之前我们必须先做整体观。粗略来说，国内流行的"现实主义"信条大约有这么几种：一是巴尔扎克、司汤达、狄更斯、老托尔斯泰式的"批判现实主义"；二是从前苏联传播到中国来逐步生根发芽乃至枝繁叶茂的"革命现实主义"或曰"社会主义现实主义"；三是福楼拜式的"自然主义"或"写实主义"；再就是以"开放的现实主义"或"无边的现实主义"的名义将各种"现代主义"也一并纳入"现实主义"的做法，比如加洛蒂把卡夫卡式的"表现主义"也看作是一种现实主义，或者许多人直接望文生义地把拉美式的"魔幻现实主义"也纳入"现实主义"宏大体系中。以上这些有关"现实主义"的理论话语都可以在百年中国新文学史上找到不同类型的文学思潮一一印证，相对而言，"五四"式的"现实主义"接近于"批判现实主义"；革命文学思潮中流行的是"革命现实主义"或"社会主义现实主义"，新时期的"新写实主义"其实就是"自然主义"的变体；而陈忠实、贾平凹、莫言等人的代表作往往被认为是"开放的现实主义"的产物，或者被说成是"无边的现实主义"的例证。凡此种种，无不说明了"现实主义"的理论威力，它既可以随着时代语境的变化而不断催生新的理论变体，也可以像一个巨型口袋一样把所有己或异质术语收入囊中。但与此同时这也说明中国作家有着浓重的"现实主义"情结，也暴露了"现实主义"的泛化与圣化问题。所谓泛化就是取消其他形态的文学思潮的独立性与合理性，所谓圣化就是将"现实主义"定于一尊或定为文坛正宗，由此必然妨碍其他文学新形态的产生与发展。由此必然带来"现实主义"的模糊化和污名化，既无法给"现实主义"下定义并取得共识，而当对文学现状不满意时往往又容易归咎于"现实主义"。这也是"现实主义"不可承受之重。

看来"现实主义"确实不是能够救治百病的灵丹妙药。所以我们与其在文学创作出现困境时去乞灵于形形色色的所谓"现实主义"理论，还不如去老老实实地求助于活生生的"现实"生活。换句话说，与其去乞灵于"主义"，不如去求助于"现实"。套用将近百年前胡适之的话说，就是我们最好"多研究些'现实'，少谈些'主义'"。当下的中国作家其实最缺乏的不是各种"主义"的时髦文学理论，而是对转型或变革时期的中国社会现实生活缺乏足够深入的研究，或者躲在书斋里向壁虚构，或者停留在生活的表层浮光掠影，或者把鲜活的生活用时尚的理论加以肢解或图解，总之都与真正的"现实"相隔膜，如同隔岸观火或隔靴搔痒，终究无法进入文学艺术创作的化境。其实"现实"并非一个平面概念，而是一个立体范畴，因为"现实"中不仅有我们看得见摸得着的"现象"，还有我们看不见摸不着但确实又能感受得到的"精神"。前者我们称之为外在现实，后者则为对应的心灵真实，二者互相依存、彼此作用，构成了我们所理解的"现实"的实境与虚境。而在实境与虚境之间的交叉地带或中间地带，往往是虚实相生的艺术灵境，这正是一切文学创作所要努力探索或力求发现的真谛。相对而言，现实主义或写实主义往往执着于"现实"中的实境书写，也就是我们常说的"日常生活"叙事，而前卫的"现代主义"则对"现实"中的虚境情有独钟，而且尤其是钟爱虚境中的变形、变异或怪诞之境，即福柯所谓另类精神空间——"异托邦"，这就与浪漫主义的理想化虚境——"乌托邦"区别了开来。但无论是现实主义的"日常生活"还是浪漫主义的"乌托邦"乃至于现代主义的"异托邦"，它们都是我们必须要认真面对并且深入透视的多重"现实"生活，仅仅执着于其中一种"现实"而忽视其他种种"现实"，都不过是盲人摸象、自以为是，不可能登上新的艺术制高点。

毫无疑问，我们这个时代的文学已经越来越走向综合的、立体的、多元的"大文学"或"杂文学"形态，只有跨文体、跨艺术、跨学科的综合性或立体型文学才能创造出无愧于我们时代的文学经典。这意味着我们必须抛弃各种"主义"的成见定规，必须主动拆解各种文学艺术观念的壁垒或藩篱，而把主要精力放在深入研究复杂多变的中国社会现实生活上。我们不能把文学写成了"新闻串串烧"，我们不能把"现实主义"等同于"现时主义"，我们也不能为了"魔幻"而"魔幻"，我们需要像鲁迅先生那样勇敢地透视与解剖中国的现实与现实的中国，我们不仅要书写现实中国的日常生活，而且要发现当代中国日常生活中所掩盖的心理现实与精神真相。因为对于一个真正的作家而言，对于现实中真相的发现是其从事文学写作的唯一的道德。这种真相有实境中的真相也有虚境中的真相，还有用来组织实境与虚境的艺术形式的真谛，这一切都需要我们的作家去发现、去创造。对"现实"的发现永远高于对"主义"的崇拜，因为"主义"是灰色的，而"现实"之树常青。

（作者系华中师范大学文学院教授、教育部青年长江学者）

现实主义的"实"

刘　琼

　　把现实主义等同于写实和白描，是对现实主义的误解。现实主义的"实"，要远大于写实的"实"。现实主义的"实"，至少包含两个"既……又……"：一是既要写出此在的实，又要写出彼在的实——即本质的实，这一点把现实主义与主张零度写作的写实主义区别开来；二是既要通过扎实的细节和饱满的人物塑造出扎实的现实，又要借助创作主体的想象力写出飞翔的现实。

　　真正的作家都是生活家，对生活的态度无论是爱还是恨，都不妨碍他们记录生活的本能和勃勃兴致。记录的前提是发现。作家能够在芸芸众生中发现特殊的生命形态，首先要拥有犀利的眼光，其次要有情怀支持，要有善于感知的心灵。作品缺乏现实感，与时代、生活和人民割裂，在我看来，是对一部作品、一个作家最大的批评。近年来内地作家作品在香港书展的销售量和影响力之所以大幅削弱，一个重要的原因是香港读者并不认为这些当代作家作品反映了中国当代现实。香港是一个洋气的地方，香港读者也算是见识过各种外来文学文本，他们的遴选标准说明，现实经验的发现和提供依然霸居首位。这给那些对于写现实经验不屑一顾的当代作家恐怕是一记大耳光。

　　对于现实的实，有的作家是不屑一顾，有的是无能为力。书写近在咫尺的社会现实，作家除了有自觉和热力，还要有冷静的观察和准确的表达。写好此在的实，一要观察到位，二要描摹准确。有客观存在的生活比照，此在的实确实不好写。生活坦陈在眼前，有的人过目不忘，有的人熟视无睹。写作是泄洪，对生活的观察和掌握在前，对生活不敏感，缺乏观察能力，显然不能成为真正意义上的作家。不了解生活却急于下笔，凭想象、抒情或辞藻功夫进行编造，这样的文学创作终究不能提供丰满扎实的现实信息。文字是诚实的，不光顾此在的实，彼在的实当然更不会降临。

从实的经验出发的写作，才有可能进入飞翔的天空。所以，写好现实的实，对于一个有志于文学写作的人来说，我认为是要过的第一关。写好现实的实，就是学会走路。把"实"换成"经验"，大家就可以理解这句话了。与前辈作家相比，年轻作家的文字修养普遍较好，他们的视野、理论和知识背景甚至也远远超过前辈。其中，许多人非常勤奋，一年能出好几本书。但是，今天作家成大材的速度却远远不及他们的前辈"50后"。中国当代作家中的"50后"，是属于典型的社会大学毕业生，文字功底并不是很扎实，许多人没有受过很好的教育，是靠自学从农田和街道工厂里成长出来的。但他们的确贡献出了经典作品和大师。成败皆萧何，当他们开始脱离现实生活，放弃最初成功的经验，"50后"的劣势也越来越明显。尽管这样，在今后很长一段时间内，当代文学要想超越"50后"已经取得的成就还真不容易。"50后"的成功经验，正是对于现实和历史的深刻了解和认真观察。生活是密电码，普通人眼里的"12345"，被敏感的作家接收后，重新编码，转译成"生活的本质"。

任何与语言有关的学科都是这样，由能指到所指，阅读其实有很多期待。我的阅读获得满足的时候，往往是文本能够提供意想不到的经验，让我在某个方面或某些方面开了眼界。这些方面，可以是具体的人的生存和生活，也可以是关于人性的知识或经验的呈现。而真正好的作品，一定是作家聚拢了一大盆生活原料最后提炼出来的那一小瓶精华。经验的底料越足，提炼的浓度越高，作品才越有信息量，才有可能写出本质，写出彼在，写出飞翔感。彼在的实更难企及，可以考量作家发现的深度。作家用笔削出一个尖头，当作钢锥，扎破表皮，狠狠地扎进生活的血肉，以至于扎出晶莹的血珠，这些血珠最终深深地扎痛了阅读者的眼睛，留下划痕。

不仅"80后"，包括他们的前辈作家，出版数量越来越多，宣传攻势越来越大，可阅读的东西越来越少。其中，有的文本技巧本身很娴熟，故事讲述也很精彩，但只是纯技巧展示，没有具体的时空，没有经验的判断，没有真实可信的人物，读或不读，没有本质性的获得。这就是我们现在写作的问题：缺乏精准写作，缺乏对扎实现实的关注和停留，文本不能一刀切入生活，也就不能切入读者的内心，不能产生痛感和幸福感。

近来大家都在讨论典型人物写作问题，有评论家撰文认为当下文学对于典型人物的书写需要加强。我理解，造成典型人物创作不理想的局面，不仅仅是作家的文学观有偏差，主要还是今天我们的许多作家丧失了书写可信人物的能力。所谓可信人物，是有性格逻辑和生活基础的，不能坐在书桌前空泛地想象和虚构。对于书法美术，可能草书和大写意要比楷书和工笔画更受待见。但对于文学书写，草书和大写意远不及工笔和精雕细刻有价值。特别是塑造人物，准确客观的描摹能力能一锤定音，在写出人物特征的基础上写出社会环境的典型性，考验创作主体的观察能力和书写功力。作品是最后的完成时态，之前，大量的是对生活本身细致深刻的观察，这个观察甚至也包括对堆积在眼前的丰富的生活素材的提炼和抓握。有什么样的心灵，就有什么样的眼睛。有什么样的眼睛，有什么样的取景框，就有什么样的作品。有没有这个时代的特点和信息，能不能感染人，有没有传播力，能否成为典型，是读者说了算。优秀的作家大多擅长写小人物。在我们的日常生活中，小人物举目皆是，可能是我们自己，也可能是我们的邻居，对小人物的熟知程度决定了对小人物书写的衡量尺度相对严苛。书写小人物似乎容易出彩，容易产生共鸣和同理心，但因此也更难写。比如，专业读者可能会嘀咕，像或不像？感不感人？有没有打捞出被遗忘的人物或发现新型人物？像不像，是对人物塑造的基本要求，也是最难达到的要求，它考验观察能力和描摹能力，考验写作的基本功。我们的文学作品里塑造了许许多多小人物，可以说几乎写尽了他们的喜怒哀乐、悲欢离合。比如鲁迅笔下的祥林嫂、孔乙己、狂人，老舍笔下的祥子，曹禺笔下的繁漪，路遥笔下的高加林，王小波笔下的王二，高晓声笔下的陈奂生，等等。这些经典形象，让读者充分看到了人物的性格和命运，留下刀刻痕迹。

可见，现实主义实是一道试金石，我们千万不要瞧不起它，因为我们可能还真不是它的对手。

（作者系《人民日报·海外版》文艺部主任）

现实主义：作为诗意的镜子

张　莉

很多年前读过一本书，名字叫《无边的现实主义》。以至于每次想到"现实主义"，脑海里马上跳进"无边的"前缀，它形象地说明了"现实主义"这一名词的宽阔，似乎有点儿像大箩筐，什么都可以装进去。

其实不然。当我们说起现实主义，它在许多层面并不模糊，事实上，它也有许多固定的语义。列宁曾经把托尔斯泰的小说比喻为"俄国革命的镜子"。卢卡奇在此基础上指出，托尔斯泰忠实记录了俄国现实的基本特点，"他变成了反映俄国革命发展某些方面的一面诗意的镜子"。"诗意的镜子"的说法尤其好，让人念念不忘。

所谓镜子，我想，它指的是作家如何面对现实和呈现现实，"作家应当忠实地记下他所看到的周围一切事物，既没有恐惧也没有偏爱。这是伟大的现实主义的必要条件"（卢卡奇语）。换言之，现实主义作家首先是一个记录者，他要记下他所看到的一切，忠实而客观地反映他所身在的现实。这似乎已经成为常识。但是，即使是写现实，即使是记录，我们也不得不承认，记录者的理解力和感受力决定了他的作品是否真实，是否真的是"镜子"。对于小说家而言，固然要写出人人都看到的那部分，但更重要的是写出人人感受到却无法言说的那部分，它们在地表之下。一如以赛亚·伯林所言，"每个人和每个时代都可以说至少有两个层次：一个是在上面的、公开的、得到说明的、容易被注意的、能够清楚描述的表层，可以从中卓有成效地抽象出共同点并浓缩为规律；在此之下的一条道路则是通向越来越不明显却更为本质和普遍深入的，与情感和行动水乳交融、彼此难以区分的种种特性。"写出地表之下的潜流才是一位大艺术家、大作家的追求。

有时候，一部作品明明是写现实的，可为什么让人感觉很假？我想，原因在于作家未能看清或触摸到地表之下的区域。或者说，是写作者对那种灰色区域的感受力出了问题。这种感受力便是作家的现实感——现实感是感受世界的能力，它与现实不一定是1:1关系。如果把这个时代比作怪兽，每个写作者都在企图接近它的核心，渴望找到它的大心脏，摸到它的脉搏。但大多时候我们被表象迷惑，我们摸到它的牙齿、尾巴、腿，却以为是心脏。

现实感是作家和读者借助文本共同完成的一种情感对接，是他们自觉凝结而成的神奇的"感觉共同体"。它出于作家对这个时代的独一无二的感受力，它存在于宏大的、蹈空的形而上的公共经验之下的灰色地带。当年，契诃夫、陀思妥耶夫斯基写了那么多繁杂的作品，表明他们内心对认识所在时代的渴望，对传达个人经验的渴望。当然，他们可能也并不知道自己的作品是否具有现实感，他们只是书写，不断地书写出他们的困惑或焦虑。"以巨大的耐心、勤奋和刻苦，我们能潜入表层以下——这点小说家比受过训练的'社会科学家'做得好——但那里的构成却是黏稠的物质：我们没有碰到石墙，没有不可逾越的障碍，但每一步都更加艰难，每一次前进的努力都夺去我们继续下去的愿望和能力。"（以赛亚·伯林《现实感》）也许这样的努力并未直接抵达美妙的终点，也许这样的书写"乖张偏僻"并不招人待见，甚至被认为是"疯言疯语"，但多年后我们发现，它们写的正是属于俄罗斯乃至全人类的记忆和境遇——好作家是地表之下灰色地带的触摸者，是独特的民族记忆的生产者，也是"这一个"记忆的见证者和书写者。

作家的现实感同他如何理解个体与社会的关系有密切关系。在一位现实主义作家那里，个体不是孤立的个体，一间房子房租上涨了，这不是一个孤立的事件，它与房价与购房政策有关，也与每一位公司员工、工薪阶层以及城市外来人口的日常生存相关。这也正如卢卡奇所说的，"在一位伟大的现实主义作家的作品中，每一事物都是跟别的事物联系在一起的。每一种现象表明许多成分的多音曲，个人与社会、肉体与精神、私人利益与公共事务的交错关系"。

　　想一想中国现代文学史上的那些作品，阿Q的命运绝不是阿Q本人的命运，孔乙己也不只是孔乙己。他既是个体的，但又分明具有高度概括性。未庄哪里只是未庄？去年，我曾重读《子夜》。那些在金钱漩涡里的人的生存，他们的突然狂喜和突然挫败，突然一夜暴富又突然一夜之间一贫如洗跳楼自杀……茅盾有着惊人的对个体命运的理解力，有着对整个中国社会的理解力，所以才有了那样跌宕起伏的作品。近八十年后重新看，也许我们对这部作品的文学价值要重新打量。

　　当然，还有《平凡的世界》。今天，无论多少人对这部作品的艺术价值持怀疑态度，你都不得不承认，它在总体意义上写出了一个特殊时期的中国，特殊时期中国人的热情、悲伤以及昂扬向上。这得益于路遥对个体命运的关注，更得益于他渴望写出一个时期的历史，写出属于当代人的史诗。为此，这位作家采访上百位普通人，上至省长下至普通农民，他翻阅大量报纸，以使自己具有对当时整个社会气氛的敏感性，进而获得一种整体感。作为作家，路遥对当时的社会与时代有宝贵的现实感，也有宝贵的总体性认知。

　　今天，哪一位作家不渴望讲述自己所在的时代和社会，又有哪一位作家不渴望描绘自己眼中的现实呢？但是，每一个人也都对这样的写作难度深有体察。这难度不仅仅在于勾描个体精神生活之难，还在于勾描整个变动的社会之难——现实感以及那种总体性的思维，是每一位写作者的难局。

　　当然，与这一难局并在的还包括诗意的表达。今天，有许多作品被人诟病不够文学性，不够有诗意，这是当今写作者面对的另一困境——无论写作者理想有多高远，无论写作者对现实问题的书写有多迫切，也还是要回到文学内部，作品的艺术品质是所有讨论的前提。说到底，我们讨论的是文学创作，而非其他。别林斯基说，"诗首先是诗"，诚哉斯言。

　　（作者系北京师范大学文学院教授）

文学如何书写现实？

杨庆祥

　　以一种严肃的（批判）现实主义态度，讲述改革开放以来的当代历史与正在发生的"中国故事"，依然是近年来写作的主要潮流之一。但与此同时，这些写作在读者当中似乎未能得到期待中的评价。聚焦于苦难与恶欲的现实政治批判，却使同时代的读者感到隔膜，不免引出"如何现实"的争论辩驳和"现实与否"的信用危机。莫言的《蛙》出版于2009年，余华的《第七天》出版于2012年——这两部前后间隔不久、出自于中国当代两位第一线作家之手的作品，都可以放在这一背景下予以讨论。我将这两位作家所代表的现实书写方式命名为"新伤痕写作"。熟悉文学史的人肯定会知道，这一命名的文学史对位是20世纪80年代的"伤痕写作"。20世纪80年代的"伤痕写作"以卢新华的《伤痕》和刘心武的《班主任》为代表作，其主要内容是倾诉或者控诉政治运动给普通人的生活和心灵造成的伤害。而21世纪初的"新伤痕写作"，其主要内容则集中于20世纪80年代以来"改革"给中国人造成的物质创伤和精神创伤。从题材的角度看，"新伤痕写作"是"伤痕写作"在21世纪的延续和变种。非常吊诡的是，"新伤痕写作"的代表作家恰好是当年"伤痕写作"的读者，这种历史性的对位和延续暗示了中国历史中某种宿命性的东西。

　　具体来说，"新伤痕写作"可以从以下几个方面进行界定。第一，相对于"伤痕文学"以政治运动史为书写对象，"新伤痕文学"书写的对象是"改革开放史"。莫言的《蛙》通过"我"姑姑的故事，书写的是"计划生育"这一自20世纪80年代以来的"基本国策"对中国普通人的影响。《第七天》则借助一个亡灵的视角，将当下中国最常见的一些事件如拆迁、征地等串联起来。这些内容与"伤痕文学”的题材虽然在时段上有所不同，却又有共同的取向，即都是在某一个历史的节点回顾中国的当代史。

第二，基本的人道主义话语。"伤痕文学"的书写和批判借助的话语资源之一，就是知识界在20世纪80年代建构起来的"人道主义"。当然，这种建构并不是先入为主的，恰好是在对历史的反思中将人道主义话语从一个高蹈的理论资源变为一种具体的写作实践。人道主义话语构成了"伤痕文学"的合法性基础，同时内化为"伤痕文学"乃至整个20世纪80年代写作的基本美学指向。"新伤痕写作"正是因为其内置的人道主义视角而和20世纪80年代的"伤痕写作"保持了历史的延续性。在上述的两部作品中，虽然形式上都各有侧重，比如《蛙》采用了书信体，《第七天》采用了新闻拼接，但如果刬除这些形式本身的"意味"，我们会发现，这些作品内在的架构，依然建基于"人道主义话语"。我们甚至可以非常清晰地看到，这些作品的基本主题其实都是在处理"人的异化"这样一个主题：在《蛙》中，姑姑从一个白衣天使变成了婴儿杀手，她受到国家政治的召唤，并始终不渝地遵从这种召唤，一步步走向异化的道路。在《第七天》中，亡魂视角所到之处，也同样是人道主义的种种灾难。不仅仅是人的异化，同时也是现实的异化，因为现实的异化导致了人的异化，反过来人的异化又强化了现实的异化。在此过程中，"新伤痕写作"实际上在重现现代的主题：人改造环境（现实）并成为历史的"主人"。只不过在"新伤痕写作"中，它走向了其美学的反面。在"十七年文学"中，人与现实的相互改造构成一种崇高的美学风格，虽然这种崇高在今天看来显得有些做作。但是在"新伤痕写作"中，人与现实的互动不再具有崇高感，它仅仅形成一种巨大的反讽。姑姑、孙明亮这些人物在历史中不是重塑了主体的生命意识，而是在某一个时刻，将生命意志全部放弃了——他们是真正的死魂灵。只不过正如《第七天》所隐喻的，即使在地狱，他们也不得不服从异化了的现实的规则，无法得到所谓的"救赎"。

第三，对"苦难"的"事件式"铺陈，对人性最极端一面的呈现。20世纪80年代的"伤痕文学"曾被认为是没有出息的"哭"的文学，如果是从对苦难夸大其词的叙述角度看，这一点基本上是准确的。即使像《一个冬天的童话》这样的纪实文本，也有强烈的自我虚构和苦难抒情。"新伤痕文学"倒是截然相反，在这些作品中，不要说哭，连抒情都变得稀少起来，这从叙述者的设置上就可以看出来。莫言设置了一个写剧本的乡村文学青年"蝌蚪"作为叙述者，并为他设置了一个日本教授作为读者；余华设置了一个死亡了的人物作为叙述者。这些限制性的叙述者试图呈现某种"客观化"了的现实。但有意思的是，这些"客观化"并没有带来相对节制的叙述，而依然延续了"伤痕文学"的极端叙事风格，并没有因为所谓现代写作技巧的加入而得到根本的改变。

第四，特别需要注意的一点是，"新伤痕文学"和"伤痕文学"在本质上分享了共同的叙事结构，这个结构就是"文学—政治"的二元对抗。在"伤痕文学"那里，对于现实政治的批判是其发生学的起源。而在"新伤痕文学"这里，现实的政治包括20世纪80年代以来影响中国社会的各种政治政策，如上文提到的计划生育、拆迁征地、城市化运动。对现实政治的书写不但是"新伤痕文学"的题中要义，更是其基本的写作出发点。但是"新伤痕写作"并没有推进"文学－政治"这一结构本身可能的复杂性，而是再次将其简化为一种二元对抗的关系，并在其中强化文学的"人道"和现实政治的"非人道"。在这一点上，"新伤痕写作"重复了"伤痕写作"的固有病症：不仅历史被简化了，现实也被简化了。

客观化的现实、限制性的视角等一切形式上的努力并没有达到作家们的本来目的。作家们基本了解一个现代的常识，正如布斯在《小说修辞学》中指出的，小说阅读的前提在于"信任"，只有当读者相信你的叙述是"真"的时候，虚构才能够成为"想象的真实"。但"新伤痕文学"的作者们从一开始就已经有了巨大的不安，不敢轻易地将目睹的一切认定为现实，而是通过他者的眼光，试图将主观化的认知变为一种客观化的知识。在这一点上，"新伤痕写作"遭遇到了"信任"的危机。这一危机集中于对现实的理解上。"新伤痕文学"所书写的现实是客观的、真实的或者有效的吗？

　　李雪在《写实年代的虚伪作品》①一文中引用了余华的一段话："我与这座城市若即若离，我想看到它的时候，就打开窗户，或者走上街头；我不想看到它的时候，我就闭门不出。我不要求北京应该怎么样，这座城市也不要求我。"同时她指出："对待城市的态度，可以折射出对待当下生活的态度——想看看外面的世界便打开电脑、电视与报纸，不想看到的时候就在对往事与故乡的重温中虚构故事。这是一种对当下生活缺乏热情的写作，将现实审美化，或是通过媒介来了解现实，这样的态度和方式注定作家写不了现实生活、触及不到现实问题的核心、写不出当下中国人最实在的隐痛。所以，这里的问题不是余华在20世纪80年代所强调的形式的虚伪，而是态度的虚伪。"正是因为态度的虚伪和形式的失效，这些作品成为了"虚伪作品"。另外一位批评者对此持相同的看法："总的来看，小说流于一种浮泛式的现实描摹，贯穿其间的亦是愤恨式的情绪表达和寓言化的观念演绎，再加之小说章节之间的叙事并不流畅，情感难以衔接的弊病较为突出，这些都不免让人怀疑作者写作的诚意。"②

　　一方面是作家努力"强攻现实"，试图写出"无愧于时代的作品"，另一方面是这种书写被指责为"缺乏诚意""粗糙"甚至是"虚伪"的写作，这两者之间存在着巨大的落差。作家们当然不满意这种指责，并极力为自己写作的有效性进行辩护。有作家甚至发明了一种理论，即：在创作中摒弃固有真实生活的表面逻辑关系，去探求一种"不存在"的真实，看不见的真实，被真实掩盖的真实。在作家看来，这种"内真实"是一种更现实的现实主义；而余华也在多种场合表示，《第七天》就是毫无疑问的中国现实。

　　谁的现实——作家的现实还是批评家的现实——才是更真实、更现实的现实？这是一个无法回答的问题。但这个问题被反复提出，暗示了中国当代写作的元问题始终没有得到有效的清理。我在一篇研究路遥的文章中已经指出，在中国当代语境中，现实主义并非是一种简

---

①　李雪：《写实年代的虚伪作品》，《文艺报》2014年5月14日。
②　徐刚：《在"谎言"中发现"真实"》，《文艺报》2014年12月26日。

单的写作风格，而更是一种历史建构。①它暗含了总体论和进步的概念。也就是说，讨论一部作品"现实"与否，有一个基本的前提，这个前提就是有一个不容置疑的"现实观"，并在这个前提下对作家作品进行分类划分。在20世纪80年代"伤痕文学"的写作中，"现实观"是高度一致的，所以无论是作者、读者还是批评家，都是在此一致的现实观下讨论问题，他们已经约定了一种共有的"现实"，因此，很容易指认不符合此标准的作品。而"新伤痕写作"正是在这里出现了问题，对于20世纪80年代以来的30年历史，目前没有任何一种力量给出一个统一的没有分歧的结论，它所涌现和生长出来的现实也宽阔无边，因此，任何一种关于这一现实的书写可能都会陷入"无效"的尴尬境遇中去。在这个意义上，批评家和作家们选择"现实与否"来作为交锋的话题，显然都选错了武器。如果说需要对"新伤痕写作"提出批评，那么，不应该将它们置于简单的反映论（是否真实）和一元论（有一个确定无疑的现实）的框架中去讨论，而应该置换一种思路：那就是，在一元论和反映论已经失效的前提下，"新伤痕写作"依然试图以一种对抗的方式来书写中国当下的现实，这是首先需要批评的地方；其次是，即使对抗式的写作在中国当下的语境中依然部分有效，我们看到的这种"对抗"却更多地来自于一种历史的惯性和一种简单的道德判断，是一种外在的对抗而不是内在的对抗，在这里面，看不到作家更多的主体性。也就是说，新的历史判断并没有在这样一种当代写作中生长出来，自然，也就生长不出新的美学，这是"新伤痕写作"目前面临的最大困境。

（作者系中国人民大学文学院副教授）

---

① 杨庆祥：《路遥的自我意识和写作姿态》，《南方文坛》2007年第6期。

现实主义的一维：传统典型论的诗学意义

马　兵

　　作为讨论现实主义的核心概念，"典型"在今天似乎变成了过时甚至有些污名化的语汇。但不可否认的是，当我们在称赞祥林嫂、吴荪甫、三仙姑、梁生宝、高加林、隋抱朴、白嘉轩、涂自强、陈金芳这些人物时，依然会觉得他们具有非常鲜明的"典型性"。因此，重申现实主义的意义，当然有必要讨论典型。

　　西方意义的"典型"概念在20世纪初被介绍到中国，但直至1932年瞿秋白根据苏联《文学遗产》的材料，编译了《"现实"——科学的文艺论文集》，其中译介了恩格斯致哈克奈斯的信，并谈到对"典型环境中的典型人物"的初步认识，才引起了文坛对典型理论的重视。这之后周扬和胡风先后发表了《关于"社会主义现实主义"与革命浪漫主义》和《什么是典型和类型》，分别对"典型"问题做了自己的理解，并引起了两人间的纷争，而这也恰恰奠定了典型在20世纪中国文学史上的显赫地位。且不说这两场纷争中各方观点的是非对错，它们相同的一点是，都是在借鉴西方尤其是前苏联现成典型理论的基础上，来对已有创作实践进行评点及对将来创作动向予以指导，而疏忽了传统"典型论"的传承与影响。

　　在中国，"典型"的概念虽频见于古籍中，但与西方美学意义上的"典型"理解不同。发达的诗词传统，培育了中国独具的"意境"理论，成为与西方"典型"相并而提的重要文论术语，而"境界"高下也成为中国文人品评作品的重要参照。境界作为抒情作品创造的艺术方法，是情与景、物与我、形与神、虚境与实境等的互相结合，虽与"典型"的涵义相去甚远，但也是从万千自然形态中提炼出富有本质意义的具有高度美感的艺术形象来，这又与"典型化"的过程有几分相似。元明以后，随着市民文艺的发达，叙事文学尤其是小说愈加繁盛。相应地，着重阐述人物性格塑造的、与西方典型理论真正具有某种内在一致性的文艺理论也开始发展起来，这些理论主要寄生在对古代白话小说的点评中。较早的如明万历年间东吴弄珠客为《金瓶梅》作的序中，就性格刻画作了偏于类型说的概括："借西门庆以描画世之大净，应伯爵以描画世之小丑，诸淫婆以描画世之丑婆、净婆，令人读之汗下。"其后，金圣叹、毛宗岗和张竹坡在评论《水浒传》《三国演义》《金瓶梅》时，就古典小说人物形象的塑造有了空前的建树，开辟了透彻分析中国式典型性格的先河，对古典现实主义理论的丰富贡献莫大。另外在中国源远流长的画论中，流传下来不少关于"典型"的真知灼见。南齐谢赫提出绘画六法，首条就是"气韵生动"，要有神采；晋代顾恺之提出"四体妍蚩，本无关于妙处，传神写照，正在阿睹之中"；苏轼著名的"胸有成竹"说和罗大经的"胸有全马"说都言明了对一个生动艺术形象的构思过程要注重整体性的问题。

从以上的罗列不难看出，受意境说的影响，中国式的典型最为看重的是描画人物要形神兼备，尤其注重"神似"，形似者神有别，讲究用疏淡俊朗的笔法活画出鲜活生动的艺术形象，这与西方典型理论要求在繁复的社会背景和特定所指的时空概念中制造紧张冲突来刻画人物性格是不一样的。中国古典小说人物普遍具有一种漫画性，这些古典形象给读者留有颇具质感的想象空间，读者能根据作者的描述在自己的脑中绘出一幅形神逼肖的像来。但同时，这些形象又往往缺乏西方小说人物那种饱满缜密的理性色彩，人物表现上也不具备在特定的逼迫性环境中面临重大抉择而发生的巨大张力。中国式的典型也讲究凸现本质，但这个本质不是凝聚有深刻社会批判性和人性内涵的"理念的感性显现"，而是以出神入化独具匠心的描摹为某一类的场景人物归纳出具备典范意义以一当十的样态，是一种类的升华和纯化，也就是所谓的"搜尽奇峰打草稿"。所以中国古典艺术中"典型化"过程运用最多的手法是"白描"，而绝少心理描写，它追求的是给人回味无穷的"神韵"，而非在人物与境遇的互渗整合中洞见世态人生的深刻与厚重。

在新文学史上，20世纪30年代以茅盾为代表的社会剖析派小说及后继的左翼创作最能体现西方现实主义观念的典型论。如茅盾写《春蚕》《子夜》，构思时既了解"社会生活各环节"，又"看到社会发展的方向"，从"繁复的社会现象"里"深入一角"，选取"最有代表性、典型性"的事件来概括生活的本质与方向。尤其是《子夜》，将人物放到一定历史进程中所交织的各种社会关系中去塑造，并揭示了其社会属性，这是地地道道的"塑造典型环境中典型人物"的套路。但这并不意味着他们已尽弃了传统的典型技巧。姑举一例，吴组缃的《一千八百担》素来被视为现代短篇小说的神品，全篇小说由对白串联，但以人言写活人像的手法显然并非对国外艺术经验的借鉴。

以此反观当下现实题材的创作，新世纪的作家显然有着比先辈们更大的选择权和自由感，并且得以与世界文学敞开对话而视野大张，所以在创作技巧中往往融会中外。近来的长篇力作如《繁花》《陌上》《独药师》《平原客》《春尽江南》《好人宋没用》等都通过内在地与传统典型诗学建立关联，以激活本土叙事资源的活力，这是我们应喜闻乐见的。

（作者系山东大学文学院教授）

网络时代的现实主义文学创作

何　弘

现实主义作为概念在文学领域的应用已有近两百年的历史。从席勒提出这个术语，到法国现实主义运动的推进，现实主义在19世纪成为文学艺术领域一种影响广泛的重要创作方法。"物质决定意识"的哲学基础，决定了马克思主义把文学看作是对社会现实真实反映的基本文学观，现实主义自然成为了马克思主义者倡导的基本创作方法。一百多年来，"现实主义"作为一种创作方法，尽管经历了一系列争论、探讨，内涵和外延也历经迁延，但大体遵循着"真实客观地反映社会现实"的基本要义。在现实主义创作观念的指导下，现实主义文学在世界范围内蔚为大观，出现了大量不朽的经典。

社会进入电子化、网络化时代，信息的传播变得极为便利，特别是推特（Twitter）、脸书（Facebook）、微博、微信等即时信息软件的普及，使世界上发生的各种事件差不多都可以被即时推送出去，每个人都可以很方便地将自己的经验分享出去。因此，网络时代可以说是一个泛文学的时代，从记录个人经验、时代经验、表达对社会的认识这个意义上讲，所有发微博、微信朋友圈，在自媒体上写作的人，其实都是作家，因而可以说，泛文学意义上作家要占人口总数的大多数。这种情况使以反映社会现实为目的的现实主义文学受到很大冲击，传统文学失去了大量读者。于是，小说死了、文学死了的论调不断出现。但同时，西方的《魔戒》《冰与火之歌》《时光之轮》以及《哈利·波特》等奇幻、魔幻文学作品，中国的玄幻、奇幻网络小说等，却吸引了大量读者。这表明小说、文学仍然有着旺盛的生命力。同时也让我们看到，在传统文学领域，现实主义仍居主导地位，但面向大众的类型文学，却由创造"第二世界"为目标的幻想文学主导。

　　"第二世界"这个概念是由《霍比特人》的作者托尔金于1938年提出的。他把现实世界称为"第一世界",把由艺术手段构建的幻想世界称为"第二世界"。西方的奇幻小说、中国网络文学中的玄幻小说,都致力于构建"第二世界"。当然往前追溯,武侠小说也可归入此一范畴。网络化带来的信息传播的便利加剧了泛文学化的趋势,人们不再需要通过文学作品来了解对现实生活的一般理解和表达。同时,网络又为类型文学的发育提供了肥沃的土壤,以构建"第二世界"为主要内容和最终目的的幻想类文学呈现出爆炸性增长的态势。实际上,正如以金庸为代表的武侠小说构建的是与现实世界纠缠不清的"武侠世界",目前中国网络小说的多数作品在处理现实题材时更多是从满足读者内心欲望和代入需要出发,构建与现实纠缠不清的"第二世界"。

　　那么,在网络时代,现实主义真的就由此失去生命力了吗?

　　文学的功能有很多,而其中重要的一点是它可以让读者以经验的方式理解世界和人自身,好的文学作品总是能够不断向更广处开拓,向更深处挖掘,以使读者可以借此更好地理解把握世界和人自身,这是现实主义文学的根本魅力所在。网络带来了信息传播的便利,使人们分享个人的经验变得极其容易,但网络阅读具有显著的碎片化特征,阅读的碎片化、经验的碎片化使我们似乎对世界上发生的一切无所不知,又似乎对世界在总体上、本质上是怎样的无从把握。这为现实主义的文学表达带来了巨大的困难,但也留下了广阔的空间。

　　因此,网络时代的现实主义文学创作,需要作家对时代经验有更全面、更深刻、更准确的把握和更精彩的表达。

　　首先,不能回避经验把握的难度。在网络时代,现实世界发生的事件,几乎可以同步传递给每一个人,人们对世界上各种光怪陆离的事件早已司空见惯,于是我们常常听到这样的说法:现实比文学更精彩。这种情况下,作家如果仍是简单地去做生活传奇化、故事化的工作,已经很难再吸引读者。这就需要作家能够通过对一个个经验碎片的拼接,完成对于世界总体性的表达,使读者能够对世界有更深入、更准确、更全面的理解。同时，作家还应该更好地向内开掘，更细致入微地表达对世界微妙的体验和复杂的经验。换句话说，网络时代的现实主义文学，应该超越纷繁复杂的具体现象，对世界有总体性的认识和深刻的把握。恩格斯"典型环境中的典型人物"的论述，是对现实主义文学创作极为精辟的概括。在当下的现实中，创作现实题材作品，需要作家对当下的"核心知识"有充分的认识和表达，否则"典型环境"就无从谈起。如何表现典型环境，是摆在作家面前的一个重要课题。

其次，不能回避经验表达的难度。表达，包括但不只是语言要能给读者带来美感、快感，更在于叙事处理要不回避难度。叙事，不只是顺畅地讲述一个故事那么简单，情节的推进应该符合内在的逻辑，要通过非常扎实的细节来推进，不能简单地引入戏剧化的桥段推动情节发展。更重要的是，叙事从根本上说要有精神向度，用内在的精神力量支撑叙事的完成。

再次，要体现时代精神、表达时代理想。现实的事件和经验已经通过网络的各种方式得到了广泛传播，文学创作自然不能再简单重复这一工作，而是要在经验的传递中体现出时代精神，更要表达时代理想。现实主义文学立足的是现实，表达的是现实，但不能两眼只盯着生活中的苟且和龌龊，要让读者看到现实背后的精神，看到现实远方的亮光。

目前的网络文学创作中，现实题材作品数量增长很快，改变了过去幻想类和穿越重生类作品一统天下的局面，这是一个非常可喜的现象。但同时也应该看到，目前网络文学创作中的现实题材作品，很多仍然是以超现实的手段来处理现实问题的。对于现实问题，多数网络文学作品简单地通过金手指、重生的手段来轻易地解决，看起来虽然感觉很爽，但对正确把握社会现实却没有多少意义。因此，如何既保持网络文学的表达特性，又能很好地书写社会现实，表达时代精神，的确是摆在网络文学作者面前的一个重要课题。

（作者系中国作协网络文学中心主任）

如何书写现实及现实主义文学新的可能性

刘　艳

　　《长篇小说选刊》应时开设"新时代与现实主义"大讨论，意在探讨文学创作尤其是长篇小说创作怎样重拾现实主义精神，更好地反映时代和社会生活。文学如何书写现实，是现实主义和当代小说写作都需要面对的重要问题。近年来就连被认为是一直处理不好文学与现实关系，与现实疏离和距离较远的当年的先锋派作家，都在重新思考自己如何书写现实的问题。当年的先锋派新世纪以来也有新作问世，如苏童的《河岸》《黄雀记》，余华的《兄弟》《第七天》，格非的"江南三部曲"、《望春风》，北村的《安慰书》，吕新的《下弦月》等。虽然存在以现实"植入"和"现实景观"的方式来表现现实的问题，但重视显现现实书写，已是共识。

　　当代长篇小说的现实主义传统，既有来自中国本土的渊源，也有来自19世纪中期西欧现实主义文学的影响，而后者在被现代作家移植到中国后，与时代和历史文化语境结合，被强调启蒙和革命的文学家、思想家看重和付诸创作实践，其内涵也更加扩容，有了很多因地制宜的变化。中国最早的现实主义传统来自《诗经》，而真正的与西方现实主义合流，是始自现代时期。鲁迅的《故乡》《阿Q正传》《祝福》《孔乙己》等小说，虽然可从象征主义等各种角度去分析，但谁也不能否认它们有力地反映了现实。"五四"催生的一批问题小说家，其中一部分成为文学研究会的中坚分子，鲜明的"为人生"的写实小说倾向，奠定了关于现代市镇和乡土文学现实主义书写的基本叙述模式。茅盾是将人生派现实主义精神接过来，建立革命现实主义文学模式的奠基者——庞大的历史内容、宏伟的叙事结构、客观叙述和塑造时代典型的努力，等等。老舍受狄更斯现实主义文学的影响，但同时又深具"京味"。巴金小说带有明显的主观性、抒情性，但是又有揭示封建旧家庭残害青年的罪恶及走向崩溃命运的强烈的批判性和现实性。20世纪三四十年代的解放区文学、"十七年"文学当中，现实主义呈现浓厚的意识形态性。

新时期以来，尤其是20世纪80年代中期开始的一段先锋派文学，以及后来的新历史主义、新写实等等，都反过来影响了现实主义书写，为现实主义书写注入了新的元素。现实主义要考虑如何吸收80年代以来的文学经验，以现代人本精神接通抵达社会现实和历史的通道，在叙事形式上作出多方面的探索，赋予现实书写新的可能性。比如刘醒龙2018年的长篇小说《黄冈秘卷》，提供了一个正向生长的故乡书写和家族叙事，但呈现与那些启蒙理性目光观照之下的故乡书写、与批判封建专制或者重估传统文化等精神旨归都不一样的家族叙事形式。较之从前新历史主义特征明显的《圣天门口》，《黄冈秘卷》虽然也还葆有一些新历史主义写作的特征，但现实感明显更重。新历史小说手法等的借鉴，作用是如刘琼所说的"取材现实的刘醒龙，从一开始就不像爬山虎一样趴在现实的表层亦步亦趋，而是像凌霄花一样，借助现实的筋骨向上向外，伺机开出艳丽的花朵"。

重振和重构宏大叙事文学，是当下现实主义书写最为重要的一个方面。宏大叙事和"史诗性"常被看作是可互换的一对概念。宏大叙事最为根本的要义是把握时代精神，揭示社会现实和历史的本质。宏大叙事在20世纪30年代的长篇小说中就有鲜明表现，《子夜》是其中的典范之作。"十七年"时期的长篇小说，更是以宏大叙事为圭臬。《青春之歌》《红旗谱》《创业史》《红日》《保卫延安》等长篇小说，充分表现了共和国建立的"合法性"与社会主义现代化建设的"合理性"。20世纪80年代中后期以来，宏大叙事受到严重冲击，这是中国当代文学重要叙事维度的一个巨大损失。中国文学也因此一度被削弱了其把握历史和现实本质的能力。可以说，时代与社会生活的发展已经在召唤宏大叙事。重振宏大叙事已经成为有文学理想、文学追求和叙事雄心的作家必须承担的历史责任。

当下现实主义书写必须重树历史叙事的写作伦理和应有维度。先锋派文学催生的新历史主义后来弊端也是显而易见的，由于其逐渐加重的虚构倾向和刻意肢解历史主流结构的努力，而走入了偏执虚无的困境。就像南帆所说的：对于再现历史的"宏大叙事"来说，某个人物脸颊的一颗痣、桌子上的一道裂纹或者路面随风盘旋的落叶会不会是一种累赘——文学奉献的那些琐碎细节会不会成为一种干扰性的遮蔽？

需要注意的是，现实主义应该具有包容性，而不是仅仅停留在传统现实主义的层面。19世纪欧洲现实主义的批判性，在当下可能更多地由社会问题小说继承。比如石一枫的小说，就被评论家孟繁华认为继承了新文学以来社会问题小说的传统，代表了"当下中国文学的一个新方向"。但石一枫的写作，明显不同于现时期的问题小说写法，连石一枫本人都认为与其说是谈现实主义，不如说是谈"写现实"和"写当代中国的现实"。另外，现实主义不应该简单地等同于主旋律写作，要警惕主旋律写作当中的模式化倾向。宏大叙事或者主旋律写作，也可以有很好的文学性，要文学地书写现实。

重视细节描写，塑造典型环境中典型人物、人道主义、人文关怀和书写带着人的体温的人间温情，都是19世纪以司汤达、巴尔扎克、狄更斯、萨克雷、勃朗蒂姐妹、福楼拜等人为代表的欧洲现实主义的典型特征，其实也是当下现实主义书写的应有之义。苏童说："一支温度适宜的气温表常年挂在迟子建心中。"我们希望更多的作家心中，挂着这样一支温度适宜的气温表，即使骨子里深藏对世界和人性残缺的洞察，也总是愿意给悲凉的世界一抹温暖和亮光。

贴近生活而又高于生活，是一切现实主义书写应该坚持的写作伦理。应该重视生活经验和生活积累，避免脱离生活、闭门虚构的书斋式写作方式。2000年之后出现了不少根据新闻报道改写的小说，作者包括名作家，甚至闹出了雷同或抄袭之事。与其说这部分作家是"虚构意识不够""文学才华被过于具体的现实压制了"，不如说是他们文学虚构的意识和能力不够。他们面对的是他们不熟悉的生活或者说他们不了解故事背后所涉及的人与生活——仅凭想象、根据新闻素材来闭门造车式"虚构"故事，当然也可以说这样的"虚构"是一种缺乏生活有效积累的、比较随意地编造故事的"虚"构。而青年小说作家，又不乏落入"茶壶里演绎叙事风暴"的窠臼，如何书写现实都是亟须解决的问题。怎样深入生活？当代作家应该有柳青当年在皇甫村一待就是14年的劲头，而不是蜻蜓点水走马观花旅游式采风。如何书写现实？当下的时代和社会生活，加之20世纪80年代以来的文学经验，其实给文学尤其现实主义文学提供了无限可能性，作家们不妨且行且努力。

（作者系中国社会科学院文学研究所）

给现实赋形：我所理解的现实主义

刘复生

　　好的文学写作，尤其是长篇小说，应该在和历史现实的对话中，始终敞开着文化的公共领域，那是一个关于社会与生活意义的理性交往的空间。20世纪80年代文学最重要的传统在于，它们总是在一种历史紧张感中，试图赋予现实以美学的形式，它努力以审美的方式对时代进行"认知图绘"。从这个意义上，80年代的文学并没有把自己看作是具有超然的独立性的"纯文学"，这反倒使它保持了真正的文学的自觉。即使在高扬形式与自由的"主体性"之时，它也潜在地表达着社会政治诉求。简而言之，它们明白自己正在借助文学展开着怎样的历史实践。

　　而在80年代末之后，"文学的主体性"弄假成真，生成为体制性的"纯文学"，文学的自觉和真正的主体性反倒被抽空了。

　　毫无疑问，80年代文学的确存在着严重的缺陷，它在总体面貌上呈现出某种"问题小说"式的粗陋，有时错把直接回应现实当作现实主义精神，并把它看作是文学的道义承担的表现。在这一点上，"纯文学"对审美形式的强调是必要的纠正，虽然矫枉过正，走向了另一个极端。

　　它们各执一端，都忽略了鲁迅的遗产：表现的深切与形式的特别。如果说50年代以来，我们片面理解了马克思主义美学关于历史与美学的观点，只强调思想倾向，那么，80年代末以来，我们不过是进行了简单的反转，在形式主义和新批评的视野中，只关心非政治化非社会化的普遍个人以及审美形式。二者同样是割裂了历史与形式。近年来，为了反拨"纯文学"的弊端，文学创作重又开始强调文学的社会历史内容，这当然值得称道，但仍须警惕对形式的轻慢。

在此，我不想再强调思想与视野的重要性。对当下现实的扎实研究与领会，对活生生的社会实践的真切了解与亲身参与，永远是写作的首要源泉和动力，这毫无疑问，也已无须多说。我只想提醒，对现实真正的理解恰恰是"审美的"，文学具有不同于社会科学的优势，只有文学才能正确地把握现实的复杂性和内在矛盾。美学的深刻性永远是复杂的，甚至暧昧的。我们甚至可以说，真正深刻的思想恰恰具有美学的结构，是高度形式化的。总体化的文学呈现，对应着对现实消化的深度，对应着形式的独特性。那些生硬地、过于明显地对应现实的作品，反而不是成功的文学。现实主义意味着作家找到了讲述现实的方法，或者，找到了借助形式才能发现的现实。文学揭示的现实，是高度形式化的，审美中沉淀的现实。它代表着无法诉诸理性语言的经验深度和思想形态。

从宽泛的意义上说，真正的文学在本质上应该是现实主义的。而现实主义文学的美学精髓，在我看来，其实没有什么神秘性，而在于戏剧性，或者说，内在的冲突与张力。从最表面化的层面上看，戏剧性往往表现为故事性。现实主义文学的传统，简而言之，就是把现实讲述进一个连续性的、富于戏剧逻辑的总体化的故事里，它同时要求着人物性格和内心世界的完整与典型性，欲望的冲突成为推动故事前行的动力，故事又带动着性格的成长与转变，这是自叙事性文学诞生以来所遵循的美学法则，亚里士多德《诗学》所总结的正是这种古老成规。近代以来的长篇小说，借由这种形式，再现了人们眼中不断扩大的世界图景，也建立了人们和世界之间的关系，通过文学，人们眺望着生活的另外的可能性和未来远景。

如果我们长时段地观察，一个常识性的结论是，戏剧性的美学传统绝对占据着文学史的主流，构成了文学的正宗，它在近代的现实主义长篇小说那里获得了成熟的表现，达到了巅峰的形态。

近代以来，在美学风格上，现实主义和浪漫主义文学分别继承和发展了戏剧传统的两个方向。其中，现实主义小说更注重外在的戏剧性即情节性，而浪漫主义文学则更偏重内在的戏剧性，即人物的情感冲突与内心张力，相对而言不再拘泥于现实，有时夸张变形，但是浪漫主义并没有背离现实主义的基本法则。

不过，在人类社会走向"后期现代"之后，产生于"早期现代"的现实主义的叙事模式已经很难容纳现代生活经验，于是越来越强化内在的戏剧性，同时打破外在的故事性结构。需要注意的是，19世纪末20世纪初产生的所谓现代主义文学并没有背离现实主义精神，好的现代主义文学恰恰是现实主义的，甚至是对现实主义文学丧失现实性的叛逆和抗议（一般意义上的自然主义正是现实主义的堕落形式），虽然不乏刻意的夸张扭曲和挑战性的故作姿态。它和后世装神弄鬼的各类所谓先锋派其实完全不同。这也是现代主义在初期被广泛地称为新浪漫主义的原因，这种命名很好地显示了二者之间的渊源关系。在当时人的眼中，所谓现代主义不过是极端化的浪漫主义而已。"五四"时期，注重"为人生"的茅盾积极引入"新浪漫主义"并不是因为它的先锋派高蹈姿态，而是为了救现实主义之弊，更好地"写人生"，这也是同时期热衷于现代主义实践的作家们如田汉、郭沫若、郁达夫、郑伯奇等人的共同想法。同样，一直坚持现实主义美学传统的马克思主义理论家卢卡奇后期认可了卡夫卡的价值，也是因为从中发现了他和现实主义的精神联系。

19世纪末期的俄国小说清晰地显示了由传统的现实主义向现代主义过渡的趋势，外在情节淡化，戏剧冲突转向内里，在屠格涅夫、陀思妥耶夫斯基和托尔斯泰的笔下，篇幅越来越多地留给了心理剧式的内心争辩，情节不断延宕，甚至陷入停滞，人物展开无穷无尽的内心独白，主人公们在乡下庄园中进行着漫长的彻夜对诘——王安忆的《启蒙时代》正是一部向此一时期的俄国小说的致敬之作，外表波澜不惊，内里惊涛骇浪。它们没有放弃戏剧性和紧张感。

所以，现实主义小说的极端形式就是现代主义小说。这才是"纯文学"的真正意义：戏剧性的彻底内在化，放弃外在情节性的支撑。当然，问题也由此而来，戏剧性离开了外在支持，也会受到损伤。而且，20世纪以来，逐渐形成了一种判断文学性的偏执标准：外在情节性和清晰的人物性格，逐渐演化为文学性低下的标志，外在的戏剧性和情节性成了小说的原罪。中国80年代中期以来形成的现代主义式"纯文学"成规即轻视戏剧性，而之前的任何一个时期都没有如此极端，也没有如此明确。

现代主义式的过于向内转，对叙事性的排斥，过于追求形式化，使它往往忽视了最重要的本源：戏剧性。从历史上看，狭隘意义上的现代主义文学可能只是艺术史上的一个晚近的支流和并不重要的段落，我们更应该重视几千年来主流的基本经验。

其实，任何艺术形式的本质都是内在的冲突与紧张，即宽泛意义上的戏剧性，它表现为美术上的包孕性的瞬间，音乐中的主副部的纠缠与冲突，舞蹈中的肢体紧张感。艺术家和作家们要做的工作，是找到进入历史与现实核心的戏剧性元素和构架，创造属于自己的重新发现现实的方法，从而给现实赋形。这就是我所理解的现实主义美学原则。

（作者系海南大学人文传播学院教授）

现实主义：新视野与新时代

李云雷

　　在新时代，我们讨论现实主义要有新的角度，要将新的现实、新的体验容纳进来，要有新的眼光、新的视野，只有这样，关于现实主义的讨论才不至于陷入理论的空转，才能激发起创作者的热情与勇气，才能在面对世界时找到我们的方位。

　　那么，什么是新的现实，我们都有哪些新体验呢？当代中国处于飞速发展与剧烈变动之中，置身其中的每一个人都能感受到中国日新月异的变化，从高铁、移动支付等"新四大发明"到中国经济的快速发展，在日常生活中我们就能感受到中国的强大与进步。但是另一方面，当代中国也存在着贫富分化、阶层固化等诸多社会问题，处于不平衡不充分的发展之中，这就是我们所面临的新现实。具体到文学来说，我们所面临的现实已不是鲁迅时代的中国、柳青时代的中国、路遥时代的中国，我们处于一个纷繁复杂而又无以名之的大时代，这对当代作家来说既是一种机遇，也是一种挑战。

　　当代中国经验的丰富复杂超越了以往任何时代，在世界史上也是绝无仅有的，各种矛盾与问题纵横交错，但又前途光明，可以说当代中国走在世界的前沿，探索着人类发展的道路。在中国，有传统与现代的矛盾。在一百多年前我们才推翻帝制，走上现代化的道路，中国革命和改革开放的成功彻底改变了中国人的命运，但像中国这么大规模人口、这么快速的现代化历程却是人类历史上前所未有的。在价值观念、思维习惯、生活方式等方面，传统与现代之间充满着矛盾、纠缠与张力。托尔斯泰、陀思妥耶夫斯基等作家所面临的现实，是俄罗斯急剧现代化所带来的问题，传统信仰摇摇欲坠带来的人们在价值观念上的矛盾与冲突，在他们笔下得到了丰富深刻的思考与反映，但中国一百多年来人们在价值观念上变化的剧烈程度与断裂程度，远远超过了当年的俄罗斯，却尚未得到足够的思考。在今天，我们要做一个什么样的人，我们有哪些基本的价值准则？与传统中国人相比，我们发生了什么变化？我们在什么意义上还是中国人？我们理想的生活和世界是什么样的？我们是否愿意为了理想世界而牺牲个人的利益、生活乃至生命？这些问题可能大多数人都没有思考过，但作为一个作家，只有直面并执着思考这些问题，才能像托尔斯泰、陀思妥耶夫斯基一样切入时代的精神核心。

当代中国正处在快速城镇化的进程之中，传承数千年的乡土文明正在或即将消失，这对中国的影响将会是巨大的，也对我们的认知体系与思维方法提出了挑战。我们熟悉的"乡土中国"正在转变为一个陌生的、城镇化的中国，对于这个全新的中国，我们尚缺乏知识与坐标去认知。中国在发生变化，中国的乡村与城市也在发生变化。20世纪中国的乡村经历了天翻地覆的变化，从土地革命到"合作化"，再到"家庭联产承包责任制"，围绕人与土地的关系，中国农民的命运也发生了巨大的变化，这在丁玲的《太阳照在桑干河上》、周立波的《暴风骤雨》、赵树理的《三里湾》、柳青的《创业史》、浩然的《艳阳天》、周克芹的《许茂和他的女儿们》、路遥的《平凡的世界》等作品中，都有着深刻而精彩的呈现。但我们这个时代中国乡村所面临的巨变，要远远超过以往的时代。以人与土地的关系而言，在过去的时代，土地是最重要的生产资料，乡村的变化也只是土地的所有权与使用权发生了变化，但人与土地的关系是深厚的。但在我们这个时代，土地作为生产资料的价值已经大大降低，人与土地的关系也越来越淡薄疏远，这是中国历史上前所未有的；以人与人的关系而言，在传统中国和20世纪中国，乡村中的人际关系交织在宗族、阶级、伦理、地缘等不同层面，但在我们这个时代，这些因素已经越来越淡化，乡村中的人越来越"原子化"，很多青壮年离开乡村到城市去打工。面对这些变化，当代作家尚没有从整体上审视并呈现。我们只有具有历史的眼光，才能发现我们这个时代与以往时代的不同之处；只有具有世界的眼光，才能发现我们的城市化过程与巴尔扎克笔下的法国、狄更斯笔下的英国、德莱赛和斯坦贝克笔下的美国有何不同之处，才能真正讲述我们这个时代的中国故事。

近代以来，面对西方世界，中国人长期以来形成了一种落后者、追赶者的心态，对我们的文化、价值与生活方式缺少足够的自信。但自2008年奥运会以来，中国人的文化自信越来越强了，整体社会氛围和人们的自我意识也在发生变化，中国人正在变得更加从容自信，这是一个具有历史意义的变化。这样的从容自信是林则徐、魏源一代所没有的，是康有为、梁启超一代所没有的，也是鲁迅、陈独秀一代所没有的，这可以说是近代以来中国的一个巨大转折。在这样的历史时刻，我们需要重新认识中国人的价值观，需要以艺术的方式讲述中国人的生活、情感与心灵世界，讲述中国人艰难曲折的历史，纷繁复杂的现在与前程似锦的未来。但是要完成这一时代任务，也对我们的知识结构、思维方式、审美感觉等各方面提出了极高的要求。近代以来，除了极少数历史时期，我们已经习惯了讲述失败的经验，习惯了以弱者、落后者、追赶者自居。要对近代以来构成我们思维、美学无意识的庞大知识体系进行反思、清理，是一个系统的、长期的工程。但值得欣慰的是，我们在自己的时代迎来了这一巨大的历史转折，我们可以在一个新的时代讲述新的中国故事，可以系统地整理历史，从容地把握未来。

（作者系《文艺报》新闻部主任）

当下现实主义文学：书写已发生并正在发生的巨大现实

张丽军

什么是当代中国的现实？什么是当代中国文学的现实？

当代中国最大的现实就是，改革开放 40 年来，中国已经发生并正在发生的前所未有的历史性剧变。这种历史性剧变，就是当代中国千千万万人最直观、最直接、体验最深刻的现实。对于中国当代文学来说，恰恰是我们对于现实书写的无力，或者说没有更好地把握住这一时代中心经验，没有呈现出当代中国正在发生的历史性剧变的现实。这就是中国当代文学创作所面临的问题与现实所在。著名的评论家孟繁华先生几年前曾经提到，当代中国文坛最重要的一个作家群体就是中国"50 后"作家群，但是他们所书写的是他们童年时代的文学生活，而对于中国正在发生的现实却无力、无法去书写，更没有可能去体验这种生活和心境以及他们处理这种问题的当下性经验。而谁具有这种能力和经验呢？恰恰是我们处于这个时代中心的，承受这个时代的痛苦、焦虑、欢乐等种种复杂状态的，生活在其中的年轻一代中国人。但是恰恰是这一代，即中国当代文学主体力量的中国"70 后""80 后"作家群体，却因为文学的技术、格局、视野等问题，同样无力、无法来呈现这个巨变、中国当代文学的现实。这就是当代中国文学创作的一个最大的问题所在。

对于当代中国正在变化的现实，为什么作家们难以描绘或者无力呈现出来，这就是因为它变化得太快、太大、太复杂。这对每一个作家都构成了一种巨大的考验。正像几年前，我在鲁迅文学院学习的时候，著名作家李洱曾经提到过，当代中国用30年的时间完成了西方300年发展的历史，这种历史巨变的复杂性、难度、艰巨性，是超出以往的任何时代的。所以，在当代中国发生什么事情，都不会觉得奇怪，都觉得有可能。生活的魔幻超出了小说的魔幻。而这恰恰构成了中国当代文学最需要、最迫切、最峻急的时代任务与艺术命题。这样一个当代已经发生的并正在发生的巨大现实，恰恰是我们需要面对、处理和思考的，这恰恰是我们时代文学最需要呈现的东西。

我们这一代人的生活谁来书写？已经变化和正在发生的现实谁来书写？所以，当代中国文学最大的使命就是要书写这个刚刚发生的和正在发生的巨大的现实。但是这一现实书写的任务，却不可能期待以往的"50后""60后"作家，尽管他们是当代中国文坛最重要的，尤其是长篇小说创作最强大的力量群体。就是因为他们的童年，他们的生活，与现在距离太遥远。尽管我们可以看到，当代一些作家试图在描绘中国发生的现实，比如说我们看到像著名作家贾平凹最新创作的《秦腔》《带灯》等作品尽力描绘这样一个正在发生的巨大现实，但是我个人觉得，作为当代中国社会成功人士、知名人士的中国"50后""60后"作家，他们依然与当下这个正在剧变的时代有某种隔膜，或者有一种心灵与情感难以逾越、难以企及的距离。在这个复杂的乃至魔幻般的时代漩涡中，我们的焦虑、痛苦，甚至我们的无奈、抗争，这是上一代人所难以体验到的东西。而这些构成了巨大的文学的缝隙、情感的缝隙与时代的缝隙。

而我们这一代的"70后""80后"作家，处于一个新的困境之中。这不仅仅是能力、经验、技术、技巧、格局的问题，而是另一方面的巨大而残酷的现实：当代中国新一代作家，已经远离了生活，远离了乡土、生命根脉的东西。我们可以看到，很多人漂浮在城市里，漂浮在生活之上。对于正在变化的现实，活生生的现实，大地发生的事情，是远离的、无感的、无奈的、无助的。当代中国乡村的现实就是，当代中国的青年人从乡村走出来，与现实同样处于一种隔膜状态。不仅当代的城市人不认识当代中国乡村，就是从乡村走出来，来到城市学习知识、文化的新一代乡村知识青年，他们也不认识当代正在剧变的乡土中国，而在乡村的人又不能表达，这才是一个很大的很大问题。

怎样认识今日之中国？怎样认识正在剧变的中国乡村？我们只能寄希望于当代中国的"70后""80后"作家。他们依然需要深深地去体验生活，去感受生活，感受生活那股沸腾的、流动的、内在的东西。这是无可替代的东西。那种生命的气息、大地的气息、根脉的气息，我们要去对接起来。这是一个文学创作内在的情感与体验的核心问题。尽管可能他们与故土疏离，与生活、与根脉疏远，但是他们依然在这个生活状态之下。我曾谈到，对于当代中国正在发生的现实，中国"70后"作家完整经历了这种状态、这一历史进程。从集体生活到个体生活，从人民公社、市场经济到新世纪的今天的中国，他们是完整经历的一代人，所以中国"70后"作家有义务、有责任、有使命，他们有生活体验和生命感受，来描绘已经发生的、正在发生的当代中国历史性剧变之现实。我把它命名为是一种当下现实主义的文学理念。

当下现实主义文学就是要叙述当下已经发生的、正在发生的活生生的现实、无比鲜活的现实，去把握和呈现这个世界的中心精神、中心经验，去对话这个时代，去思考现在、过去和未来。中国新一代作家要把我们已发生的和正在发生的，把我们这代人的生命经验、生命情感，把我们的内心呈献给当代，呈现给未来。这就是当下现实主义中国文学最重要的使命与责任。

（作者系山东师范大学文学院副院长、教授）

中国文学现实主义问题的反思

房　伟

　　目前，对于现实主义的呼唤，似乎成了文坛的一种"主流化"的焦虑。不仅传统文学在呼唤反映现实和历史的鸿篇巨制，网络文学也在呼唤现实主义精神的作品，以抵御虚拟性、封闭性对读者的心灵伤害，引导其走向更好的发展道路。现实主义不仅成为主流文坛的法宝，也寄托着很多读者对当下中国文学的期待视野和价值诉求。

　　认真考察一下，现实主义在文学史发展过程中，是一个有着丰富内涵的概念，各种分类方法和定义五花八门，甚至还有加洛蒂所谓"无边的现实主义"的说法。它已经不仅仅是一种创作方法了，更变成了一种生活态度、政治意识、价值取向与文学精神。应该说，考察当下"现实主义精神"，要和当代文坛对现实主义的几个理解维度相结合，一是新中国成立后的"社会主义现实主义"传统。虽然我们的文学管理体制也经历了很多变革，但社会主义现实主义传统，作为与西方现代主义相异的社会主义文学特质，被反复强调，特别是其认识功能与教育功能，目前则作为"中国道路"的文化自信，寻求大国想象和中国故事的重要表现功能被提倡。二是中国文学"文以载道"的传统，使得现实主义文学被赋予了"道德救世""文学救世"的期望。这种"载道传统"在"五四"文学时期则变化为夏志清所说的"感时忧国"的中国现代文学的重要现实主义传统。三是中国当下的现代民族国家叙事尚未完成，需要现实主义文学的意识形态塑造功能，为民族国家叙事提供强大的"文明国民培养""现代公民教育"的想象性文化视域。相对于现代主义传统，现实主义更讲宏大叙事，更强调文学的现实针对性，更能在意识层面影响现实生活之中人与社会的关系。四是从创作态度、写作姿态和阅读接受来看，目前现代主义在中国的传播，出现了很多问题，且日益走入了偏狭逼仄的境地，既不符合读者的审美需求，也有悖于中国的文化发展语境。

然而，当我们真正以"现实主义"的标准要求文学创作，却也会发现很多困难与掣肘。很多打着现实主义旗号的作品，不过是琐碎的日常叙事，或者是受到僵化的意识形态影响的产物。那些活跃着"隔壁老王"与"小三二奶"的家庭伦理故事，那些动辄数百年历史大迂回，两大家族争霸的历史传奇故事，并不是真正的现实主义作品，而只能是某种庸俗化的写实主义文学作品。我们呼唤伟大的现实主义作品，恰恰是因为现实之中这类作品的稀缺性。而现实主义作品的稀缺，也与目前我们对现实主义的理解，受到不同思潮的影响有关。其实，认真考察现实主义的定义，我比较倾向于格兰特的划分方法。他将所谓真实分为"应合的真实"与"内聚的真实"，从这两种真实观出发，描述了两种不同现实主义面向。所谓"应合的真实"，就是以逼真与精确表达现实，追求客观的真实，是对现实的有效捕获；而"内聚的真实"，则是以心灵的主体真实为基准，是对现实的某种释放。与此相对，则是强调客观描摹现实的现实主义与强调具有现实理性精神的现实主义。前一种，我们曾经有过左拉式的写实主义，而后一种，我们则有过社会主义现实主义的写作原则。我们对现实主义的诉求，往往在这两种美学倾向之间摇摆。真正优秀的现实主义作品，应该兼具这两种特点。卢卡奇曾说，对于社会和历史现实的正确的审美理解，是现实主义的先决条件。真正的现实主义者，应该抱着不偏不倚的批判态度，把意义重大的，尤其是现代经验，放置在较广阔的背景上，只赋予它作为更大客体整体的组成部分应得的强调。他充分强调了客观理性的以及历史化的现实主义文学态度。

当下文坛对现实主义的诉求，也可以看作是对新时期文学以来的文学进化论与现代主义文学片面影响的反思。新时期文学的一个重要潜在逻辑，就是"走向世界"。这种与世界文学接轨的文化焦虑，是文化进化论的反映，也是中国经济融入西方为主体的全球化秩序的隐形折射。表现在具体文学现象上，则是文坛上追新逐后、不断翻新的方法论和思维意识，强化"现代""后现代""先锋"等激进美学原则。然而，进入新世纪之后，随着中国经济飞速发展，"中国故事""中国想象"等文化诉求，正在替代那些深受西方文化逻辑影响的文学表述。这个过程其实在20世纪90年代，随着《尘埃落定》《白鹿原》《长恨歌》等一批具有史诗性品质的长篇小说的兴起，就可以看到端倪了。而从另一个方面讲，很多西方现代主义的激进美学原则，多是建立在西方文化语境基础之上，虽然它们对中国文学起到了巨大的推动和塑造作用，但由于脱离中国尚在发展的现代化进程，缺乏更独特的体验性和更具中国本土文化特征的表述，也就难以真正在世界文学领域树立自己的主体地位。

这种反思的动因和结果，都与近些年来现实主义文学的再度升温有着密切关系。路遥的小说被再次改编为电视剧，再次在中国当代文坛掀起了热度。非虚构写作也悄然兴起，出现了梁鸿、慕容雪村、李海鹏、萧相风等作家，从现实主义的视角为我们展示了别样的"中国真实"。《中国在梁庄》《中国少了一味药》等，都有着非常大的影响力。在长篇小说领域，如贾平凹的《高兴》，阎连科的《丁庄梦》，网络文学领域，如骁骑校的《匹夫的逆袭》，都是新世纪以来出现的优秀现实主义作品。这也再次证明了现实主义的强大生命力，以及现实主义在中国文化复兴之路上的重要表征作用。当然，强调现实主义的重要作用，并非排斥其他艺术思潮和艺术手法。现实主义也不等同于无条件对现实的认同与表现。马尔罗曾说，伟大的艺术家不是世界的抄写员，而是它的竞争者。我相信，有雄心和魄力的中国作家，一定能摆脱"庸俗现实主义"的限制，以海纳百川的能力，创作出融合多样艺术思维，又具有鲜明中国特色的"伟大作品"。

（作者系苏州大学文学院教授）

有什么样的现实，就有什么样的现实主义

刘大先

　　"现实"在如今日益显示出其驳杂莫测的面孔，迅疾变幻的国际形势、耸动视听的社会新闻、暗潮汹涌的日常生活、迭代更新的科技、争讼不已的观念分歧，以及随之而来的关于"现实"的认知困惑与焦灼……所有这一切都对既有的"现实主义"提出了疑问。

　　作为一种文论主张及方法概念，现实主义发端于19世纪上半叶，在反对浪漫主义的幻想与伪饰中取胜，经过巴尔扎克、福楼拜、托尔斯泰、陀思妥耶夫斯基等伟大作家的创作实践，以及泰纳、恩格斯、别林斯基直至20世纪卢卡奇、周扬等理论家的发展形成了一套话语定规。原本作为一个欧洲地方性概念的现实主义，在这个过程中逐渐辐射到全球其他地方，与当地本土性结合后获得了其普遍性。在中国，它同样有一个从晚清写实派到20世纪30年代经过以马克思主义哲学为基础的重新阐释，而将其核心内涵固化下来，并且成为此后现当代中国文学中具有中心位置的理论观念和批评术语。围绕着现实主义展开的有关真实性、典型环境中的典型人物、形象思维、世界观和创作方法等问题，一直绵延不绝地流淌在中国文学创作、论争与诠释的现场。

　　这个漫长而曲折的发展史，意味着现实主义从来都不是定于一尊、凝滞不变的僵化存在，而总是因应现实语境调整、修正着自己的内涵与外延。如果说有什么"本质"没有变，那就是"现实主义精神"，即那种以实事求是的态度和与时俱进的方式对具体的现实进行赋形的努力，以及通过文学认识社会与生活，并尝试介入到文化生产、改造世界的实践中去的理想主义。审美、认识与实践，可以说构成了现实主义精神的立体三维，而这三维又必须放置在历史、辩证和

唯物的视角框架之中才得以成立。

历史、辩证与唯物的框架，让我们明白现实主义的多样性来自于现实本身的多样性。新世纪以来，现实主义在文学尤其是长篇小说领域的复归，已经成为一个不容忽视的现象。显然，归来的现实主义有着对于晚近盛行了三十年的现代主义的不满，却又并没有在真正意义上回到文学教育体系所提供的通识印象中的现实主义。这个印象来自于特定年代背景所造成的理解：因为20世纪30年代的反帝反殖民的特殊背景，延续与接受的是被马克思主义改造过的19世纪批判现实主义的典范，那种观念里关于现实的主流理解是自然的、社会的、历史的客观世界，而主观的、心理的以及非理性世界则处于被压抑的状态。这一点在新中国初期学习苏联的社会主义现实主义并试图将其中国化的历程中进一步被强化，尽管产生了以"三红一创""保林青山"为代表的一系列卓有影响的作品，但在其后日益激进的乌托邦试验中无疑因其教条化而遭受了挫败。最终伴随着20世纪80年代"新时期"话语的建构，而在与现代主义的论战中逐渐丧失了主流话语的位置。不唯中国如是，在全球范围内，也同样如此。

尽管如此，现实主义并没有消失，从20世纪80年代初期模仿、复制社会学素描式的"改革小说"，到90年代日常生活审美化的"新写实主义"和分享艰难的"现实主义冲击波"，再到新世纪的"底层文学"与非虚构写作，现实主义一直在寻找自己的落脚点和化身形态。将眼光放到世界文学范围内，无论是风靡一时的拉美"魔幻现实主义"，还是古巴作家阿莱霍·卡彭铁尔提出的"神奇现实主义"，或者俄罗斯作家拉斯普京的"清醒冷峻的现实主义"，也都映现着对于现实主义的不同理解。显然，上述的中外现实主义写作潮流都已经经历了现代主义的洗礼，无论是结构技巧还是美学观念都已经迥异于19世纪。其最典型的莫过于，俄罗斯文学在20世纪90年代出现的各种现实主义变体：新现实主义、后现实主义、移变现实主义以及带有东正教色彩的正统派——这是后现代主义的影响和对本体的多样化理解的结果，其根源不仅是文学风格、情感结构、精神理念的变革，还要追溯到现实世界中地缘政治格局的变化、晚期资本主义生产生活方式的形成、消费主义生活方式的兴起。

也就是说，现实主义最终要回到对于现实的再思考。词语、概念也许保持不变，但观念与内涵必然面临革新。"新时代"现实的崭新语境无法回避信息技术、传媒扩张、景观社会的出现，这是一个"增强现实""虚拟现实"与此前我们所熟知的 "感知现实""心理现实"并存的时代。那种试图通过归纳总结历史规律和因果关系，进而勾勒未来世界图景的经典现实主义，在多重现实并存的语境中必然要面临新的挑战。

挑战同时意味着契机，现实主义诞生以来产生的争论从来就没有断绝过。1956 年 9 月，秦兆阳在《现实主义——广阔的道路》中指出现实主义的基本前提："人们在文学艺术创作的整个活动中，是以无限广阔的客观现实为对象，为依据，为源泉，并以影响现实为目的；而它的反映现实，又不是对于现实作机械的翻版，而是追求生活的真实和艺术的真实。" 发展与辩证的眼光才会带来广阔的道路，这个论断今天来看依然没有过时。大约同时期的 20 世纪 50 年代末 60 年代初，在苏联与东欧社会主义国家也产生了关于现实主义的争论。加洛蒂提出了"无边的现实主义"，认为只有站在正在产生与发展的现实的立场上，才能对历史运动有真正意义上的理解，因而就不能从以往作品得出的法则出发来判断当下艺术作品的价值，所以对于新出现的作品不能因为不符合从司汤达到巴尔扎克、列宾、高尔基或者马雅可夫斯基所形成的现实主义标准就将它们排斥在外，而应该开放和扩大现实主义的定义，才能够将"新的贡献"同"过去的遗产"融为一体。

有什么样的现实，就有什么样的现实主义。晚近的文学趋势已经表明，曾经战胜了传统现实主义的现代主义也已出现危机，这种危机可能从加缪、伍尔夫的心理主义对卡夫卡的背叛就开始了。如果我们认可现代主义也是表现现实的一种现实主义变体，那么重新回顾五六十年代的中外社会主义现实主义讨论依然可以汲取和发扬其有益的精神遗产。正如自称"社会主义现实主义者"的法国作家阿拉贡所表明的，马克思主义具有这种超越了偏狭的视野："凡是信仰它的人，必须保证永不忘记他不仅在为那些在他周围、而他也熟悉并与他处于同样的生活境况中的人说话，而且在为一切无论什么样、可能不同于他并有着自己的变化前景的人说话。"学习和运用现实主义"并不是背诵一段经文，而是能用恩格斯或马克思的智慧去分析另一种现象"，它不是以某种文学范例的典律化排他性地对待不符合既定常规的作品，而是用宽阔的包容，同情的共理心，指向友爱、团结与浩瀚而生动的可能。

"新时代"的现实同样提醒我们，要提防对经济基础与上层建筑之间关系的机械的理解。而充满辩证、能动与实践的意识，真正直面多重现实努力寻找为其赋形的方式，这才是现实主义精神的承传，才能创造出无愧于时代的新篇章："当代的现实主义是神话的创造者，是史诗般的现实主义，是普罗米修斯的现实主义"。

（作者系中国社会科学院研究员，《民族文学研究》副主编）

新闻、案件与小说的"现实投影"

徐　刚

　　小说总是在模拟现实，这一点毋庸讳言。但问题的关键在于，在什么意义上模拟现实。是一味捕捉"表象"、"抄袭"现实，还是从现实出发，探索人性的"褶皱"，致力于文学擅长描摹的内心世界。这是小说伦理的严峻抉择。

　　近年来，作家们对于现实的焦虑日益明显，这集中表现在诸多以新闻素材为写作契机的长篇小说之中。由于经验能力的丧失和经验的贬值，当今世界的"个人化"被压缩到一个狭隘的生活空间之中。写作也沉迷在一种类似新闻性的表象快意之中，浅表却时尚的"街谈巷议"与"道听途说"成为流行。关于新闻与小说的关系，一度有人追问"新闻结束的地方，文学如何开始"，而新闻的"大"与小说的"小"，也是人们热烈讨论的话题。

　　事实上，以小说的方式为新闻事件赋形，并将其纳入效果不一的艺术实践，是中外文学极为常见的现象。司汤达的《红与黑》便取材于一件情杀案的新闻；而列夫托尔斯泰的《复活》则源于一桩新闻报道的诉讼案件；同样的情况也发生在福楼拜的《包法利夫人》之中。因此，问题的关键不在新闻取材本身，而在于如何为小说赋形，以文学的方式将写作素材完美消化，达到再造现实的艺术目的，进而呈现时代精神的"幽深"。这一点在最近的几部长篇小说中体现得较为明显。

　　改编自周梅森同名小说的电视剧《人民的名义》是2017年一部不可多得的"现象级"作品。作为最高检"私人定制"的产品，该剧似乎获得了某种特设的批判"尺度"，一种意识形态的豁免权，其"高度还原"的"尖锐性"令人惊叹。从小说到电视剧，这显然是一部极具现实性和严密可信度的作品，甚至可以清晰地看到作者对现实新闻和案件素材的选取。比如开篇那位赵德汉，其原型便是著名的"亿元司长"魏鹏远，而这位国家能源局煤炭司原副司长的"事迹"早已在坊间传得沸沸扬扬。更为可贵的是，作为一部反腐题材小说，《人民的名义》在现实主义的深度和广度之外，文本内部许多无法缝合的裂隙，连带着更为尖锐的社会问题，早已撑破了"主旋律"和"反腐"题材的预设。比如，赵德汉的"小官巨贪"固然是腐败问题，但其农民的出身其实更具社会普遍性；而人们对祁同伟的同情，则恰恰是因为看到了他作为底层青年的个人奋斗史和覆亡史，这里清晰铭刻着一种时代的悲剧意义；联系到官场生态，正面人物不凡的社会背景和行政资源等，都巧妙触摸了时代敏感的情感结构，回应了人们最为关切的阶级和个人历史出路的问题。这是作品更具深广的社会历史内涵，也是更能打动人的原因所在。

李佩甫的《平原客》取材于 2005 年河南省副省长吕德彬的雇凶杀妻案，但小说却并没有简单"抄袭"案件，照搬现实，而是通过作者一以贯之的乡村奋斗者的堕落故事，极为熟稔地讲述世情风貌和官场百态。李佩甫显然习惯这种"乡下人进城"的故事套路，通过小知识分子的个人奋斗，展开官场的毁灭之路。《平原客》里两个从农村走出的官员，市级干部刘金鼎与省级干部李德林，某种程度上便是作者过往作品人物的延伸。因此，在小说"高官杀妻"的话题性背后，虽则有其刺激性的元素，小说后半部分一连串破案缉凶的动作戏便是明证，但它更多还是从文化层面来反思李德林作为乡村奋斗者，留美归来的博士、国家首席小麦专家、农业部专家组顾问、位高权重的副省长，究竟是如何走上腐败的不归之路的。如其所言，"从某种意义上说，腐烂是从底部最先开始的，可以说是全民性的"，"麦子黄的时候是没有声音的"。因而，以案件改编为契机，在触摸社会性和时代感之余，《平原客》更多探讨的还是文化构成与人物命运。

刘震云的新作《吃瓜时代的儿女们》同样可以牵强地归入官场或是反腐题材小说之列，故事的尖锐性甚至让人想到他的那部《我不是潘金莲》。坦率而言，这部小说读不出反腐小说酣畅淋漓的正义感，也读不出官场小说皮里阳秋的厚黑味，却能看到刘震云一贯的反讽与

"拧巴劲"：一如《一句顶一万句》，他还是那么"绕"。初读《吃瓜时代的儿女们》，小说里新闻时事的堆积，不免让人想到余华那部受人诟病的《第七天》，但刘震云却借尸还魂，以简练的笔法巧妙地将这些新闻热点融入到人物身上，演绎出一连串的"巧合"和误会，也顺势写活了农家女、小官吏和大权贵。小说之中，真实事件的映射所携带的现实尖锐性，批判的躲闪、迂回与延宕，以及小说的形式感所蕴藏的反讽，使得这些真实而荒诞的"中国故事"，既让我们会心一笑，又不得不掩卷深思。

记者出身的须一瓜一向善于以新闻事件为核心来编织小说故事，眼尖的读者可以发现，她的新作《双眼台风》便是以震惊中外的"呼格案"为原型的。小说以"双眼台风"命名，显然暗示了两种力量的较量，傅里安与鲍雪飞的殊死对决所掀起的反腐风暴，事关屈死者的平冤昭雪和终将来临的迟到的正义。同样是案件的叙写与改编，那多的《十九年间谋杀小叙》则围绕至今仍为悬案的"朱令案"展开。作者以奇崛缜密的构思为我们编织了一个黑暗而精彩的悬疑故事，小说也显然超越了类型探案的边界而直指人性的幽暗。

这些新闻和案件所留下的"现实投影"，无疑给了小说诸多启示。这也让人想起以赛亚·伯林在《现实感》中所分析的，"以巨大的耐心、勤奋和刻苦，我们能潜入表层以下——这点小说家比受过训练的'社会科学家'做得好——但那里的构成却是黏稠的特质：我们没有碰到石墙，没有不可逾越的障碍，但每一步都更加艰难，每一次前进的努力都夺去我们继续下去的愿望或能力"。就此而言，掘进的路途虽无比艰险，但小说以现实表象为契机，打开的却是人性的丰富细部。这终究会超越大众共识的庸常性，体现出作家个人发现的独特价值，也使小说顺理成章地在与社会新闻的竞争中占据上风，从而确证文学的力量。这正所谓，"文学的魅力发生在与现实保持一定缝隙的距离之间。真正的思想深度、有限的思想深度，也只能从那些疏离现实的瞬间透示出来"。

（作者系中国社会科学院文学研究所副研究员）

"透明"的艺术

——论现实主义，或以《安娜·卡列尼娜》为例

岳　雯

　　关于现实主义，有一些让人过目难忘的比喻，有助于说明这一文学理论、潮流与技巧的性质。比如，法国作家司汤达就将小说称为"携带上路的镜子"，认为它映照出我们所生活的世界。再比如，英国评论家詹姆斯·伍德借用了摄影艺术的术语，认为现实主义是"中性感光底层"。这些比喻无不指引我们去注视现实主义艺术与现实的关系。难怪有人将现实主义描述为"它的目标是要在对当代生活严密观察的基础上，对现实世界进行真实、客观且公允不偏的再现"。是的，现实主义仿佛透明的玻璃一般，清楚地映照出我们的现实，如此真实，如此触手可及。从这个意义上说，现实主义确实意味着"当代社会现实的客观再现"。也因为此，在现实主义的作品中，我们常常产生幻觉：这就是我们生活的世界。

　　"透明"这一感觉的来源，是因为优秀的现实主义小说是对现实生活的模仿，天然有着丰沛充盈的生活细节。习焉不察的生活细节在小说中得到了有力的表现。它让我们仿佛第一次认识自己的生活一般，充满了发现与欣喜。伍德曾经一一列举托尔斯泰的小说《安娜·卡列尼娜》中那些看似平凡却极富有生活感的细节。卡列宁在对安娜很生气时，将公文包放在胳膊下，用胳膊肘死死夹住，"肩膀耸了起来"。商人亚比宁的"长靴在脚踝那里起皱，一直到了小腿肚"。在成功求婚之后精彩的一幕，列文狂喜难耐地在酒店里等待着向未来的岳父岳母宣布计划的那一刻，而与此同时，在隔壁的房间，"他们一大早在谈论机器和骗局，在咳嗽"。后来在小说中，基蒂和列文结婚了，他看她梳头，"她圆圆的小脑袋后面头发狭小的分缝，在她梳子

朝前梳动时不断地闭合"。如此种种，伍德评价说，托尔斯泰的细节不仅准确生动，更重要的是，这些细节是被生命运动推动。我的理解是，这些细节构成了生命活生生运动的轨迹，让我们看到了生活的能量。从某种意义上说，我们其实是通过小说来认识、体验我们的生活的。甚至，这体验如此集中和强烈，更甚于我们的日常生活。进一步，伍德将托尔斯泰和福楼拜进行对比，让我们看到，现实在托尔斯泰那里，正是现实得其所是的样子，不仅如此，"现实在他的小说中出现，可能不是作家看到的样子，而是人物看到的样子"。这是非常具有洞察性的发现。我以为，并不存在一个绝对"客观"的现实。同样的现实，在不同的人看来，可能大相径庭。因此，对于一个作家来说，重要的是写出不同人眼中的现实。这现实，因为与一个个有血有肉的个体联系在一起，而有了人的属性；不同的现实叠加起来，丰富了现实的层次，也必将深化我们对现实的认识。

现实主义是"透明"的艺术这一幻觉还来源于小说人物的塑造。某种意义上说，现实主义的作品必然落实在人物身上。在小说中，我们得以认识一个个有着丰富表情和性格的典型人物——他们仿佛是我们的旧友，我们清楚他们的一切，他们的悲伤与欢乐，他们所经历的重重人间。我们为他们的欢乐而欢乐，为他们的悲伤而落泪，甚至于，他们的生活，就是我们所经历的生活。就像《安娜·卡列尼娜》中的安娜，那么端庄、美丽、善良、诚实。她自从被创造出来，就跨越了时间和空间的疆域，与世世代代的读者生活在一起。当我们被问及谁是最有魅力的女人的时候，我们第一个会想到她。是的，安娜像火一样的激情吸引着我们；她所面临的道德困境也时时刻刻在考验着我们。我敢说，时至今日，我们也依然没能走出安娜的难题。因为有了像安娜这样的小说人物的存在，我们相信，现实主义的小说向我们敞开了大门，允许我们自由地在我们的世界和他们的世界之间穿行——从本质上说，这两个世界是同源的。

然而，现实主义真的是"透明"的吗？现实主义之所以充满了魅力，是因为在"透明"的生活表象之上，有着不透明的整体性。所谓的"整体性"，指的是人类社会政治经济，正在以前所未有的规模形成一个整体。虽然，从表象来看，世界以及这个世界的外表正在显得支离破碎，与此相一致的是，我们的意识日益为碎片化的信息所壅塞，正在分裂成互不相连的碎片。但是，一个严肃的现实主义作家，有责任和义务描绘出隐藏在碎片之下的社会政治经济结构，也就是说，认识生活的本质。卢卡奇把这种本质称为"事物的整体"。他说，"史诗式地表现生活整体——跟戏剧不一样——不可避免地必然包括表现生活的外表，包括构成人生某一领域的最重要的事物以及在这一领域内必然发生的最典型的事件的史诗式的和诗意的变革。……每一个小说家本能地感觉到，如果他的作品缺乏这种'事物的整体'，也就是说，如果它不包括属于主题的每一重要的事物、事件和生活领域，他的作品就不能称为完整。旧的现实主义作家的真正的史诗和正在衰落的新的文学形式的解体之间的严格区别，就是表现在这种'事物的整体'跟人物的个人命运相联系的方式上。"为了说明这一点，卢卡奇曾经举过一个非常有名的例子。同样是写赛马，左拉在《娜娜》中所写的赛马，尽管被表现得十分精细、形象和感性，但是，赛马仅仅是赛马本身，与小说整个情节的联系是松散的。即使抽出这一部分，对情节的发展也无任何影响。但是，《安娜·卡列尼娜》中的赛马却事关大局，直接影响了情节的进展与人物的命运，是一个关键性的情节。由此进一步推之，现实主义小说中的人物命运，也不仅仅是那一个人物的命运，它之所以被讲述，是因为其中蕴含了一个社会、一个时代的命运。因此，恰恰是"不透明"的整体性思想，决定了现实主义小说的深度和质地。

只有理解了现实主义小说的"透明"与"不透明"，我们才能理解，为何文学理论家韦勒克在爬梳了"现实主义"这一术语在19世纪语义的变化之后，得出了这样一个"令人困窘而又普通的结论"——"现实主义作为一个时代性概念，是一个不断调整的概念，是一种理想的典型，它可能并不能在任何一部作品中得到彻底的实现，而在每一部具体的作品中又肯定会同各种不同的特征，过去时代的遗留、对未来的期望，以及各种独具的特点结合起来。在这个意义上，现实主义意味着'当代社会现实的客观再现'。它的主张是题材的无限广阔，目的是在方法上做到客观，即便这种客观几乎从未在实践中取得过。现实主义是教谕性的、道德的、改良主义的。它并不是始终意识到它在描写和规范二者之间的矛盾，但却试图在'典型'概念中寻求二者的弥合。在一些作家眼中（但并非所有的），现实主义成了历史主义的东西：它抓住社会现实并把它作为动态发展的力量。"

（作者系中国作家协会创研部副研究员）

从"必然"到"自由"：看现实主义的命运与际遇

顾广梅

中外文学史上，恐怕没有哪一种理论话语的命运有"现实主义"（realism）这般曲折而丰富了。许多理论家为作为创作方法、艺术原则、文学思潮的"现实主义"话语体系贡献过真知灼见，也有许多作家为文学的"现实主义"大厦贡献过佳品力作。有意味的是，关于现实主义这一理论命题的内涵和外延，直至今日答案似乎仍是开放性的，仍在不断的建构过程中。尽管没有一个标准化的答案，但并不意味着无法走进现实主义的核心地带。相反，如果能一面清楚地看到现实主义沉潜起伏命运中的焦点、难点，一面把握住现实主义在当下中国文学场域中的际遇，问题的实质自然会浮出历史地表。

近一百多年来的中外文学史证明，现实主义的命运遭际中多次、反复出现一种焦点现象：经由某种宏大理性话语的加持，现实主义被附加上沉甸甸的新质，生产出一系列操作性极强的规则、套路，其话语空间却被挤压得越来越结实平整，在某些历史时期甚至成为铁板一块。与"现实"紧密相连的"现实性""现实感"等等统一打包升格成"现实主义"。其中如"曾有的实事"与"会有的实情"（鲁迅语）之间、现实性与想象性之间、现实感与荒谬感之间的隐焉不察的错位与抵牾，在话语板结层下面艰难而顽强地不断渗出、不断裂开。于是在作家那里、在活生生的文学史上，确乎出现了现实主义的"焦虑"（不够现实主义）、"桎梏"（过于现实主义），甚至"噩梦"（僵化的现实主义）。或许放弃以社会、政治、伦理、道德等外在名义和目的去任意涂抹修改现实主义这一命题的内涵、外延，放弃将现实主义变成一个理论的万花筒、紧箍咒，而只谨慎地将理论愿景限制在"文学"自身的疆域和时空里，"现实"与"主义"相遇后产生出的特定含义与独特神韵才会显现出不可辩驳的话语魅性，亦会催生出审美意义上的孔武之力和深刻细腻。

从发生学上还原文学史可察公道，文学的现实主义是与其他主义如浪漫主义、自然主义的短兵相接中胜出的。换言之，文学的现实主义从一开始确立就与其他主义形成对抗式的对话关系。信奉现实主义，意味着作家无须借助那些非客观、无因果的艺术过滤器，也不去依赖精巧炫目的艺术炼金术，比如所谓形式操练、艺术至上，这些似乎都是现实主义作家主动摒弃的。毫无疑问，现实主义成为百年中国新文学史上矗立起的最大丰碑，也成为最重要的文学遗产，这是文学史发展的必然结果，也是真正的现实主义才有资格获得的最终命运。所谓真正的现实主义，是指卸下一切外在虚假需求、去除一切思想指令捆绑之后的现实主义，它能以更加超越性的姿态重构起源之初的文学品质和回到价值原点。真正的现实主义文学，可如鲁迅式的反思批判，可如茅盾式的理性分析，亦可如萧红式的长歌当哭。真正的现实主义作家无论身处怎样的历史时空，都有拒绝美化粉饰现实的勇气，有拒绝扭曲亵渎现实的底气，并高度警惕现实主义的降级、降格。像庸俗社会学、机械阶级论影响下产生出的伪现实主义，便将客观真实地呈现现实降格为对客体对象物的粗暴占有和任意篡改，干扰正常的艺术想象和创造，真现实被逼出场外，伪现实粉墨登场，比如"三突出""高大全"。这一过程中，作家的现实主义胸襟怀抱、兴味关切降格为暧昧欲望或者功利贪念。追求真正的现实主义，必要抵抗现实主义自身的反面——一切伪现实和伪现实主义。而这，也是当下中国文学生态所呼唤所急需的现实主义。对于如圈子文学、市场推手、文学疲软等当下中国文学生态中存在的一些"病症"，真正的现实主义无疑是一剂"良药"，它所包孕的理性精神的烛照之力使种种病灶病因昭然若揭，使各类文学食客、文学掮客无处遁形。此处所谓现实主义的理性精神不仅包括传统现实主义所依据的科学主义理性精神，也包括走向更高自由的现实主义所倚重的人文主义理性精神。

那么，文学的现实主义如何从必然之境走向更高的自由？借用黑格尔关于本质论的最后阶段——"现实"之逻辑推导，现实主义的当下际遇不单是其在文学史上曲折发展的必然，更应是包含着被扬弃了的必然在内的自由选择。只有达成这样的认知，文学的现实主义才可能迎来更高意义上的自己。现实主义的理论发展史和创作发展史两条脉络皆可作如是观。理论发展上，现实主义曾经衍化出近三十种相关命名，比如批判现实主义、心理现实主义、魔幻现实主义、超现实主义等等，这证明了现实主义文学理论不断自我更新而焕发出强大的理论活力。创作发展上，真正的现实主义一边与打着各种招牌幌子的伪现实主义做斗争，一边与其他主义做对抗式的对话，这意味着作家们在现实主义创作经验的传递、继承过程中逐步建立方法和观念上的纠偏自觉。总之，现实主义只有不断地迎接外部挑战和经历自我扬弃，才有可能走向理论与创作双重意义上的自由之境。

面对当下文坛存在的如何写现实、写什么样的现实、如何应对"炸裂"了的现实等等根本意义上的创作难题，现实主义无疑是极具启发性的创作方法和极具指导意义的艺术原则。整理回溯现实主义的文学经验，可知今天的中国文坛能借镜历史之处颇多。如恩格斯所概括的"典型环境中的典型人物"以及他所提出的现实主义就是"较大的思想深度和意识到的历史内容，同莎士比亚剧作的情节的生动性和丰富性的完美融合"；如鲁迅所激赏的作为"人的灵魂的伟大的审问者"的陀思妥耶夫斯基一定是"在高的意义上的写实主义者"；又如曾试图以现代主义取代现实主义的弗吉尼亚·伍尔夫最终走向倡导二者融合的"狭窄的艺术之桥"……凡此种种，都召唤着更多创作者以现实主义的方法和精神书写本土经验，讲好中国故事，不仅要塑造出"纸上的生命"，还要塑造出"永恒的生命"（爱·摩·福斯特语），为今天的时代和人民留下壮怀激烈的生命之歌、灵魂之歌。

（作者系山东师范大学项目教授、文学与创意写作研究中心主任）

以新闻为小说

——近年来小说的动向一种

申霞艳

　　陈师道在《后山诗话》中写道："退之以文为诗，子瞻以诗为词。"可见，每种文体都处在相互的渗融以及"影响的焦虑"之中，大家的探索能够博采众长，将一种文体带上新的台阶。中国现代小说经过一个多世纪的探索，已经积累了不少经验。光是现实主义一脉，就有批判现实主义、革命现实主义、社会主义现实主义、新写实主义、现实主义冲击波，一言以蔽之，"无边的现实主义"。这一方面凸显了现实主义顽强的生命力，也反映了它某种程度的大而无当，所指不清。

　　文学的内容和形式之争从未停歇，在审美形式与思想内容之争上，中国批评大抵是内容至上的。继先锋小说探索"怎么写"蔚然成风之后，小说的钟摆又重新摇到"写什么"这一头。大家纷纷搬出十八般武艺，最终在"以新闻为小说"这一点上达成微妙的共识，出现了一波小热潮：比如余华的《第七天》、李佩甫的《平原客》、刘震云的《我不是潘金莲》《吃瓜时代的儿女们》、贾平凹的《极花》、须一瓜的《太阳黑子》《双眼台风》、东西的《篡改的命》、田耳的《天体悬浮》、石一枫的《心灵外史》《世间已无陈金芳》等等。这批小说题材各异：从上层高官到社会底层，从冤假错案到集资诈骗无奇不有，有的叫好又叫座，也有的遭遇了广泛的批评，无论如何在影响力方面堪称成功。索隐的话，这批小说涉及了近些年诸多新闻原型，能够比较清晰地复现这个消费时代的纷繁剧变。

　　"以新闻为小说"中的新闻并非严格意义上的新闻，可能是身边发生的真人真事，也可能是道听途说或者茶余饭后的谈资，此处新闻更贴近"新近听闻"的字面意思。"以新闻为小说"是社会与个人双向互动的结果。从社会发展来说，我们无法忽视自己正在进入"微时代"。"微"既指微信这种媒介方式，更指时间的碎片化、精神的微小化。在这个时代，新闻的传播已经由天为单位变成随时发布，关系国计民生的重大新闻与关心明星外遇的娱乐八卦共存，得到新闻或者拼图的假新闻是如此便捷，足不出户而"知"天下。生活在其中的作家时刻都在接受昙花一现的新闻的轰炸，这给殚精竭虑想要创新的小说家提供了素材之便。小说家有意识地选择新闻事件来建构小说，既是对当下纯文学疲软现状的反拨，也是与以量取胜的网络文学争夺青年读者的努力。

新闻出自变动不居的社会生活，之所以"新"是因为它本身与我们的传统观念有所出入，新闻当事人的行为、心理、意识正在挑战我们的旧秩序，在这一点上与小说创新异曲同工。然二者旨趣不同：尽管人事并称，但小说呈现的是人，大写的是人的内部，新闻凸显的是事，是外在的事。小说可以挪用新闻的外衣但不能挪用新闻的心灵，否则只能像报纸一样看后即弃。小说要让新闻生出双翼飞向它不曾抵达的疆域——事件之外的寸心之间，并寻求广大受众的心灵回应。托尔斯泰的《安娜·卡列尼娜》即是一个成功的典范，在托翁酝酿爱情题材之际听闻有位邻近的农妇自杀，这个事件侧面刺激了作家对主角的构思。不能说这是因果关系，最多只是催化剂促进化学反应的发生。新闻转瞬即逝，能促成好小说的并不多见，核心还在作家的转化力。不同类型的作家敏感度不同，吸收和反哺能力也不一样。

余华的《第七天》出来后被喻为"新闻串串烧"，叙事人七天里的见闻映射了诸多重大而荒诞的社会事件，可是作家融会新闻、提炼时代精神的能力尚有欠缺，材料彼此之间未能成功地发生化学反应，点题句"死无葬身之地"够机巧却不堪重负，只适合抖包袱供小段子用。刘震云的《吃瓜时代的儿女们》在融会提炼新闻事件方面显示了良好的吐故纳新的能力，小说涉及的每一位人物、每一个大情节乃至小细节，我们都似曾相识，在电视报刊和新媒体、朋友圈上见过，但作家以极为荒诞、貌似巧合的方式将四个分属不同阶层、不同地域的八竿子打不着的人——农村姑娘牛小丽、副省长李安邦、县公路局局长杨开拓、刚刚提拔的市环保局副局长马忠诚——连接成一张四角向整个人生辐射的网，陌生感就诞生在这天罗地网中。在当社会科学家大谈中国社会的"断裂"之时，刘震云发现社会隐秘处的粘连，上层和底层依然在同一艘船上，而且上层一不留神可能就会坠入底层。作家的整体观让那些不过尔尔的细节慢慢绽放出信服力，本来是消遣性的突然就进入了沉思。单个的新闻是突发事件，是例外，而小说则是由时代必然性分泌出来的精神之花。贾平凹的《极花》本为展现对乡村性别失衡导致人伦秩序崩溃的忧思，但恰恰一不留神泄露了作家本人陈旧不堪的男权价值观，不经现代洗礼的作家很难提供小说的超前性。

　　再来看看蔚为壮观的案件小说，套用科幻小说的软硬之分，当政法记者的须一瓜是写硬破案的，从《淡绿色的月亮》到《双眼台风》显示出她对案件的来龙去脉从迂回婉转到正面强攻。她汲取了类型小说的叙事速度，像台风一般快速推进，同时动用了记者的采访功力来夯实细节，不留破绽。长篇容易顾此失彼，情节的戏剧化难免伴随着人物类型化痕迹。担任过警察的阿乙却是写软破案的，由于身体欠佳的缘故不大适合创作长篇，他接受的是加缪《局外人》的路数，冷眼旁观。石一枫经过诸多探求之后重申"不问鬼神问苍生"的现实主义精神，对于案件他绕道而行，"项庄舞剑，意在沛公"，《借命而生》将笔锋一转写出了多年追捕过程中底层干警和逃犯的共同命运。东西的《篡改的命》借用了影视的表现手法，为突出调包后命运的天上地下用力过猛。双雪涛也对案件外壳情有独钟，但内核是"北方化为乌有"，他试图以轻盈的故事表述故乡沦陷的沉重话题。

　　凭中篇《一个人张灯结彩》亮相的田耳也持续走在侦破推理的道路上，将好些事件敷衍成扣人心弦的小说。他遇到难题立即百度，并将搜索得来的消息挪移到小说中，这也是指涉时代真实的一种手法，但不宜故技重施。在中篇《一天》发表后，他明确表达了写作转向："写了近二十年，一直朝着精致与工巧发力，我累。我承认写作如人生必有四季的变迁，现在我宁愿写得粗糙一些，一如我们的生活本身粗糙……我确信自己以后要进一步扎进生活，有效地将自身的热情融入其中，细细观看它原本的质地和结构，遵从它自在自为浑然一体的章法。"田耳所谓的粗糙和石一枫关心苍生的表述具有一定的代表性。在漫长的写作探索之后，作家重新信奉生活的深厚、大地的宏阔和现实的博大。

职业小说家难免会碰到一个素材瓶颈问题，闭门造车早已饱受诟病，消费时代的现实却令人目不暇接。新闻固然可以部分地为小说提供能源和热量，但是反映现实只是小说的维度之一。小说的首要任务是创造一个崭新的世界，绝不能仅仅复制现实。生活表象五光十色、千变万化，小说家仍须聚焦于人的心灵与情感在变与常之间的反复位移。语言的风格化和思想的超越性依然是每位作家需要不断锤炼的，构成小说独特辨识度的永远是文本背后这位活生生的小说家。

（作者系广东外语外贸大学中文学院教授、中国现代文学馆客座研究员）

期待令人"震惊"的文学现实

沈杏培

现实主义已然属于陈词滥调。从19世纪中后期作为文学的一项历史运动进入鼎盛算起，现实主义至今已有一个半世纪之久，现实主义逐渐繁衍并派生出名目众多的诸种派系和界定严密的内部秩序。与其奢谈作为"主义"的现实，倒不如谈谈作为写作资源的现实，作为审美经验的现实。其实，对于作家来说，重要的不是现实主义或是浪漫主义，而是如何巧妙生动地表现现实；同样地，对于读者来说，他们在意的是这种现实是否能够带来审美上的愉悦和情感上的震撼。

本雅明在《普鲁斯特的形象》一文中，多次用到"震惊"一词来形容普鲁斯特塑造人物举止和"捕获这个颓败时代最惊人秘密"的艺术效果。对于那样一个芜杂的时代，以及具有植物性存在的人物而言，普鲁斯特最精确、最令人信服的观察总是"像昆虫吸附着枝叶和花瓣那样紧紧地贴着它的对象"。对于这样一个异类的世界和"文学现实"，真正的普鲁斯特的读者"无时无刻不陷入小小的震惊"。在这里，本雅明对普鲁斯特天才的创造能力表达了巨大的震惊。震惊，是普鲁斯特带给读者的一种文学感受和美学体悟。一部作品如果能够带给读者情绪的激荡和认知上的冲击，无疑显示了这样的作品具有震撼性的接受效应。现实主义文学发展到当下，我们不能仅仅满足于"忠实于眼前"和"真实地复制生活"，这样的文学现实只会让读者掉转头去，这样的现实主义是倒退和懒惰的文学选择。近20年来，中国文学的重心不断向现实靠拢，书写现实几乎成为一股强劲的写作潮流，甚至近些年的网络文学也呈现出告别装神弄鬼的时代，转向凡俗和现实。现实已经呼啸而来，作家处理现实的能力和美学装置是否已经升级，作家关于现实的美学精神是否已经裂变？纵观新世纪以来的文学，包括非虚构写作在内的文学写作，真实提供了关于当下中国的林林总总的社会图景和病象化的社会现实，比如《兄弟》《人境》《黄雀记》《极花》《带灯》《纠缠》《万箭穿心》等等。这些文本都从不同角度进入到社会现实，提供了当下作家对现实的不同文学观照和思想言说。但如果从这些文学现实的美学效果来看，这些文学经验总体上是略显贫乏且缺少震惊意义的。相当一部分作品与现实贴得太近，缺少重新整饬现实的能力，呈现出"还原式"现实书写。当我们的当代小说所提供的当代经验远远低于当代现实，当代小说对当代现实的叙述和对"行动中的人"的模仿行为可以轻易地在新闻报道、网络空间中找到简单的对应关系，那么，小说存在的意义在哪里？

在昆德拉的小说美学里，他非常看重小说的存在价值。他将"对存在的遗忘"视作小说的智慧，反复重申布洛赫所看重的这一点：发现唯有小说才能发现的东西，乃是小说唯一的存在理由。一部小说，若不能发现一点在它当时还未知的存在，那它就是一部不道德的小说。因而，昆德拉所认可的优秀而高超的小说家是一种"发现者"，他总试图揭示存在的不为人知的一面，对人类处境进行"探询式的思考"，从而对抗"存在的遗忘"。说到底，现实主义小说的价值在于提供了怎样的"现实"，以及如何处理这些现实。也正是在如何处理现实这一问题上，作家和文艺理论家发生了分道扬镳。美国小说理论家艾布拉姆斯的《镜与灯》一书在讨论19世纪以前的小说时，将文学与现实从模仿到表现的这一动态过程，形象化为"镜""泉"和"灯"。确实，诚如学者张清华所说，这三种比喻大致对应了欧洲文学史上的现实主义、浪漫主义和现代主义文学。实际上，这些不同形态的文学，其分野大抵在于如何处理现实资源与历史经验上。现实主义注重的是对历史与现实本来面目的真实呈现，浪漫主义看重主观现实与内在情感的抒发，而现代主义则常常聚焦人的困境和现实生活的荒诞表述。可以说，如何处理文学现实与经验，成为区分不同类型文学甚至文学优劣的重要角度。纳博科夫非常看重作家如何处理现实的问题，他把整饬杂乱无序现实的能力看作优秀作家具备的基本素养，为此他还提出优秀作家应该具备"三相"：魔法师、教育家和寓言家。

当代中国作家在处理现实问题时，简单还原式和新闻化的现实书写，广受诟病。在《带灯》《第七天》《黄雀记》等篇中，芜杂的现实确实凝聚着苦难和悲剧的艺术指向，但这样的现实却难以给读者"震惊"之感，通过这种现实书写也很少呈现某种"未知的存在"。

值得注意的是，这些作家并非不了解现实，这些小说也并没有歪曲现实，他们笔下的现实确实是"中国式"的，是中国改革时代的浮世绘。问题在于，这些作品中，作家由于峻急的主题表述和过于显豁的批判指向，而使这种"现实"成为了主题演绎的某种道具、布景。比如《涂自强的个人悲伤》，这篇小说无疑是方方作为小说家对社会阶层固化、底层青年出路匮乏这些现实问题的忧心之作，为了再现农村青年进城之艰和社会阻力之大，小说精心陈列了关于涂自强贫穷、悲惨而无助的诸种"现实"。按理说，辗转饭店、工地、食堂、家教中心，为了生存而苦苦挣扎的涂自强，善良上进却遭遇种种不测最终死于癌症的涂自强，作为当下失败青年的缩影，理应能引发青年读者的恻隐之心和情感共振。但在笔者组织的研究生课程讨论上，"90后"的研究生们纷纷对现实的假定性、细节的偶然性、人物的单向度问题提出种种质疑。那么，问题出在哪儿？詹姆斯·伍德在他的《小说机杼》中批评了一种"商业现实主义"的小说风格。这种小说设定了一套机智、稳定、透明的讲故事的文法，这种现实主义甚至称得上写得不错。但选择的细节要么让人"放心地乏味"，要么让人放心地"生动"，一切不出常规。最重要的是，这些现实都是"真的"，但并不是真实的，因为"没什么细节很有活力"。可以说，方方几乎以19世纪批判现实主义的手法精心描述涂自强的现实，贴着地面全面地呈现这个压抑的世界，作家介入现实的热情和灼灼的忧愤意识可见一斑。但这种书写似乎没有带来震惊的阅读效果。伊格尔顿曾说，"忠于生活并不等于亦步亦趋地忠于日常表象。它也可能意味着拆解表象。"过多地拘泥于一种苦难世界的堆砌，太过急切地再现进城青年失败的命定，使方方笔下的现实过早地丧失了质地和意义，从而导致这种现实书写并没有彰显出"发现唯有小说才能发现"的小说文体智慧。苏童也曾提出"离地三公尺的飞翔"的写作观，但《黄雀记》处理现实经验时显然贴地太近，过于追求奇观化和戏剧化的艺术效果，而使以井亭医院为中心的现实堆积和人物行为显得可笑而生硬，缺少令人震惊的阅读体验。倒是一些手法上大胆的小说呈现出了现实的新的质感，比如对现实的废墟式与预言式书写——如陈应松《还魂记》对中国乡土现实的这些现实非常中国化，再如阎连科一直倾心的神实主义及其《炸裂志》式的文学实践，带来了在荒诞中建构现实、探求真实的美学追求。

　　小说如何才能有说服力，如何令人震惊？略萨在谈小说创作时，提到好的小说应该存在"挑起本体学动乱的变化"，这种变化改变了叙事秩序，他将这种变化称为小说的"火山口"。他举托马斯的《白色旅馆》和伍尔夫的《奥兰多》为例，由于叙事视角的改变、某些魔幻或寓言要素的加入，"现实主义"的层面被推到一种象征、寓意甚至想象的现实中。内部的这种突变"撕碎了现实世界的坐标，增添了一个新尺度"，提供了一个崭新的文学秩序和美学秘境。略萨在这里主要谈的实际上是如何把现实经验处理得生动有趣，富有趣味。通过更新讲故事的方式，通过赤裸现实与幻想、寓言方向的引渡，通过一种渐进的"变化"让文学现实摆脱"客观现实"，从而实现惊人的质的飞跃，让沉闷的现实焕发出具有感染力和说服力的文学现实。略萨的这种文学思想无疑对于当下作家如何处理现实具有借鉴意义。作家笔下的现实毕竟不同于社会学家和新闻记者，作家应该勇于建立关于现实的文学秩序和美学经验，摆脱客观真实或现实主义的拘囿，努力把现实写出妙趣、变化（"火山口"）和形而上，带给读者惊奇与震惊之感，这样的现实才真正彰显了文学的高贵与独特。

（作者系南京师范大学文学院教授、中国现代文学馆客座研究员）

网络文学的现实主义

让网络文学成为当代文学的一处独特景观

肖惊鸿

"网络文学的现实主义",这是我酝酿已久的一个课题。作为一种世界观和创作方法,网络文学有无现实主义?网络文学创作中的现实主义是如何界定的?这是我在这篇短文中试图要说清楚的两个问题。

一、我所理解的现实主义

我所理解的宽泛的现实主义,存在于所有的文学艺术创作之中,并随着社会历史的变化而变化。如果把现实主义狭义化,仅仅定义为一种文学流派,一种文学思潮或运动,甚至于如同"古代现实主义""文艺复兴现实主义""启蒙主义的现实主义""19世纪现实主义"这样的表达等,那么问题就来了:我们这个时代所要求的现实主义难道叫作"新时期现实主义""改革开放的现实主义"甚至"新时代的现实主义"吗?显然,这个逻辑并不可取。

亚里士多德曾指出,任何一种艺术都有它的真实性,且艺术所模仿的现实必须具有必然性和普遍性,也就是揭示了现实的内在本质和规律。这说出了现实主义文学的基本特征。狄德罗和莱辛的现实主义理论基础也在于肯定美与真的统一,强调艺术一方面依据自然一方面超越自然的辩证关系。到了席勒的时代,恐怕对这个问题的分歧就产生了。他在《论素朴的与感伤的诗》中所要阐释的,并非是强调二者的对立,而是用区别来进一步推演他对现实主义和理想主义的理解。因为他肯定了这两种创作倾向可以趋于统一,并强调了现实主义是要突显"内在必然性"的"真实的自然"。歌德也曾说明,诗应采取从客观世界出发的原则。而别林斯基则有"用理想来改造生活"和"再现现实"的说法。

作为文艺流派的现实主义，是作为对浪漫主义的反抗而走上历史舞台的。而事实上，无论是面向现实还是面向理想的文学书写，都离不开对现实的观照。

所以，我所理解的现实主义作为一种创作方法，是文学创作的天然因素，也是最主要的特点。它首先是世界观，其次是方法论。

二、网络文学中有无现实主义？

自新文学运动以来，我国现实主义文学创作，更多地受到19世纪欧洲批判现实主义文学思潮的影响。新中国成立后，讴歌社会主义新中国建设、反映火热现实生活的文学一直是创作的主流。直到20年前，到了世纪之交，互联网进入中国，新科技带来了一场影响深远的文学革命。加之传统出版制度下积聚了一大波文学创作欲望，彼时也如雨后春笋一样爆发了。

创造的爆发力体现在网络文学上，就是巨大的想象力。这想象力给网络文学带来井喷式爆发，也给读者带来源于现实高于生活的无限快感。于是玄幻小说成为网络文学创作的最大体量。玄幻、修真、仙侠、武侠等网络创作，以巨大的文学想象力一方面继承了中外文学传统，特别是神话体系传承；一方面将现实元素与想象力嫁接起来，以穿越、重生等手法架构了一个又一个奇崛的世界观，演绎着既非现实世界里发生又符合现实社会伦理的具有现实主义观照的故事。

比如辰东的《遮天》。故事开篇写的是真实的地球人叶凡，以毕业几年后的同学聚会为引子，然后由巨大脑洞之中的九龙拉棺带离地球，去到一个未知的星域。这里妖魔横生，险恶重重。人族经历了前所未有的磨难，所有的人都在修炼，以求强大己身，追求长生的目的，实因成为最强大的人，就能战胜邪恶力量，保护亲人和族群。且不说开篇几章对同学聚会的现实描摹，就是在离开地球之后，与同学们关系的亲疏分合，也没有脱离地球社会伦理。亲情友情爱情，哪一种故事推进都带着中国社会的现实基因以及中华传统文化的现实观照。

再回到例子。在故事演进的过程中，叶凡因天地异变，变成了废体不能修行，受到嘲讽、打击。异域的等级制度，人与人之间的关系，与地球社会无异。当然，叶凡终于也必须成功打开禁锢，踏上修行之路，从一个平凡的人，历尽坎坷声名远扬，成为星空之下第一人。他的坚忍不拔，他的理想信念，他的重情重义，他的心系故乡，他克服一个又一个挫折，却从不言放弃。那些让人热血澎湃的情节、曲折奇特的故事，还有那些叶凡身边的人物、大大小小的环境，无不是作者辰东对现实社会的观照，和对理想人生的求索。叶凡，一个平凡的人，靠自己的努力，成就了不平凡的人生。英雄来自平凡，奋斗成就英雄。历史靠人民创造，也靠英雄推动。人民与英雄相辅相成，人民与英雄水乳交融。无论是魔族还是人族，无论是哪一片比天边还远的星域，作者所努力呈现的，无不是在人性的黑暗中，寻找理想的光芒。活着才是最大的道。这部网络小说对此给出了很好的阐释。

在这一问里，我举了网络小说中体量最大、最能代表其本质特征的类型——玄幻类的一部代表作品，来说明网络文学中的现实主义。那么，网络文学中有无现实主义？这个问题应该无须再讨论了。

三、网络文学创作中的现实主义是如何界定的？

网络文学创作中的现实主义是如何界定的？这是一个大问题。这个问题关乎网络文学从哪里来，也关乎网络文学向哪里去。

当下，网络文学创作中的现实题材书写是被提倡的。这本身没有问题。文学反映时代、观照生活，这是当代文学创作的题中应有之义。但是，现实题材是如何界定的？书写当下生活、书写百年历史，这是现实，也叫现实题材，这个层面，对网络文学来说的确相对比较小。这也正是为什么要引导网络文学创作向现实题材倾斜的原因之一。在这之中，的确也出现了一些不那么现实的现实题材，如带有穿越、重生之设定的现实题材，也有一些都市言情也纳入现实题材当中。现实题材的概念是混淆的，网络文学创作中的现实主义没有被认真梳理。从狭义来说，现实题材不仅是要书写现实，还要有现实生活的经验观照。而前面说过，网络文学创作以巨大的想象力取胜，是建立在网络阅读的爽点机制之上，这是整个网络文学之所以经过20年的飞速发展拥有了今天的巨大内容体量，并以此为核心源头带动了全产业链的根本所在。紧贴现实生活的写作即现实题材的写作显然无法代表网络文学创作的基本面。

在百年以来的中国现当代文学创作中，不乏现实主义精品力作。柳青的《创业史》、路遥的《平凡的世界》都是我们这个时代的文学高峰。但同时我们也应该意识到，短短20年的网络文学发展当中培育出来的作品，其基本面并不是现实题材。从网络文学创作的根本属性来看，现实题材恐怕也是网络文学创作的短板，或者说，是今后相当长的一个时期内的创作短板。这个毋庸回避。一种文学有一种文学的景色，一种文学有一种文学的繁荣。百花齐放百家争鸣的双百方针没有过时，文学的真谛永远在那里。只有正视自己，才能做好自己。

因此，对于网络文学创作，现实题材是一回事，现实主义是另外一回事。现实题材写作不是网络文学的长项，但现实主义无论是作为一种世界观，还是作为方法论，在网络文学创作中始终存在，不离不弃。前面举的玄幻类作品的例子最能说明这一点。至于其他类型的创作，历史军事、都市青春、古言现言等等，都无法将现实主义剥离。哪怕是科幻题材，现实主义作为一种世界观和方法论的重要性，恐怕都是不能忽视的。

总体来说，我们并不能够断言，非现实题材的网络小说就失去了现实主义观照，或者说，我们承认网络小说中的大部分都不是现实题材，但也恰恰都是现实主义的产物。而这正是网络文学之所以成为网络文学并发展到今天的繁荣局面的根本所在。正是网络文学的现实主义，让它成为当代文学的一处独特景观。

（作者系中国作家协会网络文学中心研究员）

现实主义的边界及可能

张艳梅

《我不是药神》票房已经过了30亿，这个成绩可能大大超出了制作方的预期。同期上映的姜文《邪不压正》，韩延《动物世界》，都是很有想法的片子，风格鲜明，手法纯熟，无论是历史隐喻，还是人性隐喻，从艺术角度看，都远在《我不是药神》之上，但是票房却仅仅是《药神》的零头。观众对现实主义题材的认可和支持，有很多原因。

近一段时间以来，大家都在讨论现实主义。研讨会，写文章，报课题，很多作家、学者重新把目光回落到现实主义这个古老陈旧的话题上。关于现实主义观念，现实主义与理想主义，现实主义的意义、形态、边界和多种可能等等，似乎已经形成了一波震感强、影响广的现实主义新浪潮。这一现象背后的动因，以及折射的问题，都非常复杂。

难免要问一个为什么

中美贸易战带来了大众对现实中国的重新审视暂且不论，想说说疫苗事件。比起娱乐圈黑幕重重，"ME TOO"运动蔓延，工人维权学生声援，我更想说说疫苗事件。疫苗不是第一次成为一个公共事件，也不是第一次被围观，只不过这一次波及面更广，关注度更高，言论也更尖锐。背景是近年来累积的社会问题太多，民众渐渐失去了信心和耐心。

现实生活不断挑战我们的认知，作家们如何书写现实，也在不断增加新的难度。面对先锋文学与现代主义仍旧是相当一部分写作者自觉的追求，而玄幻、穿越、武侠、盗墓小说热潮依旧余音绕梁，现实主义何为？回顾新世纪文学发展轨迹，底层写作与新左翼文学、非虚构文学热，都属于现实主义的新发展。其中，不乏现实判断的对立，观念层面的论争，审美价值的分野，也涉及到现实主义自身的方向与可能等话题。

人类社会目前还看不到一劳永逸的平等、自由和博爱。文学作为人类生活的感性记录及理性引领，承担着审美启蒙和思想启蒙的双重使命。近年来，文学对社会生活的介入程度逐渐加深，无论是拆迁、留守、上访、传销、环保等社会热点问题，还是教育、医疗、养老、住房等基本生活保障领域，都有所涉及。不过，我们还是常常感叹，生活远比小说更像小说；反过来看，就是我们的小说与真实生活还有着遥远的距离。那么，当现实已经被标签化、符号化，并且与写作者个人立场叠加成为一个庞大的符号体系，这种现实书写反而越过社会生活自身的难度，获得了一劳永逸。而这种生活复制，随之演变成了一种对生活不负责任的虚构。

现实主义的书写起点到底在哪里？

现实感。不同的人，对同样处境的生活感知有明显差异。在这篇短文中，我并不想讨论书本上的理论。就当下学界整体而言，真正的思想和理论创见也不多见，情绪化的表达更容易被广泛转发点赞。个体对自己身处什么样的社会结构，社会形态，在人类进步的历程中，这一社会形态的位置和状态、出路和走向，缺少明确认知，大众显然多半沦陷在集体无意识中。普通人更容易盲从于现实压力和利益诱惑，更何况，出于现实需要，伪饰、颠倒真实者大有人在。清醒的现实感是一个写作者避免认知错位、观念扭曲的基础。

现实判断。新世纪以来，讲述中国故事，复述中国经验，塑造中国形象，不断被倡导和实践。在理论层面，中国叙事的内涵外延逐渐拓展和深化；创作上，非虚构文学中的现实中国、历史中国、文化中国、自然中国，的确为读者提供了看取社会、历史、文化的多重视角和多种可能。对于文学虚构中的现实生活，无论是底层权利得不到保障的血泪悲剧，还是完全丧失诚信的社会伦理，以及普遍的焦虑和深刻的不安，都应该是写作者思考的重心。当然，底层立场不等于现实主义，正面强攻也不是现实主义的规定动作，现实主义文学并不是社会正义的唯一化身，矛盾冲突过分戏剧化，无助于强化文学参与现实的力量。置身于现实笼罩中，逃离或者溢出都是有代价的。写作者同样面临这种困扰，民间生活自洽性的丧失，带来了对现实主义写作更尖锐的质疑。如何理解现实，既要看到局部，又要看到整体，既要看到生活细节，也要追问人生意义。陶醉在自拍和小确幸中，没有什么固若金汤，摇摇欲坠的是身边的日子。那么，作家距离现实是愈来愈远，还是愈陷愈深？生活的现场在哪里，世界的真相就在哪里，作家的心跳就应该在哪里。

现实之外。现实，现实感，现实书写，共同构成了文学现实主义表达。我们今天谈论现实主义，显然绕不过去与新左翼之间的关系。比起新自由主义，现实主义与新左翼似乎有着天然的亲缘关系。现实主义的基础是现实，指向的其实是理想主义，或者说预设了理想社会、理想人生、理想人性，并以此为照妖镜，去揭穿或者透视现实生活。写作者，站在幽暗的现实之中摸索边界，就像《楚门的世界》中的楚门，难得的是始终是一个基于现实的理想主义者。

我们乐于看到，现实主义带着一脸凝重严肃的表情，回到文学和影视作品。作为时代见证者，历史记录者，个人命运画像也好，民族家国雕塑也罢，现实主义的起点是真实性，内核是批判性。写作者的镜头对准什么、你看到了什么，在哪个角度、以什么方式看到，有着怎样的思考、追问、质疑等等，都是必须回答的。而我喜欢把那个边界设定为人道主义，简单说，就是良知。

（作者系山东理工大学文学院教授、院长）

"现实主义"的溃散与"本质主义"的显影

黄　灯

　　历史已多次证明，每当文学和现实呈现出疏离，作家对现实介入无力，但社会又处于大转型时期，文学必然以粗粝的面貌出现，一次次勾连起与现实的关联，并在事后被追认为现实主义。新时期伤痕、反思文学，20世纪80年代的新写实主义，90年代的现实主义冲击波，直至新媒体狂欢中余温犹在的返乡书写，无不演绎相同的路径，遭受相似的命运。

　　相比"十七年文学"时期，以宏大叙事为特征的革命现实主义，以上诸多现实主义的出场，呈现出散兵游勇的溃散状貌，并没有酝酿出从体量、精细描摹中的写实品格、实现对社会整体表达的作品，从未间断的现实主义实践，并未出色完成对社会的整体书写和判断。更多时候，这些作品叙述了一个人的命运，书写了一个人的故事，但在到底如何由个人抵达群体，由群体抵达时代，由对时代的思考和判断，检阅中国近几十年的现代性实践，所呈现的复杂而本质的特征方面，始终缺乏有效的表现。方方在《这只是我的个人表达》一文中，曾以作家的感性，表达了相似的判断，"纵观中国现实主义小说的发展，它仿佛从来没有获得一个风调雨顺的气候，以让自己得以健康成长。它甚至几无机会进入成熟。大半个世纪过去，无论数量或质量，它都远不足与中国的现实相配，也远不足与中国深厚的文学相配"。贾平凹的自述，则仿佛回答了现实主义遭遇尴尬的原因，"这个年代的写作普遍缺乏大精神和大技巧，文学作品不可能经典"。

　　毫无疑问，现实主义的当下症候及困境，逼迫我们重新回到一个老命题：文学是否必须承担一种对社会的整体判断和追问？事实上，在个人化叙事获得合法性以后的多年文学实践中，这个问题，变成了一个无法回避的问题。自 20 世纪 80 年代向 90 年代转型后，在放逐政治乌托邦的大语境中，市场经济公然登陆，与此相伴的是个人主义的落地生根。转换的语境，必然塑造作家新的认知。知名如贾平凹，尚且显示了对经典化的不自信，更多年轻的作家，在时代温和的风吹雨打中，怀疑自己命名的能力，自觉抵挡给时代命名的冲动，也不足为奇。对时代掌握的无力，对本质主义写作根深蒂固的不信任，成为作家常见的面孔，相对主义和虚无主义，成为作家掩饰内心摇摆的精神资源。在市场化、个性主义、经验叙事、日常生活合法性、现代主义、后现代性等词语的包裹下的文学现实，越来越呈现出一种古典的困境：读者和作家的极度疏离。文学失去对现实的回应能力，成为作家心照不宣的隐疾。无论是读者、批评家，还是作家本人，对当下的现实主义文学，都有一种整体而真实的不满情绪。这种不满，并不是来源于对形形色色个人经验的不满，不是来源于对作家才情的不满，甚至不是来源于对作家写作态度的不满。但读者的疑问：作家的写作和我还有什么关系？却暗示人们留意到，不满的情绪，包蕴的是读者对通行无阻的个人化写作观的质疑。对文学观的重审，到了一个关键节点。越来越多的人意识到，当文学丧失对社会的整体判断，文学与时代的真实疏离时，并不会因为无数个细密的个人故事的潜滋暗长，就能填充其中的空白。

不能否认，这种情绪背后更为真实的原因，来自一个被个人化叙事遮蔽的宏大语境：随着全球化的横行，社会已愈来愈呈现出本质主义的特征，而我们的作家，尤其是更为年轻的作家，依然沉湎于对时代碎片化的感知中，并将碎片的表征，当做时代的唯一真实，从而卸除了写作主体古老的使命，以致"小时代"的命名，掩盖了大转型的真实：社会整体性的结构依然存在，但整体性的判断已经丧失，愿意对社会做出全面诊断的人，早已伴随知识分子角色的钝化，隐匿不见。落实到中国大地，在现代性实践的快速和断裂中，共识的消失早已成为基本的处境。

——是否需要重建对社会的整体性判断，事实上已成为作家自我认知中，最不能回避的关键问题。没有人相信，作为最能感知社会神经的敏感群体，作家可以无视个人悲欢离合以外更为重要的事实：时代的断裂和冰山下的雪崩，正在加速进行；社会的各种矛盾、欲求、张力，人心的困惑、挣扎和无望触目可见；社会价值观念的放逐和失控，底层社会的生存的涌动和呼喊，精英阶层因为事实上社区隔离对此形成的观望和漠视，这所有的一切，共同构成了转型期丰富、驳杂的真实图景。

而身处如此境况中的人，并不会在现代性的残酷推进中，被吞噬掉内心最真实的情感需求和心灵慰藉。时候一到，当下的文学若不能给他们提供情感的出口，其内心奔涌的热流，必然以文学的名义，再一次将现实主义粗粝地推向前台，并以各种驳杂的面貌呈现出来：皮村工人写作、余秀华、范雨素、返乡书写的出场，可以视为一次次隐秘而不可预测的上演。

这或许能解释，非虚构写作成为热门的原因。从某种程度而言，在当下的文学版图中，唯有非虚构接管了现实主义的精神特质。很多非虚构写作者，毫不掩饰自己对重大问题和群体命运的关注，不掩饰通过群体的命运，去探究更为宏阔的社会状貌的演变，并企图表现出当下社会的本质主义特征。

是的，再也没有一个时代，像今天这样碎片而又整体，迷茫而又呈现出确定性的命运。我们需要在溃散的现实主义语境中，重拾宏大叙事中作家对社会整体表达的抱负，以宏阔的现实主义作品去回应。

（作者系广东金融学院财经与新媒体学院教授、中国现代文学馆客座研究员）

现实主义与中国当代生活的呈现

曹　霞

文学必须对"现实"有所回应，有所记录，这一朴素的对应关系似乎已经被我们悬搁和遗忘了。究其原因，无外乎是浮光掠影的现代人缺乏耐心和勇气去缕析"现实"的缠结，或嫌"现实主义"过于老旧衰朽、不时髦，或者是尝到过"非现实"笔法带来的流量甜头而弃"现实主义"不用。我们曾经通过现实主义经典作品想象和树立起来的那个世界，那个有人、有情、有信、有温度、有生命力的世界，正在渐趋稀薄，而后继难为。

现在，让我们再次回到问题的起点。我们今天重提现实主义，首先要确认它的原生性、原典性概念和意义。所谓现实主义，是指对现实生活进行观察、思考、捕捉、记录、提炼，然后将之转化为文学性的存在。在写作时，作家应当尽量在地化、具象化地贴近和理解诸种社会事实，在"可信性"的范畴内创造出具有"可信度"的人物、事件和环境。这是文学创作与文学阅读之间经过几个世纪的相互期待与相互实现而达成的"契约"。

对文学读者来说，这份坚实的"契约"提供了一个可靠的、不褪色的艺术世界：既紧密连接着自身所处的时代和生活，又生长出了深入他者生活和人性图景的通道。打个比方来说，现实主义就像架在我们自家门口，同时通向无数个方向、无数个远方的路径和桥梁。我们可以在那里与熟悉的事物劈面相逢，也可以向远处眺望某个故事的深处，窥见某些人性的莫测。在这之后，当读者再返回到自己的现实生活中时，体验与实践的密度定当有所不同。如此一来，人生在世只能做唯一性选择的命运被敞开了，人能够拥有更多的可能性去丰富自己的生活经验和人生维度。

　　直到今日，现实主义的契约精神和写实原则依然在源源不断地发生作用。在雨果、狄更斯、巴尔扎克、司汤达、托尔斯泰等现实主义作家的作品中，我们可以找到生活的投射及其意义和价值，可以理解事物是如何经由作家主体的召唤聚合而意味深长地联结在一起的，也可以对那些逝去的时代拥有比历史更加清晰、丰饶、多元化、情义与伦理兼备的认知。如彼得·盖伊在《历史学家的三堂小说课》中所说："在一位伟大的小说家手上，完美的虚构可能创造出真正的历史。"

　　对于中国当代作家来说，必须重新拿起"现实主义"这个看似老旧却依然有效的工具，密切关注当代中国的重大社会变迁，对当代生活进行记录与书写。从宏观层面来说，"当代生活"就是改革开放四十年中国前所未有的经济大转型和社会大转型；从微观层面来说，就是在极具裹挟力与冲击力的时代大背景下发生的形形色色的事件，如医疗改革、教育改革、城市化进程、农民工进城、三峡大迁徙、"5·12"大地震、房产风暴、强制拆迁、官僚腐败、驱逐低端人口、假疫苗、"ME TOO"等等。

　　我之所以如此具体地列举出当代生活中一些重大的、悬而未决的事件，是因为，在我当下的阅读经验中，我读到的与当代生活相关的篇目远远不能匹配其巨大的体积与浩瀚的分量。那些令中国结构体制和生活面貌震荡巨变、令世界也为之瞩目的社会事件，仿佛在文学中溺入了一个黑洞，有微弱的呼声，有浅浅的波纹，但依然缺乏像《活动变人形》《平凡的世界》《沉重的翅膀》《古船》《务虚笔记》《玫瑰门》《白鹿原》《丰乳肥臀》《活着》《长恨歌》《秦腔》等那样重量级的呈现，这不能不说是一个巨大的遗憾。倘若中国当代作家不能够敏锐及时地对当代生活进行书写和反思，讲述那些对个体生活及其周遭关系产生深刻影响的社会巨变，那么后来者就可能会面对一个时代的空白。

　　司汤达曾经说过："小说是携带着上路的一面镜子。"对持镜者来说，用这面"镜子"不但要照出天空的蔚蓝与大地的金黄，也要能够照出人性的残缺与世界的荒凉。经过一系列流动变换的取景，最后淬炼成真实可信的文学画面。或许是因为中国当代生活的变化太过宏阔巨型了，写作的难度和思想的难度随之而来。这四十年的中国，凝结着许多国家一个世纪甚至几个世纪的变迁。要想将这样浓缩景观的褶皱一一打开，试探它的温度，测绘它的纹理，丈量它的深度与宽度，确实是一个至为艰难的选择，也是一个相当笨拙的选择。从这个角度来看，"40后""50后""60后"老作家避现实就历史、轻当下重过去的写作，也是可以理解的。但是，对于"70后"及其之后的作家来说，这是一个无法回避的任务。他们或多或少"正在进行时"地经历了这四十年，他们的生活和命运与当代中国的社会波动紧密相连，甚至他们的每一次选择、困境和短暂的胜利，都应和着当代中国的经济、社会、房地产等制度的变化。书写当代生活，他们有极大的优势，当然，也意味着极重的文学职责。

以"现实主义"对"现实"进行书写，一方面，需要对历史、政治、社会、生活的深入了解与坚实独立的思想体系；另一方面，需要辽阔宽广的人文胸怀与锐利明晰的批判性思维。简言之，前者指学养与思想，后者指人格与勇气，公共化的人文情怀与个人化的专业素养同等兼备，但这两者对中国作家来说都处于相对匮乏的状态。如此看来，倘若我们期待着当代作家能够以恢宏的结构、波澜壮阔的叙述、富有力量的大手笔，来呈现当代中国在巨型变迁下的面貌，那这一期待可能尚有待圆满。

（作者系南开大学汉语言文化学院副教授）

现实主义的写作困难

刘江凯

没有经历写作困难的现实主义，终将被遗弃。这话说得有点决绝，却是可能得罪人也想说的心里话。

好作品大概都得在经历某种程度的写作困难后，才能抵达臻于至善的境界。且不说时代之殇、国族之痛、家族之衰、人生之苦、内心之死，单就创作本身而言，既有文学遗产的影响焦虑，又有自我艺术的突破困扰，还有名利诱惑的初心不改，更遑论独立的人格、抵抗的勇气和批判的精神。以上算是我对所谓"写作困难"的内涵做出的一个简要而模糊的解释。一个作家虽不一定经历以上全部困难，但如果出现了自动化的"惯性"写作，或者虽然实现了自我创作的化茧成蝶，却难以在文学谱系中有新的突破，不过是掉入了一群创作的"花蝴蝶"当中，这样的创作，除了身边或者圈子里的人吆喝几声，谁又会在乎呢？或者又会在乎多长时间呢？

伟大的文学时代只能通过伟大的文学作品来确立，时间将会过滤掉所有人造的繁华。仅以当代文学的现实主义创作来看，经历过历史的几度浮沉之后，能够被人们反复提及的现实主义创作现象可能还有一些，但普遍公认的经典作品能有哪些？

20世纪50至70年代的革命现实主义（或社会主义现实主义）时期，形成了著名的"三红一创，青山保林"，经历了"现实主义深化论"及其批判，《创业史》不仅是这一时代，可能也是当代文学史上一份宝贵的现实主义遗产。20世纪70年代末80年代初，"伤痕""反思""改革"以及"寻根"等一系列文学创作中，无不含有恢复现实主义传统精神的努力，出现了像《班主任》这样一批具有"文学史"意义的重要作品。之后有八九十年代以方方《风景》、池莉《烦恼人生》、刘震云《单位》等为代表的"新写实主义"创作浪潮，这一时期重要的现实主义创作收获大概是《平凡的世界》。90年代中期有以刘醒龙、何申、关仁山、谈歌等为代表的"现实主义冲击波"，新世纪以来则有一度蔚为壮观的"底层写作"。近年来许多著名作家的作品也明显加强了文学关注现实的能力，如格非"江南三部曲"中的《春尽江南》和新作《望春风》，贾平凹《带灯》《极花》，余华《兄弟》《第七天》，甚至莫言在获得诺贝尔文学奖之后的新作里，不论是《天下太平》还是《诗人金希普》《表弟宁赛叶》，都饱含对现实的关注并富有批判精神。

今天需要特别强调一下当代作家处理"同时代"的现实主义文学能力。前文我没有特别提《李自成》《白鹿原》《长恨歌》《丰乳肥臀》等更多重要优秀的当代作品，是因为此类作品相对而言并不是针对作家所处的"写作时代"的现实主义创作。而另一些虽然针对作家的"写作时代"直接发言，但难以呈现米兰·昆德拉意义上那种"说出唯有小说才能说出的东西"，不过是现实生活新闻化、电视剧化或者文学化表达的出版物，不论是什么主义，至少笔者无法把它们当成优秀的当代文学作品。当代文学每年的生成量过于庞大，有限的阅读让我产生一种比较极端的印象：许多当代文学作品能够被发表和出版，大多数是个人意义的，少数有时代意义，只有极少数才是文学意义的发表。当代文学确实也有它不可克服的委屈之处：别的时代能称得上"文学"的作品不但要经历出版的困难，还要面临时间的筛选，几乎不可能和当时的批评家或者后来的文学史家套近乎，在"量""质"转化的比例上自然要好很多。而当代文学在这个浮躁年代随着媒介技术的发展，创作、发表以及批评的门槛都变得越来越低，致使当代文坛本身的诸多顽疾和固有毒瘤被加速放大，现实的人情关系和"圈子化"的运作方式相当程度地干扰了回到文学本身的判断。尽管"文无第一"，文学批评难有统一的标准，我还是经常被那些冒犯常识、踏践批评底线的行为所震惊。

现实主义从未远离过我们，只是现实问题经常会有历史的蛰伏期。20世纪80年代至今的几次现实主义创作现象，窃以为正是改革开放以来中国社会现实问题蛰伏后的文学表征。这些文学创作更像是社会深层次问题的"历史抛物线"：经过时间的扬弃，在一个纵深的大格局坐标体系里客观、敏锐、深刻地描绘了时代发展和人心变化的复杂轨迹。

改革开放"以经济建设为中心"带来了国家巨大的进步，但早期精神文明和物质文明"两手抓"的倡导在实际过程中却有所偏执，似乎渐渐变异为一种从上到下以"钱"为中心的绩效发展观念，由此也引发了自然环境、人文精神、社会风气等一系列连锁性的反应。经济发展渐渐改变和打破了中国原有的内外平衡结构，把"新写实"和"现实主义冲击波"及新世纪以后的"底层文学"现象结合起来观察，我认为正是中国自"鸦片战争"以来形成的"现代性焦虑"由对外缓和转向多元内化的文学表现，是民族国家内部不平衡的文学焦虑与想象体现。近年来《第七天》《带灯》等现实关注强度不断增多的名家作品也是这种不平衡格局的文学表现，这也是笔者为什么对以余华《兄弟》《第七天》为代表的"当代性写作"肯定的原因所在。

这种写作会带来一种悖论式的审美风险：小说的现实及物性和批判性得到增强的同时，也会因为其中的泛写实和亲历性体验产生一种诗意沉沦的美学后果，文学的神圣感会降低，艺术性也会受到质疑，除了对作家本人的艺术与写作能力构成巨大的挑战外，对读者的阅读习惯和审美体验也会构成强烈的挑战。所以我认为"当代性写作"面临的最大挑战可能是如何处理好当代性和文学性之间的平衡问题。

"当代文学"的关键词之一就是"当代"，现实主义不但要有直面当代现实的精神勇气，还要有穿透历史迷雾的思想与艺术能力。比如莫言20世纪80年代的《天堂蒜薹之歌》、90年代的《酒国》，新世纪以来的《蛙》等，包括获奖后新发表的作品，现实主义的艺术表现方式迥然不同，但现实主义批判精神却从未离席。有抱负的作家始终敢于面对自身、时代、文学史的挑战甚至未来的检验，一个不能正视历史与现实问题的人或民族，最终必然也会深受现实与历史的困扰。

现实主义也可以是极"先锋"的。如果把"先锋"理解成一种对固有传统永不停歇的超越与创新精神，那么"先锋精神"和"永远历史化"以及"无边的现实主义"在逻辑上是一致的，它不可能从文学创作中退场，但它的自觉表现强度确实有不同的时代表现。这就是为什么我要更明确地提出"先锋精神"的重新召唤问题，因为我觉得当下中国长篇小说在加强"当代性"和"回归传统"的同时，整体上缺乏"先锋精神"的艺术强度。

当代性，现实主义批判精神，古典资源，人类共同价值，以及先锋精神的召唤——超越了这些写作困难的文学写作，才有可能在未来历史中勾勒出这个时代的文学抛物线，才有可能最终成长为文学新时代的繁荣象征。

（作者系北京师范大学副教授，中国现代文学馆客座研究员）

现实主义的界限和可能

黄德海

这个变化越来越快、让人感觉越来越小却越来越生疏的现实世界，每一天生出的新鲜事物和由此形成的新颖经验，多到无论你用怎样的方式捕捉，仿佛都只能挂一漏万，怎么也打捞不起全部，只能眼睁睁看着语言对着绝尘而去的它们叹息，内心无比焦虑。尼尔斯·玻尔曾经说过："如果一个人不曾对量子物理学感到困惑，那他就根本没有理解它。"现在几乎可以说，如果一个人不曾对变怪百出的现实感到困惑，那他就一定没有真正感受它。

面对如此现实，一些写作者毅然踏足深河，用自己的文字去追逐瞬息万变的现实，不去管自己的笔永远也追不上那远远走在人认识之前的现实，以有涯之思事无涯之实，把自己的忧思与创伤放进文字，企图写出这世界深处的裂痕与疼痛。以这种方式写作小说，我们通常称之为现实主义。

现实主义的天条之一，就是对现实的准确传达。这一天条要求现实主义写作者跟随现实，深入自己的写作对象，不用自己的想象或推断替代走马观花看不到的现实深层，从而保证作品触碰到事实坚硬的内里。或者这么说好了，现实主义写作者受到如现实所是那样写作的限制，从而必须比普通观察者更殚精竭虑地对自己的素材下功夫，故此能够更好地写出现实极为深层的微妙关系。正是在这个意义上，现实主义的限制会让写作者更好地从素材中汲取能量，捆绑作品手脚的现实界限，反过来成了诚恳的写作者走出现实迷宫的阿里阿德涅线团，刺激他们在穷途或歧路结成的困境里找出一条崎岖的小径。

然而，如开头所言，这里有一个显而易见的难题，即人的认识很难跟上现实自身的变化。或者说得更坚决一些，现实的变化永远快于人的认识，而那个凭观察和想象塑造出来的写作中的世界，跟人一样带有先天的局限。更令人沮丧的表达可能是，所有的现实都类似于康德所谓的"物自体"，存在于认识之外，人根本无法完全认知。写作者必须意识到，在认识层面，自己追逐的是一个绝无可能被人的思维完全覆盖的现实世界。与此同时，任何写作也写不出比现实还多的现实，现实在空间上的无限和在时间上的绵延，早就取消了这个可能。

或者换个说法，假设我们置身的世界是造物的杰作，小说家的野心则在于他要跟造物竞争，开始新一轮的造物，要用自己的写作技艺跟造物竞争。艺术的原义，就是人工，人的技艺，用一个人的技艺跟造物来竞争。造物手笔下的生活是连绵不断的，不会有一刻停止，不会停下来让你思考，或者你刚刚思考完，下一个变化又来了——现实主义写作仿佛永远处在自己设定的悖论里。

这个悖论让我们不得不意识到，所有在精神领域中讨论的现实，都并非是客观意义上的现实，而只是在精神领域有意。这个从属于精神领域的现实，才是能够谈论和比较的，谈论和比较的是人们在精神领域对现实的想象、思考、决断的深度、广度、远度。也就是说，我们在谈论中使用的现实概念，从来不会在客观意义上存在。观看也好，想象也罢，不管从哪一个角度进入，都是我们在精神领域的各种探索。我们能知道的，只是经过我们思维抉择的现实，只是精神领域中的现实。

可以给人一点安慰的是，在精神和现实的截然两分之间，是人类认知的让人自豪的努力："人对界限的确认和思索，正是人对自我生命处境的确认和思索，乃至于是对人的世界基本构成、人的存有的确认和思索，而且，唯其如此才是具体的、稠密充实的。"正是精神和现实界限上的那个将断未断的存亡绝续时刻，那些人置身其间的挣扎和努力，往界限两边拓展的深度和广度，才让人生成了精致微妙的样式，也造就了严密深湛的艺术，从而也让现实主义创作达到了某种让人敬佩的高度。小说的意义或许就在于，人居然可以站在跟造物同样的位置再来看一次这个世界，可以用"虚构"这一特殊的方式对准现实。

也就是在这个方向上，必须提到现实主义与虚构（小说）的关系。或许有必要澄清一个误解，即不知道从什么时候开始，虚构变成了瞎编的同义词。比如，一个人一直在回忆真实发生的事，有个事情没有发生过，那就虚构一段。这不能称为小说的虚构，作为小说的虚构，虚构必须是作品立足的基本点——既然不可能及时而无损地切割现实，不能用更多的现实含纳无穷的现实，就必须另起炉灶，用虚构先行对准那个变动不居的现实世界，现实将在虚构击中核心的那一刻谦然而解，如土委地。

前面说过了，虚构世界和现实世界是独立自洽的，如果要在虚构世界中容纳更多的现实，就必须让虚构的世界再大一些，大到足以容纳现实携带的所有沙石；或者，你必须洞察现实更为深处的秘密，更准确地对准纷乱芜杂现实的核心——虚构准确地命中了现实的靶心，不用再在小说中不停地追赶，"箭中了目标，离了弦"。或者来打个比方，现实如一张纸上的两个人，这两个人永远不可能走出纸的边框，要走出来，需要高维世界从另一个方向把他们取出来。虚构，就是在现实三维世界之上伸出一只手来，要从更高的维度把现实从物自体状态解放出来，从而可以更好地放回现实。

如果一个人立志用现实主义的虚构方式对应现实，并企图给人心一些切实的安慰，他就必须对虚构有更为疯狂的野心——跑在时代前面，用虚构抵达现实，或者从更高的维度直抵现实的核心。在我看来，这才是现实主义创作最该注重的现实。

（作者系《思南文学选刊》副主编）

从一个奇特的现实主义者说起

徐晨亮

　　在围绕当代小说现状这个主题持续堆叠的言说中，"现实""现实主义"等词汇总是摆在手边的工具箱里，供人们随时取用，以支撑或加固各自振振有词、有时也针锋相对的见解。时常听到这样一种声音，批评当代作家太过沉迷于写实，以致在现实中泥足深陷，失去了艺术借以跃升、飞翔的想象力；另有一种声音则认为许多小说作者已习惯于无根的虚构，一下笔便落入俗套，不肯脚踏实地观察现实、研究生活。其实，不管是认为当代小说"过于现实主义"还是"不够现实主义"，这些见解之间的分歧常常源自言说前提与分析样本的差异，其背后的论述逻辑或"认识装置"中却存在着相似之处，即把"现实主义"当作某种内核稳固、边缘清晰的实体，借以称重或测量特定的作品。是不是还有理由追问"现实主义"是否已固化为端坐主席台上用瓷盖杯喝着热茶，惹不出争议也燃不起激情的"中性化"概念了呢？我们还能设想，它再度像文学史上曾发生的那样，如诱导剂或催化剂般在一个当下的年轻写作者那里引发化学反应吗？如果梳理这个概念的起源和争议，曾经历的"内部矛盾"与"边界纠纷"，是否可以将之重新打开、有所激活，开辟出一片"战场"？且慢，以上这些战略意图听起来太像纸上谈兵，我们还是先从一位曾把"现实主义"当成武器的批评家说起吧。

　　本雅明"拾荒者"的意象，时常有人引用。"一个黎明时分的拾荒者，用棍子串起片断的言语和零星的对话，把它们扔进手推车中……"这段话描述的其实是本雅明的好友西格弗里德·克拉考尔。在一篇纪念文章中，曾受教于克拉考尔的阿多诺则将这位德国批评家称为"好奇的现实主义者"（the Curious Realist），这里的"好奇"也可读作"奇特"——早在1981年，他的《电影的本性》一书就被译为中文，以至于很长一段时间里他主要被视为电影理论家。而从电影的角度来看，这本书的观点，实在可以形容为"奇特的现实主义"。其中反复陈述：电影只有"记录和揭示物质现实"，克服追求成为艺术作品的造型倾向或讲述故事的企图，"才成其为电影"，即使与同样坚持"现实主义电影美学"的巴赞相比，这样的理论也显得顽固而缺乏弹性。而作为一部出版于20世纪60年代的电影理论著作，引用的例证竟然大部分是无声黑白电影，这也足以让后世电影史家的批评显得并非无的放矢。更为奇特的，是克拉考尔对于"现实"的某种特殊执念。在他看来，电影就其手段而言是"照相术"的延伸，尚未被艺术加工、"赋形"的稍纵即逝之现象、流动无序之生活、破碎乏味之现实，才是"电影的真正食粮"。而电影在现代社会的意义便在于，通过"攫取物质现实的表层"，"自下而上"地解决时代深层性、总体性的精神难题——如此跳跃性的论述很难说是严格整饬的"现实主义电影美学"，而更像某种借电影为素材的思想实验。

克拉考尔逝世多年之后，随着他流亡美国之前，特别是在魏玛时代留下的题材广泛的作品"重见天日"，西方学术界重新发现了这位被遗忘与遮蔽的批评家，相关成果近年也有部分被引介到国内，让我们发觉将《电影的本性》的副标题译为"物质现实的复原"或许带来了一种长时期的误读，其中 redemption 一词本来包含的"救赎"之义，这才是克拉考尔一以贯之的关怀所在。早在1927年的《大众装饰》一文中，他就表述过这样的看法："要确立一个时代在整个历史进程中所占据的位置，分析其不起眼的表面现象比那个时代的自我评价要可靠得多。"克拉考尔具有先驱性意义的大众文化研究，正如"拾荒者"一般，捡拾起形形色色破碎的"表面现象"，从建筑与街道、日常用品、白领雇员生活到侦探小说、旅游、舞蹈、杂耍、戏剧等等，初稿完成于流亡美国途中的电影研究，既是一种延伸，也是回顾性的总结。从现实碎片中理解现代性，自然得益于西美尔的启发，而克拉考尔的危机意识则更接近于卢卡奇。《小说理论》开头著名段落中所形容的那个"意义充盈"的幸福时代的消逝，以及所带来的无家可归之感与人之完整性的丧失，同样也是克拉考尔思考的起点。不同于卢卡奇的方案，克拉考尔选择了另一条更为曲折的道路来寻找"总体性"。在他看来，现成的"总体性"方案常常是抽象思维的结果，与时代的病症"同构"，而他从电影捕捉现实碎片的特性中发现了一种潜能，得以将麻木的日常生活中被遗忘之物"救赎"出来，"自下而上"地重新拼合出人与世界更为整全的关联。

克拉考尔面对的时代难题是否让我们有所共鸣，并非本文重点所在。他所提供的或许是"现实主义"原本包含的多样化方案中的一个样例，即放弃以一目了然的方式与打上引号的"现实"发生联系，而是作为一个好奇心重、毫不克制的探险者，深入现实的丛林，冒着迷失道路的风险，从未经加工、"赋形"的外在现实碎片之中寻找与世界重建联系的契机。用他的话说："我们所需要的不仅是用手指尖来触摸现实，而且要抓住它，和它握手。"

回到本文开头提出的问题。作家弋舟曾在小说《世间已无陈金芳》的读后感中，将这部代表了新时代现实主义精神的作品，作为别具"校验之用"的参照，反思"我们的文学现状下"普遍存在的症候："小说家开始过度迷信自己，在写作中，将自己一己的体认赋予'典型化'的想象和预期，在潜意识里自认小说家本人便能够代表众生，自己确认的'现实'才是唯一的现实。"恰如他所观察到的，当下不少作品试图论证的"现实"只是作者自己的想象和虚构。不管是批评当代小说家"沉迷于写实"还是"写实能力低下"，指向的其实是同一个问题：惯性化的庸常写实作品喋喋不休地诉说"现实正是如此，现实不过如此"，最多只是"用手指尖来触摸"现实，恰恰远离了"现实主义"本来包含的某种"与现实握手"的兴趣和深入到现实丛林中去探险的精神。

本雅明在《柏林童年》的开头写道："如果你想在城市里迷失，就像一个人迷失在森林里那样，则需要练习……"他的好友克拉考尔大概也会同意这样的看法。如果我们相信，文学依然具有从时代的喧嚣碎响之中捕捉到现实脉动，进而让这个世界从冬眠状态中恢复活力的潜能，恐怕也需要先忘记种种可能遮蔽现实的现成路径，练习"迷失"在现实纷乱的碎片之中，重新发现自己的道路。而同样，我们也需要以更大的耐心呵护"现实主义"自身的多样性与不规则性，甚至包容各种"奇特的现实主义"探索。套用《电影的本性》中多次引用的费里尼的说法，一部好的小说"不应当指望成为一个独立自在的艺术品，而应当含有错误，就像生活、像人们那样"。

（作者系《中华文学选刊》执行主编）

现实主义之"旧事重提"

项 静

今天我们讨论文学的现实主义，不是作为一种写作方法或者技术——作为一种写作技术，它是百分之九十的当代作家日常运用的方式——而是面对叙事的危机和困难，如何在信息瞬间抵达的，每个人都被各种故事、传闻、概念、知识壅塞的社会空间里，再次确立叙事的合法性，如此"旧事重提"才不是无用的重复和无谓的絮叨，而是擦亮那部古老机器的核心功能。

日常欣赏文学艺术就像面对圣殿庙宇，圣殿其实可能空空如也，最初修建的情感和原因被推入荒野，遭遇了一轮又一轮的持续淡忘。在生活经验的层面上，被人工智能和机器解放的人们，就像流水线上的人们，不断被抛入整体结构的细枝末节或者具体的节点，留给一个人的职能和空间往往是无限放大自己的幻觉。如果说文学和艺术还有继续存在的必要，那么现实主义所提倡的对于一个整体世界的提醒和时间链条上对往昔的怀想，对未来的舞台和人物的准备，应该是其中的一个要义。雷蒙·威廉斯说，政治和艺术还有科学和宗教、家庭生活，以及我们把它们当作独立的领域来谈论的其他范畴，都应该纳入一个由各种活跃的且不断互动的关系所构成的完整世界中去，这个世界就是我们彼此相连的共同生活。如果从完整的结构出发，我们可以继续研究一些特殊的活动，以及它们跟其他活动之间的关系。我们通常只是从这些范畴自身出发，从而屡屡铸下大错，隐瞒了各种活动之间的关系。事实上，任何一种活动，倘若被抽离、孤立开来，就必定会受到损害。我们重新检阅一下"新时期"文学的发展历程，边缘化的现实有各种各样的解读路径，但"文学"从业者的自矜、软弱、哀怨、孤傲、自以为是也会导致"文学"从整个社会活动中被抽象被孤立的命运，继续养成新的不满和无效的药方。如果那些有机流转的环节，变得锈迹斑斑无法运转，则在自己的范围里的娴熟精巧会失去应有的生气。

"新时期"文学的发展历程，可以简略地概括为19世纪现实主义文学和20世纪现代主义文学之间的互相博弈的过程，四十年的发展中，现实主义文学观可能仅仅维持着一个基本的外形轮廓，内部的核心已经被现代主义精心梳理过一遍。近年来在各种不同的思路中听到作家们说要回到19世纪。19世纪文学一般来说应该包括写实主义、宏大的叙事和社会关切，对未来社会的构想，对现实的尖锐批评，更重要的它是一个扩展的胃口，一个要去协商和争取空间的诉求。

另一方面，文学艺术又是非常广泛的，从普通的日常活动、心理活动到社会时代的危机和剧烈变动，无不在文学中被记录和赋形，而它所使用的表现手段也非常丰富，街头俚语、通俗故事、理念和实验、陌生的系统和图景，黏合在一起已经成为有关生活的共同记忆、想象和创造。从作家的精神诉求、创造性活动的意义上来看，现代主义与现实主义并无多少分野。博尔赫斯并不认为自己是一个现代作家，他说："我是一个19世纪的作家。我并不觉得自己与超现实主义或达达主义，或者意象主义，或文学上什么别的受人尊敬的蠢论浅说处于同一个时代，不是吗？我按照19世纪和20世纪初的原则来看待文学。"对19世纪这个传统我们可能需要重新认识，它是一个值得再次投注注意的文学空间，从而为那个窄化的文学和简化的19世纪意识松绑。新时期以来，以博尔赫斯作品为代表的外国文学以现代主义的名义被接受，成为作家中的作家，影响了无数的写作者，我们可能都忽略了他背后的现实主义的不死的灵魂。

近期我带着好奇心阅读了两部网络文学作品。《大国重工》，写的是20世纪80年代国家重大重型装备工业的发展，国家重大装备办处长冯啸辰穿越到了1980年，他与同代人一道，发展冶金装备、矿山装备、电力装备、海工装备，用汗水和智慧，铸就大国重工。另一部是《大江东去》，书写了一个类似于华西村的乡镇企业发展壮大和挫折转型的史诗，以及国有企业的改革。在阅读的过程中我深刻地感受到了这种作品在气质和关切上与当下期刊中发表的文学作品之间不可避免的断裂。这两部作品的题材和写作方式几乎成为严肃文学作家们自觉规避的方向，里面有无法容忍的粗糙和大路化风格，但也有不能回避的真诚和生气，看得到写作者内心的波澜。

卢卡奇曾经在《叙述与描写》这篇著名论文之中褒扬了托尔斯泰和巴尔扎克，同时对于左拉提出了非议。某种程度上可以说，左拉恰恰因为过度精细从而与历史运动脱钩了。从目前的情况看，我们现在的写作既无法再接近巴尔扎克和托尔斯泰的视野，也没有左拉的精细。如果有这些要素，也是分散于不同的无法彼此靠近的写作中。我们往往对现实主义赋予了太多想象和愿景的成分，以为它是灵丹妙药，而实际上不过是旧有遗产的再次组合。我们所诉求于现实主义的是记忆、创造和活力，是弥合巨大的断裂，是想象出19世纪文学和20世纪文学之间真实的关系，避免庸俗现实主义、伪现实主义，建立个人与现实之间真实的关系，以文学的方式去收复和创造空间。

（作者系《思南文学选刊》副主编）

青年写作如何表达时代

金赫楠

　　当下青年写作要处理的最重要、最具难度的议题之一，便是与现实和时代的相互关系。特别是今天，我们可能比任何时候都更急切地渴望讲述时代的作品，那些对应着中国当下经验的叙事。除了铺展罗列时代的光荣与梦想、速度与激情，更经由它们去探究内在于时代的世事人心。怎样把时代与现实中的五光十色、光怪陆离，时代的痛和痒、光辉与黯淡，变成有效的文学表达？在近年来活跃的"80后"作家那里，在一些青年写作的文本中，我看到了这一代人讲述时代与现实的意愿、兴致和能力，以及其中或隐或现的迷惘、犹疑。

　　一个青年，只身离开故乡，他或从乡村或从小镇来到大城市，在灯红酒绿与熙攘热闹中，踌躇满志又愁云惨淡、跃跃欲试又忐忑无措，逃离故乡时的头也不回的决绝，转身时却挥之不去的浓浓乡愁……这是现代化进程中中国故事中的经典一刻和惊鸿一瞥，新文学以来的几代作家都描述过这样的人物、情境与命运。这是中国近现代以来现代化进程中乡土转型、人员迁徙流动、社会结构大调整等时代现实的必然文学反映。城市化、工业化不断加速的今天，城市和城市生活更理所当然地成为青年写作最蔚为大观的题材集中和情感爆发。尽管他们之中有相当比例来自农村乡镇，而一旦通过求学、打工来到城市，他们对城市经验普遍有一种更主动更兴奋的讲述冲动或自以为的熟悉熟稔。而进城青年的个人奋斗，都市异乡人的惶惑与孤独，大概是这个时代最为广泛而切身的青年境遇。阅读近几年来文学期刊上的小说，会发现类似的人物与故事反复出现在"80后"年轻作家的都市叙事中，甫跃辉、蔡东、文珍、马小淘、霍艳……这个名单可以开出一长串，他们在各具特色的文风叙事中却不约而同地反复呈现着这样一种时代现实与青年人生。

中心城市的喧嚣繁盛、其间的挣扎翻滚固然是时代的显在景象，是中国今日现代化进程中台前的主角；但与此同时，农村乡镇也在时代进程中持续演进，节奏不一，面目丰茂，其间交汇着极其丰富复杂的冲突与融合——这其实更是中国现代化进程中饱含社会历史认知与美学价值的现实。这些图景与经验越来越为年青一代的写作所开拓和表达，马金莲、曹永、颜歌、林森、宋小词，这些被称作"乡土80后"的青年作家笔下的乡土世界，分布在中国版图的四面八方，从西南边陲、川蜀、西北、东南到海角天涯，隔着万水千山，隔着迥异的人文风俗和地域风情，面目清晰又个性独特。

而另一些青年作家的写作兴奋点，则落在自身与时代和现实的另一个交汇点上，他们的个人成长与青春故事，那些人物和故事的呈现，共同参与着对一个问题的探询：今天的青年人，与这个世界的相处方式。与任何时代、任何地方的青年人一样，他们在自己的成长中遇到了这样或那样的问题，无论突兀而至的疾病、意外，又或是时代性的焦虑、荒诞与无力，这些终归都是一个人成长过程中的"你别无选择"。每一代人都在自己的时代中遭遇着特别的艰难险阻，但同时也获得着独属的机会和方向。每一代人都会面对具体的现实和精神困顿，每一代人也都自有其得天独厚的历史机遇和资源。曾引起热议的小说家彭扬关于青年创业题材的《故事星球》，它所表达出来的力量，相当程度上就来自于作者与人物对自己的时代与生活的正视，来自青年人实现和安放"自我"过程中积极、明确的主体意识。

每个时代都有自己的生活和写作，每个时代的写作者们，无论有意无意、欣欣然或抵触抗拒，落笔之处记录和表达的，都一定包含着他所身处时代的各种信息和气息。所谓青年写作，不仅仅是一个代际或时间概念，更是一个历史文化概念。这一代人的写作中所记录的社会样貌、现实图景，所处理的时代经验，所呈现的现实和精神处境，必将成为中国这一段历史重要的记忆和表达。当下活跃着的青年写作者们，面目纷繁，趣味各异，但又的确共同凸显出一代人观察和表达时代的视角与方式，以及弥漫其中的情感和价值立场。

许多年以后，当人们想要了解中国的这段历史，想要回顾当时的社会面貌和时代气质，我相信很多人会选择文学阅读，翻看彼时有代表性的小说、特别是青年作家的小说——和历史学、社会学的记述相比，文学的独特之处在于，它对一个时代的记录是审美性的、情感式的，它致力于保存的是一个时代的具象和肉身，还原大写的历史下每个局部的记忆与经验、血肉与灵魂。而处于时代脉搏中的青年，自身心理生理蓬勃的高成长性中，内含着对一个时代最强烈的探知欲与征服心，他们与时代主潮之间保持着最强烈的既深情拥抱又拼命抵抗、既沉湎又挣扎的相互缠绕。青年写作中的时代讲述，可能提供的不是最成熟、最深刻的洞悉，但却很可能是最敏感、最生动的感知——如同我们在《狂人日记》《莎菲女士的日记》中所获得的对一个大时代的整体气质描述。

而讲述时代的过程，也是青年写作真正构建自己主体性的过程。

出生成长在太平岁月的青年写作者，特别是"80后"，未曾与大时代大历史正面交手和对峙的青年一代写作者，从"新概念"、出版喧嚣到现在，正在成长为文坛中坚；而相当长的时间里，对青年写作的批评与诟病主要集中在青春期倾诉的没完没了与对局部自我经验的过度迷恋。对一个写作者来说，他所生长的时代，既制约着他视野的广度和深度，同时也成全成就着其特定的打量世界的眼光。文学写作的出发点和最终指向，是"我的"、是独特的"这一个"，但它又终究要与历史家国、社会时代、命运人生等等这些重大的事物休戚相关。大格局大视野，与"自我"和"这一个"，矛盾又统一、分裂又胶着的缠绕关系，其间的张力，恰是好小说的发力点。在别人的故事、命运与人生中去反观自己，想象和确认自己，建立自己的主体性，写作的主体性，厘清一代人与时代的关联。

（作者单位系河北省作家协会）

加前缀的现实主义

李德南

　　1854年，法国的现实主义文学大师福楼拜曾在一封书信中谈道："我们这个时代的首要特征就在于历史感。这一历史感强调历史与眼前事实的联系。所以我们在这一历史感的影响下无不专注于事实层面的观点、考察。"在福楼拜所生活的时代，对于"历史"与具体的、可观可感的"眼前事实"之联系的强调，是现实主义认识论的中心特征。在那时候，现实的变化是慢的，允许人们徐徐感知，从容打量。未来的面影，总要经过挺长的一段时间才出现在人们眼前。人们甚至会经常觉得日光之下，并无新事。偏重"以史为鉴"来理解眼前的现实，是一种有效的方法。然而从20世纪以来，情形已大不相同。现实的种种构成因素，开始加速度地分化与重组、消亡与再生。要对现实进行判断，需要比以前更敏锐。历史依然非常重要，但新现实的不断涌现，导致了一种认识的断裂。如今，要认识现实，在以史为鉴的同时专注于未来，变得非常重要。如果不能对未来有所认知的话，我们所试图理解的现在会迅速地成为过去，甚至根本就把握不住现在。现实与未来之间的关联，开始变得前所未有的紧密，似乎未来就是现在；对现实的洞察力和对未来的想象力，也早已变得不可分割。

　　现实在加速度地变化，时间在加速度地前进，风云变幻之快，似乎开始超出人们的预期和想象。文学也同样如此。在很长一段时间里，乡土文学一直是中国当代文学的主潮。从中国当代文学以往的发展轨迹来看，在乡土文学主潮之后，城市文学应该是顺势而生的文学主潮。可是城市文学这一后浪还没来得及呈澎湃之势，更新的科幻文学浪潮就出现了：刘慈欣、郝景芳先后获得了被誉为科幻界最高级别的奖项"雨果奖"。《花城》《上海文学》《作品》《青年文学》等刊物，先后推出了或计划推出科幻小说的专辑或专号。不少之前主要被认为是属于纯文学领域的"传统作家"，都开始着手写科幻小说。科技的问题，还有科幻文学，也开始成为诸多文学活动、学术会议与学术刊物的重要议题。文学主潮的发生，并没有按照乡土文学、城市文学、科幻文学的顺序来推进，并且城市文学很可能在中国当代文学中已经无法形成主潮了。城市文学，也包括乡土文学，很可能会被科幻文学所吸纳，或是被科幻文学的浪头所覆盖，成为一种相对隐匿的存在。

值得注意的是，在这一股科幻文学写作热中，有一种可称之为"未来现实主义"的写作路径。李宏伟的《国王与抒情诗》《现实顾问》，王十月的《如果末日无期》，王威廉的《野未来》《地图里的祖父》，郝景芳的《北京折叠》《长生塔》，都属这一范畴。"未来现实主义"这个提法，我最早是在读李宏伟等人的作品时想到的。后来我发现，王十月在《如果末日无期》中已经开始使用这个词来命名他最近写的科幻小说，不过他在小说里并没有对何谓"未来现实主义"进行阐释。这些作家的上述作品，通常以新的现实主义认识论作为根基。相比于以往现实主义者对"以史为鉴"的偏重，他们更重视的是"以未来为鉴"，是要以未来作为方法。这些作品的故事多是发生在不久的将来，有时候也直接写到当下。这些作品中的将来，离我们着实不远，甚至很近。故事中的一切，虽然并非都已发生，有的很可能不会发生，但是作者所设想的一切，都是有现实依据的或是有现实诉求的。他们都表现出一种意愿，希望看到未来的不同景象，从而更好地理解当前的现实；或者说，他们试图勾勒或描绘形形色色的可能世界，继而作出选择，力求创造一个最合适的现实世界。

这样一种写作，可以说是当下非常有现实感的写作。这些作家所注目的现实，不是陈旧的甚至是陈腐的现实，而是新涌现的现实：现代技术在加速度地改变着我们的生活，甚至是改变着人类自身。尤其是人工智能的迅猛发展，使得人的主体性，以及相应的人文主义的种种知识和价值都受到巨大的挑战，形成了存在论、知识论和价值论等层面的多重危机。

这种"未来现实主义"的写作，和之前的现实主义写作的不同之处还在于，传统的现实主义非常强调细节描绘的细致和场景再现的逼真，而在当前的未来现实主义的写作中，作家们不再致力于照相术式的逼真再现，而是吸纳现代主义、后现代主义文学的表现方法，努力抓住基础性的真实：当今世界是一个高度技术化的世界，技术几乎延伸到了一切跟人有关的领域。我们在生活中所遇到的种种问题，其实是跟技术的问题叠加在一起的。不管是讨论肉身的还是精神的问题，是讨论经济的还是政治的问题，其实都需要以科技作为背景或视野——这可以说是当前时代的根本特点。

其实早在多年前，海德格尔就指出，西方历史是由这样三个连续的时段构成的：古代、中世纪、现代。古代起决定性作用的是哲学，中世纪是宗教，现代则是科学；现代技术则是现代生活的"座架"，是现代世界最为强大的结构因素。最近几年，人们着实体会到了现代技术的"决定性作用"，并因此产生了一种存在的兴奋感或紧迫感。那些被认为是属于纯文学领域的"传统作家"之所以关注科幻文学并写作科幻文学，并不是因为以前主要是作为类型文学而存在的科幻文学有多么重要，而是今天的现实让科幻文学这一文学样式变得无比重要。与此相关，王威廉最近在一篇创作谈中谈到他有意尝试一种可称之为"科技现实主义"的写作，李宏伟则把自己视为一位"现实作家"，他们都把自己的写作看作是现实主义的。

虽然当前的现实主义写作有新的变化，但是现实主义的一些典律并未过时，比如从总体上认识人和社会的诉求。对社会的未来和人的未来的发展趋势进行总体把握，仍旧是文学至关重要的任务。只是在今天，总体性或总体视野比之前要宽广得多——不只是从社会历史的世界视野来认识现实，更是要从宇宙的视野来认识现实。在这样一个视野中，我们可能会发现，人类正处在经验断裂、知识失效、价值破碎的境况之中，我们得重新认识人类自身，得重新认识我者和他者的关系，得重新认识人和宇宙的关系。

除了未来现实主义和科技现实主义，早在多年前，就有学者提出"科幻现实主义"的概念，用以强调科技和现实、科幻文学与现实及现实主义的关联。新一代的科幻作家陈楸帆亦认为，"科幻是最大的现实主义"。这种种有关科幻文学和现实主义的命名，其内里有相通之处，也各有侧重：未来现实主义侧重的是从认识论、方法论的角度入手，强调要以未来作为方法。科技现实主义则从内容、主题的角度入手，侧重强调技术已成为当今世界最重要的结构因素，强调当代世界的高度技术化这一根基性的现实。科幻现实主义，则侧重强调科幻小说这一文学样式对于探讨现实问题的意义。

安敏成在梳理"现实主义"这个词在西方的晚近历史时曾这样说道："对于西方批评家来说，它已成为那些令人尴尬、看来要求助于印刷手段以示区分的批评术语中的一个；在使用这个词时，他们常常要加上引号，或以大写、斜体等方式书写，以期使自己与它所假定的、现在已十分可疑的认识论拉开距离。当批评家可以轻松地谈论古典主义、表现主义甚至是浪漫主义而不必担心自己会草率认可支撑它们的模式及理论前提的时候，最近有关'现实主义'的讨论却无一例外地开始于对该词的自卫性限定。以语言学为基础的当代批评已卓有成效地颠覆了那种认为一个文学文本可以直接反映物质或社会世界的现实主义假象：读者被提醒，一部小说是一种语言建构，其符号学身份不能被忽略……西方当代的现代中国文学批评家们，敏感于文学模仿论之中的诸多哲学困境，甚至已经厌倦谈论现实主义。"安敏成指出了现实主义的理论困境，但他同时指出，西方人并未完全抛弃这个词，"现实主义仍然强有力地规范着西方文学的想象"。而在中国，现实主义一直是一个非常重要的概念。当然，现实主义如此紧密地和科幻小说联系在一起，还是有些让人意想不到。

对于这种为"现实主义"一词加上未来、科技、科幻等前缀的方式，我并不排斥。我认为这是一种调整方式，且认为这些词的内涵尚有待进一步深化，亦有待进一步接受检验。如果现实本身是变动不居的，那么也应该把现实主义视为可以不断调整实际上也在不断调整的概念和方法论，加前缀未尝不是调整的一种方式。也只有在调整与更新当中，现实主义才能保持应有的活力和效力。这是真正的现实主义精神，也是现实主义的魅力所在。

（作者系广州文学艺术创作研究院专业作家）

重拾把握生活细节的能力

李松睿

　　由于特殊的社会历史语境，现实主义对中国现当代文学有着极为深刻的影响，甚至在很长一段时间内成为唯一被赞许的创作风格，对中国作家、文学爱好者的创作倾向、阅读视野以及欣赏品位产生了极为深刻的影响。而现实主义文学最打动人心之处，或许就是其对现实生活全方位的把握和呈现。

　　曾几何时，现实主义文学的大师们并不仅仅依靠曲折的情节、生动的人物以及宏大的主题打动人心，其作品对伦理道德、人情冷暖的微妙体察，对日用杂物、鸟兽草木的细致描摹，对世事沧桑、悲欢离合的兴叹感慨，都无不令读者深受触动、获益良多。在托尔斯泰、陀思妥耶夫斯基、曹雪芹、鲁迅、柳青、周立波等作家的作品面前，读者能够明显感到自己对社会、人生、历史、道德等方面的认识与这些现实主义大师相去甚远，并总能够从他们的作品中学到很多东西。例如，在阅读《红楼梦》时，我们根本不是通读全书才能领略其艺术魅力，只要随便翻开读上数页，就能感受到作者对人物口语的熟稔、对生活细节的通达，以及对世事、人情的洞明，所谓现实主义文学的魅力正蕴藏在其中，这也使得那些伟大的现实主义作品都堪称自己所处时代的百科全书。

　　然而，伴随着20世纪80年代中期先锋文学的崛起，在很多作家眼里，现实主义是一种落后乃至虚假的文学类型，开始放弃体验生活、捕捉生活的细节、在典型环境下塑造典型人物、把握生活表象之下的历史潜流等创作方式，使得中国文学逐渐丧失了对细腻的生活细节的把握能力。此外，当数字技术在21世纪以来飞速发展的时候，一方面每个人成为名副其实的"表演者"，另一方面人们的生活和对现实的感知方式也发生了极为深刻的变革，使得我们每天都身处无孔不入的看与被看的关系当中。以至于每当社会上有了突发事件，很多人的第一反应往往不是挺身而出、及时干预，而是拿起手机，拍照留念。伴随着生活的各个角落都充斥着无数的屏幕和摄像头，每个现代人都不可避免地成为看的"偷窥者"。于是我们看到，现代人无时无刻不试图用摄像头记录下生活的方方面面，同时又努力经营着光鲜靓丽的外表以便接受别人窥探的目光。所谓"无图无真相"固然是网络上流传的戏谑之语，但它同时也最生动、最准确地概况了这个时代的基本特征。

这两方面因素叠加在一起，使得我们今天的中国作家越来越没有耐心直接观察、体验生活，而是选择以屏幕和摄像头作为理解、观察现实生活的手段。在今天，我们很难想象还有作家能够像当年的柳青那样，为从事创作十余年如一日地扎根乡村体验生活，很多作家理解生活、观察社会的方式其实和大多数人一样，同样要借助于各式各样的屏幕和摄像头。当作家也像社会上的大多数人一样仅仅通过屏幕和摄像头观察这个世界的时候，他们对现实生活的感知其实是被媒介所限制的，并不能获得超越普通人的视野和境界。

一个具有征候性的现象，是近年来一些非常优秀的作家的作品开始表现出某种新闻化的倾向。例如，余华2013年出版的小说《第七天》以一个死者的灵魂游走勾连起诸如强拆、卖肾、袭警以及弃婴等社会上的热点新闻事件。在文学史上，从新闻中获得灵感并非不能产生伟大的文学作品，陀思妥耶夫斯基的《罪与罚》最初就来自于作家在报纸上看到的一则刑事犯罪报道。但由于陀思妥耶夫斯基将重点放在对人的心灵世界的开掘之上，使得其作品的思想含量和刻画人物的力度远远超越了单纯的新闻报道。然而在《第七天》这样的小说中，人物不过是充当了行走的"眼睛"，用以带领读者观看一个个具有轰动效应的新闻事件，并"借机"引出作者的诸多评论。不过遗憾的是，由于作家并没有深入发掘新闻背后的故事，没有超越那些新闻报道，使得读者在阅读小说之后，会感到作家的描写类似网友们的评论，甚至不如网上的"酷评"生动传神。更让人哭笑不得的，则是由于依靠新闻报道寻找写作素材的现象极为普遍，甚至出现两位知名作家因为都看了中央电视台《今日说法》的一期节目，分别根据这一素材写了一篇小说，造成题材"撞车"的尴尬。

当然，笔者指出这些问题，既不是希望我们的中国当代作家重新将现实主义视为最值得推荐的创作方式，也不是要求作家放弃使用各式各样的数字媒介，重新回到现代科技尚未取得突破的年代，继续走体验生活、干预生活这类老路。我们无法选择自己身处的时代，只能依据这个时代的特点，带着它的全部优势和缺陷寻找合适的写作方式。毕竟，在屏幕和摄像头已经全方位地覆盖我们的生活的时候，逆时代潮流而动其实毫无意义，任何人都无法摆脱数字媒介的左右，作家也不例外。只是，当作家使用屏幕和摄像头观察生活、理解现实的时候，不应该仅仅将其看成是纯粹的技术工具、接收信息的透明管道，而是要以反思的态度对待媒介本身，思考媒介自身特质对信息的筛选、修正、过滤机制，对人类社会伦理关系的冲击与改写，对人类行为方式的控制与影响……只有这样，当代作家才有可能稍稍往前迈出一步，刺破生活的表象，理解现实生活的运行机制。套用雷纳·韦勒克的说法，现实主义即使真的已经过时、死去了，那它也是作为一个伟大的父亲死去的，它留下的丰厚遗产，值得我们珍视和继承。

（作者系中国艺术研究院《文艺研究》编辑部编辑、副研究员，中国现代文学馆客座研究员）

"现代派"论争与现实主义

王秀涛

罗伯-格里耶在《为了一种新小说》中说，现实主义是"每个人都挥舞着对付左邻右舍的意识形态旗帜，是每个人都以为自己才具有的品质。无论对谁都是一样的：每一个新的文学流派都是对于现实主义的关注，才想批驳一下它之前的流派的"，"一次次的文学革命总是以现实主义的名义得以完成的"。梳理中国当代文学发展史，我们会发现每一次的文学变革，现实主义几乎都或隐或显地身在其中，成为理论的武器或者反叛的对象。譬如新时期之初的"现代派"论争，就和现实主义有着密切的关系，也是我们今天谈论现实主义时无法回避的一个背景，很多问题可以在那里找到源头。

20世纪80年代关于"现代派"的论争里面有一个非常重要的倾向，就是把文学问题归结为两种道路的问题。袁可嘉曾写文称，在论争过程中焦点从"中国现代化是否需要中国现代派"变成为"中国现代化是否需要西方现代派或西方式的中国现代派"。这显然是两个互有联系、但又有不同实质的问题，混在一起势难扯清。袁可嘉的文章指出了"现代派"论争中存在的批评的错位问题，文学问题与意识形态问题纠缠一起，并没有形成有效的对话，很多问题并没有搞清楚。

其中最明显的问题就是把现代主义和现实主义截然对立起来，现代主义的倡导往往是建立在对现实主义的不满上。戴厚英在《人啊，人》后记里讲道，现实主义的方法绝对不是唯一的方法，甚至不是最好的方法。她认为有些作家感到现实主义的传统方法不足以表现自己的思想情感，因而也不足以表现我们的时代了，于是开始了艺术上的探索和革新。"会不会形成一个中国的、现代的文学新流派呢？我看如果不遇到意外的风暴，是很有可能的。我热切的呼唤这个新流派快点形成。"在很长一段时间里，现代主义和现实主义是有高下等级的，如同现实主义曾经被定于一端，20世纪50年代社会主义现实主义在概念和方法上都有明确的界限，有着异常"纯洁"的面孔，那一时期的作家很多不同的理解、主张和尝试虽然偶尔出现，但终归不能实现。这是我们今天重新审视现实主义必须要警惕的，单一化、排他性的规范显然不利于文学的发展。

和现实主义一样，现代主义很长时间内作为"高级"的文学对中国文学产生了巨大而深远的影响，有作家甚至认为时至今日它已经成为"阴影"，阻碍了当下文学的发展，"90年代以来，不少新作家崛起，他们起点都很高，都有才华，也有很高的抱负，可是为什么一直没有'大作品'出现？这已经成为一个很多人都关心的话题。追究起来，原因很多，但是其中一个比较隐晦的、也是非常重要的原因，我觉得是今天的很多写作，仍然都和现代主义写作有着很亲密的血缘关系，打断了骨头连着筋，可是往往不自觉"。这是当年现代派的提倡者李陀通过长篇小说《无名指》进行"反向实验"、重回现实主义的一个原因。他对现代主义的反思显然是对20世纪80年代现代派论争遗留问题的回应，也是李陀当年很多观点的延续。

"现代派"论争的一个重要问题是形式与内容的关系问题。李陀等人谈形式变革的问题，但批评者"不太赞成汹涌澎湃的文艺变革潮流，总是不断地从内容上来根本否定文艺的这场变革"。但事实上李陀等人并非只关注形式，并不忽略内容的重要性。他说，"就技术探索而言，寻找发现、创造适合表明我们这个独特而伟大的特定内容的文学形式，是我们作家注意力的一个焦点"，但这一前提基本上被批评者忽略了。纠结于形式和内容谁更重要的论争，在无形中使二者对立起来。而且梳理论争的文献，可以发现争论者所言的"形式"并无歧义，但他们所讨论的"内容"并非同一层面，并没有形成对话，因此形式和李陀所言的"特定内容"此后并没有得到有效结合和同步发展。就如李陀所说，20世纪以来，象征、意象、隐喻、反讽等美学元素被人从诗歌大量搬进了小说，成为小说表达的最普遍的性状，甚至成为小说连接"现实"的主要手段。因此他尝试弱化这些因素，重回"写实"的方法，写出生活可见、可闻、可以抚摸的质感，同时重视"人物"和"对话"。这些尝试不管是否成功，在今天显然是值得我们思考的。

现代主义是否成为李陀所说的阻碍暂且不论（李陀并不认为现代主义已经过时），但至少提醒我们现实主义的方法仍然是有空间的，其中蕴藏着产生史诗性"大作品"的可能性。事实上，在现代主义大行其道的时候，现实主义仍具活力。如陈忠实所说，现代派文学并不适合所有作家，在《寻找属于自己的句子》中，他写到1985年的一次创作研讨会，"现代派和先锋派的新颖创作理论，有如白鹭掠空，成为会上和会下热议的一个话题"，"记得是在大会安排的发言中，我听到路遥以沉稳的声调阐述他的现实主义创作主张，结束语是以一个形象比喻表述的：'我不相信全世界都成了澳大利亚羊。'"当时，澳大利亚羊在中国大面积推广，路遥的家乡陕北是推广的重点地区。路遥借此隐喻现代派和先锋派的热潮，他崇尚的仍是现实主义，属于陕北农村一贯养育的山羊。

今天我们回顾新时期之初的现代派论争，可以发现核心的问题仍然是文学如何更好地表达现实，是一种具有探索精神的实践和尝试，现实主义和现代主义、内容和形式不应是对立的，这是我们今天重新讨论现实主义所要注意的问题。现实主义显然已与以往不同，它已经吸纳了很多现代主义的元素，我们对于现实主义的理解显然应该更为开放。今天我们再次谈论现实主义，与其说是谈论一种方法和规范，不如说是谈论一种"实践"和"精神"，即我们的文学应该如何建立与时代的关联，如何创作出反映时代精神状况的作品。我们不必纠缠于现实主义的方法究竟应该怎么样，更重要的是从时代、从现实出发，如何发现和表达新时代现实的变化和不同面向，找到自己和时代、现实之间的关联，每位作家都应该有属于自己的"现实"。在这个意义上，秦兆阳《现实主义——广阔的道路》中的很多观点仍然值得我们思考，比如他说："现实生活有多么广阔，它所提供的源泉有多么丰富，人们认识现实的能力和艺术描写的能力能够达到什么样的程度，现实主义文学的视野，道路，内容，风格，就可能达到多么广阔，多么丰富。它给了作家们以多么广阔的发挥创造性的天地啊！如果说现实主义文学有什么局限性的话，如果说它对作家们有什么限制的话，那就是现实本身，艺术本身和作家们的才能所允许达到的程度。"

（作者系中国现代文学馆副研究员）

用现实主义为"80后文学"正名

宋　嵩

在历史、社会、家庭和个人的多重因素影响下，"80后"一代人在成长过程中曾被贴上自私、自我中心、享乐主义、缺乏历史感和社会责任感等种种标签；与之相应的是，自世纪之交"80后文学"诞生之日起，对其沦为"文化快餐"的质疑与担忧之声便始终不绝于耳。"80后文学"始终未曾放弃为自我正名的尝试。然而，无论是叛逆的姿态、决绝的对抗、天真的幻梦，还是与最新的传媒技术结盟……多方面努力的结果似乎都不能尽如人意。策略上的失败和无效，一再为这代人敲响审视自身立场与出发点的警钟，但却迟迟未能迎来本质层面的醒悟。

大约在2005年前后，"底层"成为中国当代文坛最热门的话题。中国社会在20世纪90年代以来发生的巨大变化，以及对自20世纪80年代中期起便占据文学界主流的、注重形式探索和表达个人抽象情绪感受的"纯文学"创作倾向的反思，都促使一批具有强烈社会责任感的作家将关注的目光投向逐渐被拉大的社会贫富差距，以及由此而形成的"底层"处境。尽管"底层文学"创作在审美层面上存在着这样那样的缺陷，但不容置疑的是，它的确是新世纪第一个十年里影响最广泛的创作潮流；"文学"这一已经被大众文化忽略、忘却很久的艺术形式，也因此再一次获得了社会性的关注。

巧合的是，"底层文学"概念的兴起，恰与"80后"作家们（与韩寒、郭敬明等带有鲜明消费主义色彩和通俗文学意味的"80后写手"不同，风格与传统更为接近）创作的萌发和成长同步。但轰轰烈烈的"底层文学"热潮在当时似乎并未波及这代人，"青春"的幻梦、社会经验的匮乏和生活圈子的狭小，仍然将他们局囿在校园、家庭和又甜又涩的初恋之中，以至于这一阶段的"80后"小说被诟病为"多是中学生的情绪、幻想和想象，包括他们的困惑、思考以及经历，具有强烈的年龄特征，是高度个人化或个性化的，且局限于校园和家庭"（高玉：《光焰与迷失："80后"小说的价值与局限》），"青春玉女"和"叛逆少男"式的不食人间烟火成为许多人对"80后"小说根深蒂固的印象。直到"底层文学"论争兴起多年之后，随着而立之年的迫近和生活重担的加码，"80后"一代才开始真正静下心来观察和思考柴米油盐的社会现实。

写俊男靓女的校园生活和感情纠葛，未必就不是写"现实"。然而问题在于，这样青春浪漫的"现实"，究竟能够提供多少"细节的真实"，又能否肩负起现实主义文学"再现典型环境中的典型人物"的重任？在狭隘的生活圈子、逼仄的视野和自恋的心态等重重限制下展示出的人道主义情怀和人文关怀必然是有限的，甚至很有可能是虚伪的。尽管当下的中国社会在朝着现代化方向高歌猛进的过程中日趋原子化和中产化，但"底层"的广大、凝滞、纠结和混沌仍是很长一段时间内最为昭彰的现实。也正因为如此，只有融入这个无边的现实，全身心地去体味其中的悲欢离合与喜怒哀乐，思考种种现实问题的来龙去脉并对其走向做出起码的预估，"80后"一代在写作上才真正有了成熟的保证。

以"80后"女作家宋小词为例，作为同代作家中书写底层现实的佼佼者，她笔下的底层人物往往有跟命运贴身肉搏的蛮劲和刺刀见红的胆气，赋予其作品鲜明的"酷烈"风格。中篇小说《祝你好运》塑造了女主人公伍彩虹这样一个"拼着一身剐，敢把皇帝拉下马"的强悍角色。但作者并没有一味暴露和渲染伍彩虹在"小半辈子"里所经受的苦难，不是将她塑造成一个纯粹的"被侮辱与被损害的人"，而是用一种"罗生门"式的写法，借不同人之口逐渐完成伍彩虹的人生拼图，从而呈现给读者一个极度复杂的人性迷局。整篇小说中，没有哪个人物敢于拍着胸脯说自己是问心无愧的好人；一家人相互算计、施暴，揭示了人类最基本的亲情被当下社会刻薄冷漠、唯利是图的风气所扭曲的现实。通过伍彩虹一家的人伦惨剧，作者意在提醒我们去思考"洪洞县里无好人"这一状况背后深刻的社会原因——"我听收音机里说，以后贫富差距会越来越大，有钱的人会越来越有钱，没钱的人会越来越没钱"。在某些将"含蓄蕴藉"视为最崇高艺术追求的作者看来，这样直白地在作品中控诉和呐喊显然是一种审美意义上的败笔，过于刺耳、刺眼、刺心。但当下文学界的真实状况却是，这样的声音不是太多太滥，而是遍寻无踪。尽管构成社会的是沉默的大多数，但这并不意味着没有心声在这"大多数"的胸腔中酝酿。时代需要的恰恰是这样一声铁屋子里的呐喊。

作为一个具有高度社会责任感和时代使命感的青年作家，宋小词并不在乎那些来自"审美"层面的质疑。她曾在一则创作谈中坦言："我要书写他们，写他们的艰辛，写他们的疼痛，写他们的泪水，写他们的汗水，写他们的渴望，写他们的屈辱，写他们的精明，写他们的骨头，写他们的压抑，写他们的愤怒，写他们的沧桑，也写他们的精神，写他们的被伤害，也写他们的伤害人。"可以说，她的小说不是"写"出来的，而是用铁锤和凿子一下一下在坚硬的现实岩层上凿出来的。文字写在柔软的纸张上便难免轻薄，无法摆脱被涂改甚至焚毁的命运而被人迅速遗忘；只有刻铸于金石，才能不被岁月的风霜所轻易磨灭。"五四"以来新文学现实主义的优良传统，在宋小词的文本深处传出铿锵的回声。

向底层贴近，回归坚实的现实主义，并以此为一代人及其文学正名，这绝非策略上的妥协或退却，而是世界观层面的进步。父辈、祖辈乃至更为久远的历史曾经那么隔膜，如今已经有了理解的可能；前方的路曾经那么迷茫，此刻也开始渐渐变得明晰；同时得以确立的，还有宝贵的总体性和人民性——"80后文学"终于不再是风中飘荡的杨絮，而成为一粒实实在在植根于泥土中的麦子。

（作者单位系中国现代文学馆研究部）

从科幻现实主义到科技现实主义

李广益

最近几年，"科幻现实主义"是中国科幻界十分关注的话题。科幻作家陈楸帆2012年说，"科幻在当下，是最大的现实主义。科幻用开放性的现实主义，为想象力提供了一个窗口，去书写主流文学中没有书写的现实。"对科幻文类的这种认识不仅引发了科幻作家和科幻迷的热议，甚而在文化界也产生了一定的反响。放眼科幻文学的发展史，我们的确能在很多经典作品中看见现实，即便大多数情况下是一种扭曲变形乃至碎片化的镜像。

任何一种文艺主张都要得到创作的承载和发挥才能真正具备说服力，2016年获得雨果奖的科幻小说《北京折叠》便为"科幻现实主义"的倡导者和支持者提供了一个绝佳的范本。郝景芳笔下分为三个空间的北京城，显然是现实中的大城市阶层分化和区隔的一种讽喻，而这确实也是多数主流文学作家身在其中但却观照不够的现实。

不过，对"科幻现实主义"的理解存在着一种较为偏狭的倾向，即指向社会的阴暗面，用迂回变形的方式尝试突破书写的禁区。这种诉求，毫不让人意外地引起了《纽约时报》等国外媒体的兴趣。在一个社会问题频出的转型时期，寄望于文学的社会批判功能，本属应当，然而个别附有"科幻现实主义"标签的作品，流于简单甚至操切的立场宣示，"辞气浮露，笔无藏锋"。科幻作家刘慈欣在2013年的星云奖高峰论坛上指出，这种做法可能会导致科幻在清末民初演绎富国强兵之梦、在1950年代担当科普使命之后，"第三次被工具化"。

作为中国最成功的科幻作家，刘慈欣对于科幻文学与现实的关系有自己的独特理解。与捕捉每日新闻头条的荒诞性相比，他更愿意"用现实主义的笔触，把最疯狂的现象写得跟新闻报道一样"。在刘慈欣看来，现实主义对于科幻的美学意义不容忽视："如果你的笔触本来就是幻想的，再去描写幻想的东西，那不是科幻小说所愿意用的笔法。它一般是用现实主义的方法去描写最疯狂、离现实最远的东西，也是科幻小说一个基本的创作理念。"

有关"科幻现实主义"的争议让我产生的想法是，要在科幻中有效地探索现实，并在现实中妥善地安顿科幻，我们需要做的是平衡、兼顾科幻文类的寓/预言属性。这种属性是一体两面的，一面是以工业生产、城市生活为核心的现代社会给予我们的种种身心感受，另一面是科技发展为人类文明所揭示的未来可能。正如人不能拔着自己的头发离开地球，科幻小说中的震惊、喜悦、困惑、恐惧等种种情绪，其实都和现实生活中的技术应用以及建基其上的社会构造所引发的心灵波动若合符节。但是，如果仅仅是以人文思维的方式，关注现代社会中人的境遇，科幻在《变形记》等一大批杰出的现代主义创作之外能够提供的东西委实不多。优秀的科幻小说，或者准确地说，最能体现科幻文类特性的科幻杰作，往往拥有一种技术社会学的感知力和想象力，不但对现代社会生产方式和运作机制有较为深入的认知和理解，还能够由一个或多个技术层面的前沿进展，推想这些进展投入实用而造就的社会形态，并进一步以"写幻如实"的（伪）现实主义手法摹写这个未来社会或变换社会（alternative society）的情状，探索人性和社会的可能与不可能。

这样的科幻小说都是仰望星空的，它们体认并重视科技在人类历史尤其是最近数百年的演进中发挥的巨大作用，于其澎湃伟力中看到机遇和风险，也就是人这一能动的历史主体可能成就的伟业或造成的灾难，从而具有预言的性质。与此同时，由于这些作品是文学创作而不纯然是未来学提纲或思想实验，科幻作家在构造一个"真实"的想象世界并为这个世界以及存在其中的生命注入灵魂的时候，不能不调用源自现实的直接或间接的生活经历和生命体验。科幻作家的体验越是丰富而深刻，他们创作的科幻小说越能够成为以独特形式存在的关于现代社会和现代人的寓言。

回到本文的出发点，是否因为科幻小说能够用这一文类特有的方式去书写"主流文学没有书写的现实","主流文学没有书写（某些）现实"的问题就解决了呢？事实上，科幻小说书写现实仍然会遇到边界，也有不可避免的局限，而主流文学"没有书写的现实"，也并不只是政治和社会意义上的不可言说之物。

　　早在1994年出版的《想象力批判》中，科幻作家韩松就曾经批评中国作家是"最大的科盲群体"。二十年之后，这种情况似乎也没有发生根本改变，按刘慈欣的说法，"并不是他们科盲，而是他们对科学没有兴趣"。"我们的文学是个田园时代的文学，他根本就不看现在的科学技术一眼。他知道地球绕着太阳转，但是在他的意识深处，整个宇宙就为地球存在，因为文学是人学嘛，除了人啥都没有，宇宙毫无意义。这就是我们中国文学的潜意识。"科技的发展并不总是像暗能量或者希格斯玻色子那样玄奥难言。在多数主流文学作家（又一次地）身处其中但却习焉不察的高度工业化、信息化的社会生活中，如智能手机十年来对个体生存和人际关系的侵蚀乃至主宰，高铁对交通方式和区域关系的深刻影响，百姓日用而不知，而作家们也没有表现出智识上的敏感。

　　如果主流文学能够诚挚地关注科技发展所引领的现实变化，我想，完全可能出现一种可称为"科技现实主义"的创作方向，既可以用现实主义的方法去描写最疯狂的、离我们惯熟的现实最远但又真真切切存在于现实世界中的、中国人正在不断实现的工程奇迹，又可以用同样的方法，用最传统的方式去书写科技对城乡中国越来越深的渗透。当然，这一构想的实现，需要的是作家在时代不满——不仅是要求得到文化赋形的诸多社会不满，更重要的是社会对于和时代脱节的文学本身的不满——中的诚意正心。

　　（作者系重庆大学人文社会科学高等研究院副教授，中国现代文学馆客座研究员）

日常的精致的现实主义
——现实主义在今天的新尺度

石华鹏

"现实主义"这个词，犹如文学花园里一株永不凋谢的玫瑰，徜徉于此的人，可以任意采摘一枝，献给某部作品，献给某个作家。玫瑰有多少种颜色，现实主义就有多少种情态。

多少年来，现实主义依然是评论家言说一部作品的有效武器，也依然是作家面对故事时所需要考虑的基本问题：现实主义还是非现实主义？对写作者，这一直都是个问题，既是写作观，也是方法论。

法国当代著名评论家罗杰·加洛蒂写过一本影响深远的书《论无边的现实主义》。他认为，现实主义是无边的，"每一件伟大的艺术品都有助于我们觉察到现实主义的一些新尺度"。

加洛蒂的观点给我们两点启示：一是现实主义是开放和生长着的；二是每个时代的新作品都有可能昭示新的现实主义。现实主义的演变历程证明了加洛蒂观点的正确性和前瞻性。如果以1826年现实主义在法国文坛的提出和具体运用为发轫，那么到今天，现实主义在文学上的发展演变将近200年。从古典现实主义到批判现实主义，到浪漫现实主义，到魔幻现实主义，到新写实现实主义，再到当下所谓的"歇斯底里现实主义"……现实主义在文学的道路上一路奔走过来，显示出了耀眼的光芒和强大的生命力。

当我们把眼光投向当下异常繁盛的小说创作时，我们发现现实主义在这些作品中呈现出一种新的形态来，姑且称它为日常的精致的现实主义吧。

在"想象力已经落后于花哨的极端现实（乔治·斯坦纳语）"的今天，小说如何找到自己的存在价值？小说家如何谋得自己的一席之地？我相信，每个有理想的写作者都试图用他的作品来给出答案。如何找到自己独特的应对现实——无论用迂回隐喻的方式远离现实还是用正面强攻的方式直面现实——的叙事策略，写出足够吸引读者并无法被热闹信息取代的小说来，是写作者们孜孜以求的。

同样是面对现实的叙事策略，现实主义便出现两类情形：一类是一些老牌作家，恪守经典化的传统写作方式，囿于年龄、思维、生活经验等原因，他们与这个光鲜的时代多少有了些格格不入——尽管他们不承认这一点——但他们又渴望在小说中以某种"时尚的面目"与这个时代的读者握手言欢。当他们以现实主义的笔法来写作时，如英国评论家詹姆斯·伍德所说的那种故事庞大、情节散淡、人物游离而又野心超大的"歇斯底里现实主义"便诞生了。还有一类是新世纪近20年来走上写作道路的一批写作者，他们的成长历程与时代融为一体，他们多元而广泛的文学阅读和文学见识，让他们的写作真正具有世界眼光和当下性。当他们眼中的世界与孤独的内心以现实主义的方式呈现时，一种日常的精致的现实主义便出现了——可以说，他们的写作真正找到了小说在这个时代的存在价值。那种价值就是，当你厌倦了滑屏信息而打开一部小说时，小说所呈现出来的那种无法被替代的具有艺术尊严的美妙表达和深度思考。

日常的精致的现实主义并非空穴来风，也非天兵突降，它的精神源头和文本承续均来自20世纪90年代的"新写实主义"。新写实小说的本质是背弃和拒绝"政治叙事"和"典型叙事"，以此为出发点，它开辟了小说书写现实的新天地，即还原生活本相和展示人间凡俗。小说家们突然发现，在道德崇高叙事和典型本质叙事之外还有一个广阔无边的被忽视的更真实的现实世界。那时诞生的一批小说堪称经典，比如方方的《风景》、池莉的《烦恼人生》和刘震云的《一地鸡毛》等，至今读来仍有一股冷酷粗粝的生活力量在小说中回荡。日常生活不再有诗意和典型价值，凡俗人生的种种本相在舍弃道德标准之后构成了自身的存在意义——这一逼近文学本质的新写实小说具有了启迪后世的价值。

顺着新写实主义的路子，我们的小说一路走来，走过新世纪十七年，走过文学风潮的沟沟壑壑，随着一批才气逼人的年轻小说家全面爆发，一种新的现实主义写作风格开始呈现，就是日常的精致的现实主义。

我们以为，日常的精致的现实主义大致有以下三个特质：

一是日常化的非典型性现实。一位小说家说，大人物写进历史，小人物写进小说。不夸张地说，我们当下小说是小人物、普通人物的天下，他们微小和普通到我们记不住任何一个人的名字，而且在每一个名字背后，我们也难以找到像孔乙己、方鸿渐、骆驼祥子等具有典型性特征的人物形象，因为今天分工细化和生存多元的时代塑造了每个人内心的微小感和普通感——没有谁是不可替代的，没有谁是不可一世的，也没有谁是永恒不变的。由此潜移默化，作家笔下的人物便不再具有某种穿越时空的典型性形象，这是小说家与读者"共谋"的结果。这也解释了为什么当下小说没有让人念念不忘的典型人物的原因。但是，这并不意味着这些小人物、普通人物不具备文学的冲击力量，相反，这种对日常化的非典型性现实的叙述，触及到了文学最本质的内容：每个小人物、每个普通人物都代表一个时代，都代表一个世界，对他们的叙述就是对一个时代、一个世界的叙述。很显然，今天的"日常化叙事"早已与新写实主义时期的"日常化"不同了，在那个泛政治时代，新写实小说为了"日常化"刻意摆脱、背弃"政治叙事"和"典型叙事"的痕迹很明显，而今天的"日常化"已经是回归生活本来面目的深刻的"日常化"了——对每个无名的微小的人和人心的叙述是小说最大的道德和尊严。

二是朝内转。每个个体世界，均有内外之别。就今天而言，我们的外世界被热闹的新闻和喧嚣的信息层层包围，图片、影像、文字让我们沉浸于戏剧性的惊叹和廉价的感动之中，这种效果，除了没完没了的奇幻、穿越、言情等网络小说可以与之竞争之外，严肃小说在我们的外世界中已经没有任何征服力——花哨的极端现实已经挤压甚至剥夺了严肃小说曾经的表达空间。所以，小说艺术必须朝内转，背离和拒绝让人烦腻的新闻式的现实，转向那个孤独而痛苦、细腻而复杂的普通人的内心，赋予幽灵一样游荡的精神以生活的实质，复活每个个体日常的现实感悟力。新世纪十多年来，我们的小说正默默朝内转向，一些出色的小说从小角度深深切入，如心理学家和哲学家剖析人心的标本一样，走入了一个陌生而有价值的精神领域，完成了新的蜕变。或许，未来的小说将替代心理学家、哲学家和宗教学家的工作。

三是精致的叙述。叙述一旦开始，就将读者深深吸引住，仍是小说的第一要务。今天的一些优秀小说做到了这一点，它们拥有高难度的叙述技巧、美妙的语言和多元的形式，这种堪称精致的叙述将毫无耐心的读者吸引过来。所以今天的小说写作难度大大增加，后天训练的叙事技巧和天生的语言敏感力缺一不可，而迷住所有读者，仅仅靠故事的感官刺激已经无能为力，靠的是小说内在精神的超强叙述逻辑和小说家不凡的洞察力。

以上三个特质并非我们的主观臆测，而是当下一些出色小说所呈现出来的共有特质。如果您去读读孙频的《圣婴》、双雪涛的《跷跷板》、张楚的《风中事》、石一枫的《借命而生》、徐则臣的《日月山》、付秀莹的《旧院》、李师江的《表弟的头颅》、陈集益的《驯牛记》等一系列小说，您就会感受到虽然每个人的叙述各自成调，但一股有着以上特质的"日常的精致的现实主义"的风格氤氲于他们的小说之中，因为真正属于这个时代的小说正在诞生。

（作者系《福建文学》副主编）

数字化时代如何现实主义

曾念长

　　现实主义文学以外视角著称，具有见证时代的功能，也前所未有地扩张了文学的史诗抱负——以诗性语言来记录历史的客观进程。不过随着工具理性的发展，数字化语言所向披靡，对诗性语言构成了极大挑战，也对当代现实主义提出了难以回避的一些难题。

　　这个问题由来已久，只是在当下讨论，就显得极为突出。几年前，郭敬明打造了一部电影，叫《小时代》。这部电影一度很火，自有它的道理。它说中了许多人的心思——在充满欲望的物质社会里，每个人都是渺小的。但这个渺小是一种内心感受，建立在内视角之上。如果从外视角看，恰恰相反，我们处于一个大时代。过来人大概不会否认这样一个事实——在过去二十年左右，中国社会发生了深刻巨变。时代在加速度前进，常常使我们回首间惊觉今非昔日，有如梦幻一般。但是我们也时常抱怨，时代如此波澜壮阔，我们却没有读到一部与之相匹配的史诗性作品。问题出在哪儿？不能怪我们这个时代的作家都偷懒了。还是有作家在努力的，每日深入生活，阅人无数，就差没把生活的牢底坐穿。但最后，他们还是对瞬息万变的时代感到无能为力。

　　我们发现，与以往任何时代不太一样，过去二十年的巨变排除了战争和政治的因素，主要是由科技和经济的飞速发展来推动的，因此整个过程极为理性，虽然翻天覆地，却没有给人动荡感。对作家来说，动荡感很重要，可以唤醒他们的时代意识和道德敏感。杜甫说，文章憎命达，这个"达"字，按我理解就是过于顺畅，少了动荡感。倘若没有这种动荡感，建立在人的外部感官之上的外视角将逐渐丧失灵敏度，不能将千古事传递给寸心知，也就写不出好文章来了。但也不是说，因为没有动荡感，人类从此失去了描绘大时代的热情和能力。只能说，在工具理性高度发达的今天，文学的外视角不再那么有力了。在文学之外，用数字武装起来的外视角则变得异常发达，并且反过来挤压文学的感性认知功能。

用数字来表达人类对世界的认知，我们姑且称之为数字化呈现。二十年前，"数字化时代"和"数字经济"等说法开始流行，一度引发社会各领域的讨论。人们被告知，一切日常生活，包括个人命运，都将交由数字来裁决。没过多少年，人们又被告知，人类已奔进大数据时代，一切疑难杂症，皆可通过大数据分析得出全面而精准的结论。大数据这个概念的出笼，一开始就包含着某种人类野心——将各种碎片化信息整合起来，重建人类对世界的整体性理解。于是，这个时代的大小变化，以及人们对这种变化的反应，都统统交给数字来表达。经济总量、高铁时速、房子均价……当然在这些数字背后，还有更为纵深的裂变，包括社会结构、人际关系和情感状态等等。但是这些变化都缺乏戏剧性，被大数据覆盖着，很难转化成史诗性叙事。这对现实主义作家是个极大考验。一切事物都转化成数字，人、故事和情感被遮蔽了，作家空有一身本领，找不到真正的叙事焦点。这让我想起温水煮青蛙——我们可以通过温度变化来准确描述一只青蛙的死亡过程，却不能将其转化成情节和故事。对于现实主义文学来说，故事是它的生命线，而且最好是大故事，跌宕起伏，或充满了戏剧效果。

数字化呈现不仅掩盖了故事，也遮蔽了看故事的眼睛。我们越来越习惯通过数字来理解这个世界，依赖数字背后的判断力，而对故事和故事背后的情感波澜逐渐丧失了敏感，也失去了必要的敬意和耐心。以文学眼光来看，数字是肤浅的，靠不住的。但是现代社会如何说服一个市民多读文学作品，少读股市K线图呢？似乎是无能为力的。不能简单说，股市K线图背后有真金白银，所以看的人就多。与真金白银相联系的，还有工具理性，以及相对应的文本形式。数字文本对客观世界的呈现更加直观、简洁和精确，因而更被现代人依赖，也成就了一个读数字的时代。相比之下，文学的外视角就显得多余且无能了。

科学理性的扩张抑制了文学的外视角，使其见证时代的功能在萎缩。杨庆祥曾提出一个命题，叫"新伤痕时代"。他认为改革开放之后，中国社会发生种种裂变，人们身处其中，经历了新一轮精神创伤，以此为经验的书写，可称为"新伤痕文学"。我们知道，伤痕文学出现在20世纪70年代末，以十年"文革"为时代背景。这个时期社会发生巨大动荡，一代人经历了重大精神创伤，因而有"伤痕"之说。照此理解，新伤痕来自新的时代巨变，和新的精神创伤。我大体认同杨庆祥提出的命题，以为此说颇能切中当下，对这个时代的精神疑难做出了准确概括。然而也仅是在理论上准确，回到创作中来，却是另外一回事。我们这个时代确实有许多作品在书写新伤痕，却不能引发共鸣，不能向公众传达一个时代的共同经验。其中有一个关键问题——那种具有宏阔视野的文学外视角已经失灵了。人们看到的，只是局部，感受到的，也是支离破碎的。

但我并不是说，传统现实主义已无可作为。回到19世纪的欧洲，原版现实主义有两大法宝，其一是见证，其二是批判。前者必须在当下进行新的调适，而后者恰是可以不折不扣地继承。是批判，而不是内省。这是一种来自外视角的精神立场，代表了那个时代的杰出作家看待和参与外部世界的热情和姿态。当时欧洲新旧交替，动荡不安，不仅需要见证的文学，也需要批判的文学。巴尔扎克、莫泊桑、狄更斯、托尔斯泰……我们依然在仰望现实主义文学的星空，不仅是因为他们记录下了时代印迹，还因他们坚持了一种批判立场，冷眼看浊世，至今令人难忘。

（作者系福建省文学院副研究员）

"现实主义"的当代性

冯　强

　　今天重新讨论"现实主义"（Realism）问题，说明它仍然拥有一个观念的重要价值。我觉得有两点需要注意：一是要恢复现实主义的浪漫主义根源；以及，在这一前提下，现实主义如何处理共同体问题。

　　一般来说，现实主义发端于浪漫主义的失败，最终在与现代主义的论战中逐渐丧失了主流话语的位置。这样一个进化史观需要商榷。浪漫主义从个体角度批判旧秩序，亨克尔将浪漫主义概括为"现代性的第一次自我批判"[①]，伯林则视浪漫主义为"发生在西方意识领域里最伟大的一次转折"[②]，"浪漫主义代表着个人主义态度第一次融汇到了一种社会、文学和哲学运动当中，这个运动强调孤独的个体才是宇宙的中心"，浪漫主义的"真正创新"就是"把个人主义变成一种完整的世界观"[③]。"严格地说，每个艺术流派都自称在捕捉现实，而每个成功的流派都确实在捕捉现实"，现实主义的对立面不是具体个别现实的浪漫主义而是抽象和普遍现实的古典主义，对现实的探究同样是浪漫主义的基本意图。同浪漫主义一样，现实主义与古典主义的分歧在于是否接受"个人"的概念，现实主义、象征主义（印象主义）和自然主义是浪漫主义的三角延伸[④]。对整个现实主义问题产生

---

① 转引自维塞尔《马克思与浪漫派的反讽：论马克思主义神话诗学的本源》，陈开华译，华东师范大学出版社2008年版，第19页。

② 以塞亚·伯林：《浪漫主义的根源》，吕梁、洪丽娟、孙易译，译林出版社2008年版，第10页。

③ 丹尼尔·沙拉汉：《个人主义的谱系》，储智勇译，吉林出版集团有限责任公司2009年版，第124页。

④ 巴尊：《古典的，浪漫的，现代的》，侯蓓译，江苏教育出版社2005年版，第102页，第二次修订版序言，第90页。

了根本性影响的是恩格斯把"现实主义"定义为"典型环境中的典型人物","典型"建立在对"未来社会发展的规律和前景的理解"之上,它使"现实主义""变成了一种有原则、有组织的选择"①,实际上将现实主义重新古典化或者说去浪漫化了。被"典型"修改的"现实主义"与各种历史目的论看似是朝向未来,真正朝向的却是巴赫金在区分"史诗"和"小说"时所说的"绝对的过去",只不过"绝对的过去"被颠倒过来,从一个偶然的开端变身为一个绝对的目的。在这个目的的目光中,"绝对的过去"成为一切的开端,它们已经被"绝对的过去"幽灵化了。这是现代历史目的论的二重目的性,隐含了"马克思主义文学批评的决定性的关键",即对"政治机遇"的依赖②。中国现代文学史上现实主义和浪漫主义之间的纷争多半起因于此,茅盾的《从牯岭到东京》(1928)还在为个人主义的小资产阶级文艺张目,一年后的《读〈倪焕之〉》(1929)就提出以"从个人主义英雄主义唯心主义到集团主义唯物主义"来界定"时代性"③。其他比如郭沫若《文学与革命》(1926)、瞿秋白《革命的浪漫谛克》(1932)都是以古典式的现实主义反对浪漫主义。相对辩证的、不将现实主义和浪漫主义绝对对立起来的是周扬。借用吉尔波丁的观点,他在《关于"社会主义的现实主义与革命的浪漫主义"》(1933)中明确反对将现实主义和浪漫主义视为"两个绝对不能兼容的要素",但反过来将"革命的浪漫主义"视为"社会主义的现实主义"的子范畴④,这一点在1958年被毛泽东所接受,连同苏联的影响,具有"典型"内核的现实主义成为"社会主义现实主义",同欧洲19世纪的"批判现实主义"区分开来,后者是缺少正确"世界观""只有现实,没有理想"的"旧

---

① 威廉斯:《漫长的革命》,倪伟译,上海人民出版社2013年版,第293页。
② 佛克马、易布斯:《二十世纪文学理论》,林书武、陈圣生、施燕、王筱芸译,生活·读书·新知三联书店1988年版,第134页。
③ 《中国新文学大系1927—1937》第一集·文学理论集一,上海文艺出版社1987年版,第781—782页。
④ 《中国新文学大系1927—1937》第一集·文学理论集一,上海文艺出版社1987年版,第83—85页。

现实主义"①，修改了浪漫主义个人起源的典型因此获得了"理想"的集团浪漫主义色彩，并在"文革"的激进一体化中瓦解。

因为卢卡奇的"社会主义现实主义"更接近于"批判现实主义"，他在1958年公开反对苏联的"革命浪漫主义"概念，但他仍然需要坚持"典型"对社会主义现实主义的封闭，批判以卡夫卡为代表的现代小说及其艺术技巧。卢卡奇把现实视为"相互联系的整体"，但他获取整体的方式只能是古典主义的同一性美学。李南桌曾认为"浪漫主义的理想就是'从心所欲'，而古典主义的终极则为'不逾矩'……这两者是相反相成的……最后是一个整个的东西——相应于现实是个整体的"。②古典主义的旧秩序模仿重复性、稳定性和确定性，浪漫主义则对差异性、不稳定性和不确定性进行探究模仿，艺术的成立需要二者有尺度的配合，这就是李南桌所谓的完整的"广现实主义"。从这个意义上说，卡夫卡、乔伊斯的小说恰恰是"现实主义传统以一种新的形式呈现出来，虽然在技巧上有所改变，但所要表达的经验却是一脉相承的"。艺术手段和艺术目的、人和社会是体用不二的关系，"我们既是人同时也是生活在社会之中的人，这种整体观就是现实主义小说的核心"③。虽然浪漫主义有着个人主义的根源，但现实主义自诞生之日就不仅仅满足于个人主义，它有明确的共同体使命。在个人与社会之间，从个人主义或社会主义任何一端界定现实主义都是偏颇的。"现实主义中，基本上是从个人的角度来看社会，又从社会的角度——通过各种关系——来看个人。这两方面的整合控制着一切"④。个人与社会的交互意味着新的现实在不断产生出来，因此现实主义小说恰恰不是史诗在结构上的退化，它最基本的主题是非典型的、"成问题的个人"同其环境间的不相符，时间中一切未被规定的、未定型的事物恰恰是它热衷描写的⑤。现实主义的整体不是先验的、同一性的，而

---

① 茅盾：《夜读偶记》，百花出版社1958年版，第96页。

② 李南桌：《李南桌文艺论文集》，生活书店1939年版，第4页。

③ 威廉斯：《漫长的革命》，倪伟译，上海人民出版社2013年版，第300页。

④ 威廉斯：《漫长的革命》，倪伟译，上海人民出版社2013年版，第305页。

⑤ 巴赫金：《巴赫金全集》（第三卷），白仁春、晓河译，河北教育出版社1998年版，第517—541页。

是通过相互作用持续地把潜能实现出来，即它以潜能的方式通过人类感知和交流存在着。"现实就是人们通过工作或语言使之能为人们所共有的那种东西"①，现实必须永远被重新发现，如同布莱希特对卢卡奇的反驳，"没有一个现实主义作家会满足于永远重复那些人们已经知道的东西，这种重复不能体现同现实的血肉联系"②。现实是"无边的"："作为现实主义者，不是模仿现实的形象，而是模仿它的能动性；不是提供事物、事件、人物的仿制品或复制品，而是参加一个正在形成的世界的行动，发现它的内在节奏。"③现实主义必然要求个人和社会的实验性质，如果它有一个历史目的，就是基于个人的、相对更好的共同体生活："实质性的成长是在互动中发生的，在这种互动的过程中，个人努力交流他所学到的东西，把它拿来跟已知的现实相比照，并通过工作和语言来构造一种新的现实。通过共同的努力，现实不断地被建构起来，艺术即是这种进程的最高形式之一。"④现实主义的整体潜能和张力是共同体在可交流的形式中实现的。

　　作为"批判的激情"，现代性总是倾向于从自我分裂的角度呈现自身，它将1900年之后的现实主义小说分裂为个人小说和社会小说两极，使其越来越无力表达19世纪现实主义小说的基于个体判断的整体经验，这一传统被威廉斯表述为"它从个人品格的角度来创造和判断一种整体生活方式"⑤。要恢复现实主义在19世纪的确信，我们有必要恢复现实主义的浪漫主义根源即现实主义的个人主义视角，同时决不能停留在个人主义，而是以此展开对个人和共同体关系的双重批判和双向交流，整体的个人——共同体

① 威廉斯：《漫长的革命》，倪伟译，上海人民出版社2013年版，第304页。
② 佛克马、易布斯：《二十世纪文学理论》，林书武、陈圣生、施燕、王筱芸译，生活·读书·新知三联书店1988年版，第133—135页。
③ 罗杰·加洛蒂：《论无边的现实主义》，吴岳添译，百花文艺出版社1998年版，第172页。
④ 威廉斯：《漫长的革命》，倪伟译，上海人民出版社2013年版，第306页，有改动。
⑤ 威廉斯：《漫长的革命》，倪伟译，上海人民出版社2013年版，第295页。

潜能就是通过此批判和交流不断实现出来的。通过批判和交流恢复对现实主义的确信，这就是我们在 21 世纪仍旧在谈论一个 19 世纪话题的潜在意义。

（作者系广西师范大学文学院副教授）

现实的痛痒

张光昕

　　什么是现实？答案似乎不言自明。喏，现实嘛，不就是此刻周围向我们呈现的一切？说着，我摊开手掌，拥抱了一下环境。但周围我行我素，并没有应答什么。现实，一个熟透的词，在树巅摇摇欲坠。为了找到正确的解释，我们将那些率先掉落到书本里的转喻一字排开：事实、事情、事物、事件、事态、世界、时空、现状、境遇、生活、表象、感受、体验、故事……从一个概念，到一束光谱，意义的幽灵进进出出。我们无非是吞下一粒粒知识小胶囊，却没法形成阐释学合力，反而引发了认知的眩晕，让我们对现实的理解，依旧邈远而飘忽。现实从来不习惯正襟危坐，甚至连一张清晰的面孔都没有，我们随便去个地方，都能偷回来点叫作"现实"的空气。

　　那就让我们现实一点，抛开概念，从手头的例子出发吧。每当开坛论法，批评家们言必称瓦尔特·本雅明（这本身就成了一层现实），我这里也不免俗，想到了两个与他有关的著名细节。1927年，旅居巴黎的本雅明读到一部小说，叫作《巴黎的乡下人》，大受触动。有感于当时刚建成不久即被拆毁的"歌剧院拱廊街"，阿拉贡写下了这部作品。本雅明有一句读后感（更据此拟定了宏大的"拱廊街研究计划"），常被后人引用：现代人的欢乐与其说是"一见钟情"，不如说是"最后一瞥"。另一个例子发生在七年后，本雅明日复一日地在巴黎国家图书馆为"拱廊街计划"摘录引文。他的邻座，《柏林亚历山大广场》的作者阿尔弗雷德·德布林，是一位跟他同样亡命天涯的犹太作家。一年前，本雅明还为德布林写过一篇重要的评论《小说的危机》，可叹两位英雄相见不相识，竟从未开口说过一句话。在那篇评论中，本雅明自问自答：柏林亚历山大广场是什么？它是这样一个地方，最近两年，最为剧烈的变化都发生在那里；挖掘机和手提钻一刻不停地工作；由于一辆接一辆的公共汽车和地下铁，那里的地表在震颤……同样的画面和声响，用来再现眼下这个全装修时代的中国大地，岂不更加贴切而精确？这种不断涌向我们的液态生活，这种随促狭、拥挤和匆遽而来的存在感，连同那个几欲将我们吞没和稀释的隐蔽企图，联步构成了一团鼓胀而怪诞的现实感（孤悬海外二十年的诗人张枣回国定居后，印象最深的，恐怕正是来自隔壁房间的刺耳声响）：

> 是你，既发明喧嚣，又骑着喧嚣来
> 救我？表象凹凸，零散，冷。
>
> ——张枣《钻墙者和极端的倾听之歌》

今天，我们每个人，似乎都跟阿拉贡、德布林和张枣一样，置身于一片感觉的地震带上。是的，眼前这个现实在无可挽回地分裂着，不论一个人面对的是拱廊街、亚历山大广场，还是电钻轰鸣的景观中国。分裂的现实给苦弱无援的人们迎头一击，让我们在接受这分裂之前，不得不做出"最后一瞥"：冷酷的建筑、凋零的村镇、壅塞的交通、跳荡的数字、由面具和谎言堆垒出的城市幻景……还没等我们朝现实吐出一个烟圈，这些精致的废墟迅速递来一声哀叹。是的，时代的喧嚣，曼德尔施塔姆在20世纪初敏锐地指认出它，一个能与混杂现实相兑换的标题，让感伤的作家杀掉天真的作家后，再结果了自己。在鲁迅那里，它业已酝酿为一串成熟的转喻："楼下一个男人病得要死，那间壁的一家唱着留声机；对面是弄孩子。楼上有两人狂笑；还有打牌声。河中的船上有女人哭着她死去的母亲。"这图像，俨然铺开一副希区柯克《后窗》般的视野。这组共时的声音拼凑成一个保存凹凸感的平面，开通无数个等待被选择的生存频道，若干通向毁灭的洞口。这一格一格的"声景"（墨里薛弗语）中，冒着每户人家独有的热气，却再也无法汇总成乡愁样的人间烟火。我们共有的财产只有叹词，除了喧嚣里灼喉的辅音，再没有别的什么东西能在这嘈杂的人群中用来交换。

现实已然分裂，喧嚣总是双面的。我们被刺伤的同时，有种东西，像创可贴或救心丸，努力帮助人们维护着世界的统一感（"骑着喧嚣来救我？"）。它渴望在"最后一瞥"中挽救些铿锵的破碎，比意识形态更卑微，比咒骂更笃定。在《沉默的世界》一书中，马克斯·皮卡德记载了一个情景："有个人从某户人家屋前走过，柴可夫斯基的交响曲突然由窗户降临他的身前：他继续前进，而隔壁人家的窗子同样传出柴可夫斯基的音乐。他不管走到哪儿，所到之处都是相同的音乐。这音乐遍及他所到之处。就好像人停止不动——就像不管他怎么动，却始终站在同一个地方。也就是运动这事实被虚化。不必依存空间与时间，广播的噪音被视若空气般不证自明之物，随处出现。"曾几何时，广播里飘出的柴可夫斯基，让我们体会到"环球同此凉热"的二手静止感。在今天，这错觉正在蔓延，直逼人的神经中枢，要在灵魂深处闹革命。我们完全可以把那位音乐家的名字替换成：整点新闻、流行音乐、走红的广告语、店铺的叫卖声、地铁或电梯里的报站、汽车的鸣笛，甚至某热销手机的常用铃声。这些令我们百创一身的现实喧嚣，演化出多少或壮烈或哀戚的文学叙事，直到零度写作，也只是调一调语言的色温罢了。有谁会想到，任何一种喧嚣都不是简单的直线传播，它们在这个病态世界甫一出世，就已栽种下一剂曲折迂回的疫苗，让现实的聆听者不再可能毕其功于一役。

喧嚣伤害我们，同时，也将治愈我们。现实中的任何一种声音都记录着自身的分叉，行进在它自己的莫比乌斯带上。两个界面永不相交，却混同一体，自导自演着二律背反的戏剧。声音的脆弱间隙宣称着两种现实感，犹如这世间的父亲话语与母亲话语，从一个家庭的硬核里发出，但永不能真正融合和调停某一个多余的现实（孩子？）。本雅明感叹道："我们变得贫乏了。人类遗产被我们一件件交了出去，常常只以百分之一的价值押在当铺，只为了换取'现实'这一小块铜板。"这命悬一线的"现实"，这剩余的"现实"，就是我们此刻的文学话语。那些被疼痛回收的声音，也被我们的肉耳吸纳，构成了人类初级的现实感。肉耳的涡形正是曲折迂回的跑道，痛的声音在这炼狱般的游历中，被那个看不见的本质烘烤，居然变痒了。在这种不置可否、难以言说的体验中，疼痛迎来它的麻醉、降解和挥发，重新回归于表象，一种发痒的世界观正生成为高级的现实感（它再次修炼出"一见钟情"的品格）。痛与痒，现实的两面，从不对称，也无法抵消。痛的力量让现实直接与一个道德世界相连通，痒的两难，却记录了人们从痛中滑移和变形的过程。这是主体冒着短路的危险，羼入现实画卷的运动，一个聆听者终于捕捉到了某个源于他自身的无法逃避、无法去除的杂音。这个过程该由未来的文学去勾勒和描述。或许这种书写已经在沉默的现代汉语（鲁迅的《野草》）中悄悄启程了："在我的后园，可以看见墙外有两株树，一株是枣树，还有一株也是枣树。"不是么？

（作者系首都师范大学文学院讲师、中国现代文学馆客座研究员）

现实关怀的失落与时代的精神症人格

褚云侠

　　雅各布森在《失语症的两种症状和语言的两个方面》这篇文章中指出语言的两个层面：一个是隐喻性的，一个是转喻性的。隐喻性的语言寻找语义学上的相似性，也就是选择与之相类似而非其本身的东西去替代它，从而形成的是像浪漫主义与象征主义的抒情传统；而转喻性的语言寻找句法学上的临近性，也就是选择某件与其有联系的东西来代表它，并使它们组合成某种结构，从而形成的是像现实主义的叙事传统。我们若把这个命题扩大来看，中国的传统文学则是一种隐喻式的思维，即便是叙事文学也一直有着强烈的抒情性，与西方模仿行动的叙事文学截然不同。而从知识分子对社会的解释这一层面来看，无论是曼海姆的"自由漂浮的知识分子"、科塞的"理念人"还是萨义德的"业余者"，都强调知识分子主体的独立性，并且在阐释社会问题时具有强烈的批判性，从19世纪的批判现实主义文学到当下，西方的"知识分子写作"几乎永远站在主流意识形态的对立面而保有着足够的警觉状态。而中国的士大夫阶层自古以来就与权力结构之间存在着无法摆脱的关系，对隐喻式思维的谙熟更使他们在一定程度上自觉维持着秩序的稳定性，在道—势平衡状态下寻找空间的写作方式，使他们无法像西方知识分子一样几乎永远处于反思与制衡的维度。

　　这是我们的传统，可以说它在一定程度上制约了作家知识分子关怀现实的广度和深度。而近几十年来，中国社会特殊的历史进程更是使文学如何关怀现实的问题成为了一个时代的难题。当现实关怀的"重拾"被反复提及时，这也就意味着一种精神的失落。其实文学的"向内转"在20世纪80年代就已经出现了，而到了90年代以后，当统一的价值体系、崇高的道德情感在物质利益的冲击之下变得支离破碎，无根的一代新作家与之前的老作家共同主导了文学的再一次"向内转"，甚至是过度化了的"向内转"。而如果我们梳理这几十年作家知识分子的精神史，这种局面也就变得不难理解了，正如罗兰·巴特所言，"一位作家的各种可能的写作，是在历史和传统的压力下被确定的"。首先作为"人"的一代知识分子，也势必用写作的方式来对他们"特殊的精神冲突和难题"（韩东语）予以缓释。

首先，在经历了20世纪50至70年代"反右""文革"等这些消极的，而且是无法控制、无法预测又暧昧不清的灾难性事件之后，一代作家知识分子或多或少在情绪上出现了一种创伤后的应激障碍。进入80年代以后，历史的希冀与发展方向需要靠文学来重新建构，虽然貌似迎来了一定程度上对文学的"松绑"，但或许是时代环境和心理防御机制的作用，作家对现实的关怀却常常抱着一种审慎的态度。而他们致命的精神危机出现在80年代后期和90年代初期，意识形态权威失落，统一的价值规范解体，知识精英从舞台中心退居边缘，言说的焦虑以及不再为大众化的日常需要所认同都使他们从关心现实人生的场域纷纷退却，甚至出现了一代知识分子的集体失语症。而90年代以来，整个中国社会在市场经济浪潮的裹挟下突飞猛进，"相对于之前政治的风云诡谲，这一时期进入了一个相对稳定的阶段，但也更加剧了一代作家生存的困窘"（余华语）。成名的快感与商业的策略在这个多元化与后现代的语境里消解着"精英"的一元结构，现实既然无法言说，而且也似乎变得越来越无须言说，那么不如把写作变成一种私人化的、寻找自我生命确证的有效方式。

于是这种文学的过度"向内转"大致出现了四种路向：第一，现实无法言说，让文学与文学对话。营造一个与现实无关的相对封闭的自足空间，追求华美诡谲的表达方式和繁复的形式主义策略，但却难免使文学成为一种语言的游戏。马原创造了一个"叙事圈套"，用它一把勒死了"大写的人"；孙甘露在形式技巧方面更是达到了登峰造极的地步。先锋的形式探索有其历史价值，但是后来也难免难以为继和遭遇虚化的危险。第二，从大世界回归到小世界，让文学与内心对话。残雪曾让所有外部世界的秩序在其深不可测的内心世界里变形，然后构建起她自己的永远拒绝现实化的精神世界，在那个无时间性的梦的世界里完成她情绪的宣泄，痛苦的倾诉。如果说残雪的策略有其历史必然性，之后"去历史化"的写作，却使文学回到了彻底封闭的个体无意识世界。第三，欲望化叙事，让文学与力比多对话。早年王小波非常本色地描写身体与性，是在一种在身体的释放中嘲弄压迫的历史强权。王小波作品中的欲望与身体叙事其实是具有现实关怀的，是对人的生存状态和创伤的描写，也是一种解放。但当欲望化叙事发展为下半身写作以及赤裸裸的性，它就呈现出了极大的复制性并具有了商品的性质。第四，沿着记忆走，让文学与历史对话。由于历史已经失去了现实政治的前沿性，让文学沿着历史的发展脉络走，避开现实而对历史发言，似乎既能满足作家知识分子的言说冲动，又能保证相对安全。例如莫言在《红高粱家族》中还原了民间的历史；格非在《迷舟》中以个人面对历史，揭示了历史的偶然性和不可知性。

　　历史是已经完结了的过去的一部分，"以史为镜，可知兴替"，但它并不必然地揭示未来。而一部真正具有当代性的小说和史诗最大的区别在于它与当代生活最大限度地进行交往，"现时"是没有完结的，同时也是一个开放的系统。尤其是长篇小说。它所要蕴含的是一个指向未来的东西，"要对现实的未来给予预测和影响，而这个现实的未来是作者和读者的未来"（巴赫金语）。因此，无论是读者还是作家，都有着一种隐约期待，但即便是在当下的社会环境下我们依然可以看到作家在重建文学的现实关怀时内心的焦虑。例如莫言的《蛙》，"计划生育"不仅是一个历史命题，也是一个现实命题，小说后半部分通过话剧的形式将当今社会的一系列问题囊括殆尽，也以话剧的虚构性消解了现实的确定性，让自己对现实的发言在一场戏中变得似有还无。再如格非的小说《春尽江南》，可以说它以丰富的细节和场景、最真切的中国当代生活经验、文体上的充分自觉，有效切中了一个时代的精神症候。但是在小说的最后，家玉向端午讲述了她做过的奇怪的梦，端午说这或许对他正在写的小说有帮助。作家最终将整个故事解构掉了，似乎一切不过是"满纸荒唐言，一把辛酸泪"，使整个叙事呈现出一种"虚构性"和"梦幻"的性质。

　　重拾文学的现实关怀，不仅仅是一种倡导，也不只是文学自身发展的问题。在我看来，它涉及到一个作家精神人格的重建，抑或是中国人精神人格重建的问题，而健全的人格需要健全的社会。虽然中国人需要疗伤，但我们仍然对人的理性、真善美和逐步走向健全抱有信心。正像张光芒所说的："只有看透了'外'，文学的'向内转'才有其逻辑合理性。"

　　（作者系中国人民大学文学院博士后、《长篇小说选刊》编辑）

图书在版编目（CIP）数据

新时代与现实主义 / 付秀莹主编 . -- 北京：作家
出版社，2019.4

ISBN 978-7-5212-0518-3

Ⅰ．①新… Ⅱ．①付… Ⅲ．①中国文学 - 当代文
学 - 文学评论 - 文集 Ⅳ．①I206.7-53

中国版本图书馆CIP数据核字（2019）第080276号

新时代与现实主义

主　　编：付秀莹
责任编辑：兴　安
装帧设计：意匠文化·丁奔亮
出版发行：作家出版社有限公司
社　　址：北京农展馆南里10号　　邮　　编：100125
电话传真：86-10-65067186（发行中心及邮购部）
　　　　　86-10-65004079（总编室）
E-mail:zuojia@zuojia.net.cn
http://www.zuojiachubanshe.com
印　　刷：天津中印联印务有限公司
成品尺寸：152×230
字　　数：200千
印　　张：16
版　　次：2019年6月第1版
印　　次：2019年6月第1次印刷
ISBN 978-7-5212-0518-3
定　　价：39.00元